ullstein

CHRISTIN-MARIE BELOW, Jahrgang 1993, wohnt in Oberhausen. Hin und wieder findet man sie aber auch auf Norderney, wo sie vor Ort recherchiert. Als Tochter der Autorin Andrea Russo (Anne Barns) wuchs sie umgeben von Geschichten und Büchern auf.

Von Christin-Marie Below ist in unserem Hause außerdem erschienen: *Pension Herzschmerz*

Christin-Marie Below

Café MEER BLICK

Roman

Ullstein

Besuchen Sie uns im Internet:
www.ullstein.de

Wir verpflichten uns zu Nachhaltigkeit

- Klimaneutrales Produkt
- Papiere aus nachhaltiger Waldwirtschaft und anderen kontrollierten Quellen
- ullstein.de/nachhaltigkeit

MIX
Papier
FSC FSC® C083411

Originalausgabe im Ullstein Taschenbuch
1. Auflage Mai 2022

Umschlaggestaltung: Sabine Kwauka, München
Titelabbildung: Himmel: shutterstock / © Evgeny Karandaev, Möwen: shutterstock / © Volushka, Beeren: shutterstock / © Gringoann, Leuchtturm: shutterstock / © vector_ann, Pflanzen: shutterstock / © MyStocks, Torte: shutterstock / © Marharyta Kovalenko, Surfer: shutterstock / © solarseven, Düne: shutterstock / © Daria Ustiugova
Gesetzt aus der Albertina powered by pepyrus
Druck und Bindearbeiten: CPI books GmbH, Leck
ISBN 978-3-548-06366-9

Für meine Mutter, ich hab dich lieb!

10. Juni 2018
Meeresbrise/Sommeranfang

Liebstes Leben,
immer zuerst ans Meer!

Seit gestern bin ich mit Mona auf Norderney. Und wie jedes Mal haben wir uns sofort nach unserer Ankunft Räder ausgeliehen. Wir sind den Deich entlanggefahren, immer geradeaus, dem Wind entgegen. Wir haben gelacht und unsere Nasenspitzen in die Sonne gehalten. Der Wind hat uns wunderschöne Inselfrisuren gezaubert, so schnell sind wir gefahren. Mona hat ein Foto von mir geschossen und mich auf den Namen Sturmkönigin Sophie getauft. Dabei hat sie gelächelt, das Leben kann so schön sein!

Das war einer dieser Momente, die ich gern einfrieren würde. Dann könnte ich ihn irgendwann auspacken und auftauen. Immer dann, wenn wir ihn brauchen würden, wäre er da.

Zuerst konnten wir uns nicht entscheiden, an welchen Teil des Strandes wir uns legen wollen. Die Insel ist so schön! Also sind wir einfach immer weitergefahren. Zwischen den Dünen war es windstiller und sehr warm.

Wir haben uns gefreut wie kleine Kinder, als wir endlich die für uns perfekte Stelle am Strand gefunden haben.

Wir haben unsere Fahrräder abgestellt, sind zum Strand gegangen und haben uns für ein Plätzchen am Fuße der Düne entschieden. Dort haben wir uns schnell ausgezogen und sind über den heißen Sand in das Wasser gerannt, bis es tief genug war, um kopfüber unterzutauchen. Die Nordsee war noch eiskalt. Ich hatte Gänsehaut am ganzen Körper, aber das war mir egal. Und Mona hat es auch nichts ausgemacht. Sie ist prustend direkt neben mir hochgekommen.

»Goose-Pimple-Alarm!«, hat sie übermütig gerufen. Dann hat sie mir lachend ihren Arm entgegengestreckt, auf dem sich, wie bei mir, die kleinen feinen Härchen aufgestellt haben. Sie hat festgestellt, dass Frau Krüger uns damals im Englischunterricht nicht viel beigebracht hat. Aber die goose pimples fand Mona lustig, die hat sie sich gemerkt – genau wie bumfuzzle oder poppycock, Durcheinander und Unsinn.

Damals waren wir in der zehnten Klasse, fünfzehn Jahre alt, und wir haben eine Liste mit besonders schrägen Wörtern geführt, die immer länger wurde.

Da war die Welt noch in Ordnung, habe ich zu Mona gesagt, und sie hat mich ernst angesehen und mir erklärt, dass die Welt jetzt, wo wir fünfundzwanzig sind, auch wieder in Ordnung ist und dass es auch so bleiben wird.

Normalerweise bin ich immer diejenige mit dem unerschütterlichen Optimismus. Wenn ich graue Wolken am Himmel sehe, gehe ich erst einmal davon aus, dass gleich da-

hinter die Sonne hervorkommt, während Mona davon überzeugt ist, dass es jeden Moment anfängt zu regnen. Was dieses eine Thema betrifft, ist Mona jedoch die Optimistin und irgendwie auch mein Fels in der Brandung.

An schlechtes Wetter glauben wir momentan beide nicht, der Wetterbericht hat Sonnenschein für die nächsten Tage angesagt.

Die warmen Strahlen kitzeln meine Haut und wärmen meine Seele. Mir geht es so gut wie schon lange nicht mehr, ich möchte die Zeit auf Norderney einfach nur genießen und vor allem an die positiven Dinge denken.

Deswegen habe ich Mona vorgeschlagen, wieder eine Liste anzulegen, aber diesmal mit besonders schönen Wörtern.

Von der Idee war sie begeistert, sie hat sofort nach ihrem Wort gesucht. Dabei hat sie den Kopf leicht schief gelegt, so wie immer, wenn sie nachdenkt. In dem Moment ist etwas Wind aufgekommen und hat über unsere Körper gestrichen. Ein Lächeln ist über Monas Gesicht gehuscht, und sie hat gesagt, dass ihr erstes schönes Wort auf der neuen Liste »Meeresbrise« sein soll.

Da ist mir plötzlich eingefallen, was für ein Tag bald ist, und ich habe auch mein schönes Wort gefunden: Sommeranfang.

Nach dem Strand sind wir in die Stadt gefahren und haben ein großes Eis gegessen. Salziges Karamell und Schokolade habe ich mir ausgesucht, und Mona hat zwei Kugeln Vanille genommen. Es gibt nichts Besseres, sagt sie – wenn das Eis gut ist. Und das ist es wirklich!

Danach haben wir in der Buchhandlung zugeschlagen. Mona hat sich gleich drei Bücher ausgesucht, die sie hier lesen möchte. Ich habe zwei gekauft – und dazu dieses hübsche dicke Notizbuch, in das ich ab heute meine Gedanken schreibe.

Liebstes Leben, ich sammle nicht nur schöne Worte, sondern auch die besonderen Momente, an die ich mich immer erinnern möchte, so wie heute – mit Mona am Meer.

Deine Sophie

I.

Für mich muss immer alles gerade stehen oder hängen. Ich liebe es, wenn Dinge perfekt zueinanderpassen, und am besten ist es, wenn sie auch noch in einer geraden Anzahl vorhanden sind. In meinen Einkaufskorb wandern zwei Äpfel oder eben vier. Drei wie auf dem Stillleben, das meine Tante mir geschenkt hat, kämen bei mir nicht in die Tüte und auch nicht in den Korb.

Ich hänge das Bild an die Nägel, die ich in die Wand geklopft habe, und betrachte es kritisch. Das blöde Ding hängt rechts etwas zu weit unten, obwohl ich mit einer Wasserwaage gearbeitet habe. Und das ärgert mich mehr, als es sollte. Sophie würde jetzt lachen, mich in die Seite knuffen und behaupten, ich sei ein »Monk«. Die Serie mit dem oberpedantischen Kommissar, an den ich sie oft erinnert habe, hat sie geliebt. Wenn sie mich ärgern wollte, hat sie meine in einer Linie nebeneinanderstehenden Schalen auf dem Sideboard verrückt oder meine Shampooflasche auf den Kopf gestellt. Oder sie hat Socken, die mit »Links« und »Rechts« gekennzeichnet waren, demonstrativ am falschen Fuß getragen, wenn sie mich besuchen kam. Das alles nur, um mich zu foppen – oder um mir mal wieder bewusst zu machen, dass ich das Leben nicht so ernst nehmen soll. Sophie war gut darin, sich auf die wichtigen Dinge im Leben zu konzentrieren. Sie hatte eine natürliche Leichtigkeit, mit ihr hat sich alles einfach angefühlt.

»Nur für dich«, sage ich leise und lasse die Leinwand so hängen, perfekt unperfekt.

Ich setze mich in meinen Lesesessel und schenke mir ein Glas selbst gemachte Zitronenlimonade ein. Es könnte eigentlich ein wunderschöner Nachmittag sein. Es ist Mitte Juni, und das Thermometer zeigt weit über zwanzig Grad an, der Sommer ist endlich da.

Beim Trinken betrachte ich das Bild an der Wand – und freue mich diebisch, als ich feststelle, dass Tante Doro drei Margeriten in eine graue Vase gemalt hat, die neben zwei kleineren steht. Drei Äpfel in einem Korb, drei Vasen, drei Blumen, denke ich zufrieden, das Bild hat System. Da kündigt das Klingeln meines Smartphones, das neben mir auf dem kleinen Bistrotisch liegt, einen Anruf an.

Ich zögere einen Moment, weil ich genau weiß, was jetzt kommt, nehme das Gespräch aber schließlich doch an. Ich möchte nicht, dass mein bester Freund sich um mich sorgt.

»Hi, Chris.«

Er fällt sofort mit der Tür ins Haus. »Ich habe Feierabend! Pack deinen Bikini ein, wir fahren an den See. Du musst mitkommen, du weißt ja, ich bin wasserscheu, allein geh ich nicht rein.«

Ich seufze. »Netter Versuch. Aber ich kann nicht.«

»Du willst nicht«, korrigiert Chris mich.

»Stimmt!«, gebe ich zu.

»Du bleibst bei deinem Entschluss, heute allein sein zu wollen?«, fragt er.

»Ja!«, antworte ich.

»Na gut, aber wenn was ist, meldest du dich, ich lass mein Handy an.«

»Am See?«

»Wenn du nicht mitkommst, bleibe ich zu Hause«, erklärt er. »Ich setze mich auf den Balkon, stecke die Füße in einen Wäschekorb voll mit kaltem Wasser und die Nase in meine Bücher.«

»Das ist doch Quatsch, geh baden, mir geht es gut«, versichere ich. Aber das ist nicht wahr. Mir geht es überhaupt nicht gut, ich vermisse meine Freundin – sehr. »Zumindest komme ich bis jetzt einigermaßen klar«, füge ich hinzu. »Ehrlich, Chris, ich möchte das so, ich will allein sein.«

»Na gut.« Er seufzt. »Wenn was ist, rufst du mich aber an, versprochen?«

»Versprochen!«

Es ist schön, zu wissen, dass es Menschen gibt, die sich um mich sorgen, und dass ich nicht allein sein muss, wenn ich es nicht will. In meinen Gedanken sehe ich Chris auf seinem Balkon sitzen und auf meinen Anruf warten. Er würde für mich alles stehen und liegen lassen, wenn ich ihn brauche. Auch wenn wir mal eine Zeit lang nicht viel miteinander sprechen oder uns nur selten sehen, weiß ich, dass er immer für mich da ist – und ich für ihn.

Ich schaue aus meinem Wohnzimmerfenster, direkt auf die große alte Eiche, die im zum Haus gehörenden Gemeinschaftsgarten steht. Ihre Blätter bewegen sich kaum, die Luft steht still. Und genauso fühle ich mich seit Monaten: im Stillstand.

Mit Sophie verging die Zeit immer wie im Flug. Das letzte Jahr hingegen kam mir vor wie eine Ewigkeit.

Lautes Brummen lenkt meinen Blick auf den Blumentopf auf der Fensterbank. Eine Hummel schwirrt zwischen den Lavendelblüten umher. Sophies überraschten Blick, als sie mal von einer gestochen wurde, werde ich nie vergessen. Sie hat mir nicht geglaubt, dass die gemütlichen dicken Brummer einen Stachel haben, und wollte mir unbedingt das Gegenteil beweisen. Deswegen hat sie eine in die Hand genommen und vorsichtig ihre Finger um sie geschlossen – und dann hat sie mich einfach nur mit großen Augen angesehen und »Du hast recht!« gesagt. Die Hummel hatte sie am kleinen Finger erwischt.

Ich nehme den Topf von der Bank, öffne das Fenster und schubse das Tier vorsichtig nach draußen. Beim Schließen fällt mir auf, wie schmutzig die Scheiben sind. Drei Stunden später habe ich nicht nur alle Fenster in meiner Wohnung geputzt, sondern auch gesaugt, den Parkettfußboden geschrubbt, den Staub von den Schränken entfernt und die Schubladen in der Küche aussortiert und gesäubert.

Ich lasse mich in meinen Sessel fallen, strecke die Beine lang aus und schließe für einen Moment die Augen. Als ich sie wieder öffne, fällt mein Blick auf das schiefe Bild an der Wand, und wie aus dem Nichts schwappen die Gefühle in mir hoch. Sophie ist überall – und nirgendwo. Ich rücke die Leinwand gerade und merke dabei, wie sich leichte Panik in mir breitmacht. Kurz darauf tippe ich mit zittrigen Fingern eine Nachricht in mein Smartphone und schicke sie an Chris.

Kannst du vielleicht doch vorbeikommen?

Nur kurz darauf leuchtet seine Antwort auf.

Klar, bin in 10 Minuten da.

Er braucht gerade mal sieben Minuten. Ich stehe auf, als es klingelt, öffne ihm die Tür und sage: »Du bist viel zu schnell gefahren, sonst wärst du jetzt noch nicht hier, das schafft man nicht, wenn man sich an die Geschwindigkeitsbegrenzungen hält. Wie schaffst du es nur, dass du nie geblitzt wirst, während ich sogar erwischt werde, wenn ich mit knapp vierzig durch die Dreißigerzone gurke?«

Anstatt auf meine Frage zu antworten, kommt Chris in die Wohnung, schließt die Tür hinter sich und breitet seine Arme aus: »Komm her!«

Ich versuche die Tränen wegzublinzeln, die sich in meinen Augen sammeln, aber das gelingt mir nicht. Ich schniefe ein paarmal und lasse mich in seine Arme sinken. So stehen wir eine Weile im Flur, bis ich mich wieder etwas beruhigt habe und von ihm löse.

»Danke, dass du gekommen bist.«

»Dafür sind Freunde doch da.«

»Magst du was trinken? Ich habe noch Limo im Kühlschrank.« Selbst gemacht, nach Sophies Rezept …

»Ja, gern.«

Mit einem Glas Zitronenlimonade setzen wir uns auf die Couch und schweigen uns einen kurzen Augenblick an. Wahrscheinlich weiß Chris nicht so recht, wie er mit mir umgehen und was er sagen soll. Aber das macht nichts, ich verstehe ihn, denn ich weiß es ja selbst nicht. Vorhin wollte ich noch allein sein, und jetzt bin ich froh, dass ich es nicht mehr bin, obwohl ich eigentlich immer noch keine Lust habe, irgendjemanden zu sehen.

»Ich bin froh, dass du hier bist«, sage ich schließlich.

»Möchtest du darüber reden?«, fragt er.

»Nein«, antworte ich, schaue aus dem Fenster und versuche, nicht wieder loszuheulen. Genau das ist der Grund, aus dem ich heute eigentlich lieber allein sein wollte. Ich hatte gehofft, dieses Thema einfach beiseiteschieben zu können. Wenn niemand da ist, der mit mir darüber reden möchte, ist es quasi auch nicht da. Zumindest in der Theorie war es ein toller Plan. In der Praxis sieht die Sache allerdings ganz anders aus.

»Gut, aber wenn doch, bin ich da. Das weißt du, oder?«

»Ja, danke!«, sage ich, schaue meinen Freund an und muss schmunzeln. »Schicke Frisur.«

Chris fährt sich mit der Hand durch seine dunkelblonde Wuschelmähne. »Die blöden Dinger gehen in die Breite, bald sehe ich aus wie ein Pilz. Ich muss unbedingt zum Friseur, das mit dem Wachsenlassen kann ich vergessen.«

»Steht dir aber. Ich wäre froh, wenn ich so schöne Locken hätte.« Ich greife in mein Haar, das mir mittlerweile bis über die Schultern fällt. »Vielleicht lasse ich es abschneiden, irgendwas Praktisches.«

»Mach das bloß nicht«, kommt es sofort. »Nicht, weil dir das nicht stehen würde. Du siehst mit jeder Frisur gut aus. Aber ich will mir dein Gejammere nicht anhören, wenn du es danach bereust.« Er grinst. »Das hatten wir schon mal, weißt du noch?«

»Ja, das David-Drama.« Ich seufze. Damals hatte sich meine erste große Liebe nach zwei Jahren von mir getrennt und ich mich daraufhin von meiner Mähne, die er angeblich so geliebt hatte.

»Die Haarkrise überwindest du, und die andere auch – das dauert einfach seine Zeit.« Er zeigt auf den Jutebeutel, der zwischen uns liegt. »Ich habe uns ein paar Filme mitgebracht. Ich dachte, wir machen uns einen schönen Abend. Oder wir versuchen es zumindest. Wonach ist dir? Horror? Komödie? Liebesfilm? Thriller? Oder doch eher ein Disneyfilm? *König der Löwen* vielleicht? Ich bin auf alles vorbereitet.«

»Ist mir ehrlich gesagt egal, such du einen aus«, entscheide ich.

Während Chris den Überraschungsfilm in den Blu-Ray-Player schmeißt, verschwinde ich in der Küche, um ein paar Snacks zu holen. Dabei fällt mir auf, dass ich heute noch gar nichts gegessen habe, und einkaufen war ich auch nicht. Ich öffne den Kühlschrank und fische ein paar Käsewürfel, Weintrauben und eine halbe Wassermelone heraus. Kurz überlege ich, ob ich auch eine Flasche Wein mitnehme, aber ich entscheide mich dagegen. Alkohol tut mir momentan nicht gut, Limonade ist besser.

Zwei Filme später ist es kurz vor Mitternacht. »Sei mir nicht böse, aber ich glaube, ich wäre jetzt lieber wieder allein«, erkläre ich meinem Freund.

»Meinst du, dass das eine gute Idee ist? Ich kann auch bei dir bleiben und auf dem Sofa schlafen. Wir könnten die ganze Nacht Filme schauen, bis wir einschlafen, reden oder auch einfach hier sitzen und nichts sagen, was meinst du?«

Ich schüttele den Kopf. »Das ist lieb. Aber ich denke, dass es wichtig ist, dass ich jetzt für mich bin. Ich muss da allein durch, zumindest heute Nacht.«

»Ist gut.« Er sieht mich besorgt an. »Ich leg mein Handy auf den Nachttisch, ruf an, wenn du dich doch noch umentscheidest.«

Ein paar Minuten später verabschieden wir uns an der Tür.

Ich schalte den Fernseher aus, gehe ins Badezimmer, putze meine Zähne, wasche mich, ziehe meine Schlafshorts und ein Top an und lasse mich in mein Bett fallen. Für eine Bettdecke ist es eigentlich viel zu warm, ganz ohne kann ich allerdings nicht, auch in den warmen Jahreszeiten brauche ich zumindest ein dünnes Bettlaken, das ich mir zwischen die Beine klemmen kann. Das gibt mir ein Gefühl von Sicherheit.

Ich schüttle meine zwei Kissen auf, rolle mich auf die Seite, knipse das Licht aus, schließe meine Augen und denke an die gemeinsame Zeit mit meiner Freundin Sophie. An ihr sanftes Lächeln und die vielen kleinen Sommersprossen um ihre Nase herum. Ich sehe das Lachgrübchen, das sich nur auf ihrer rechten Wange abgezeichnet hat, höre den Klang ihrer Stimme und bilde mir ein, den Duft von Melone wahrzunehmen. Sophie mochte fruchtige Parfums, die so rochen, dass man Hunger bekam. Meine Erinnerungen sind so klar und frisch, als hätte ich Sophie gestern noch gesehen, und dabei ist es jetzt elf Monate und dreihundertvierundsechzig Tage her.

Um ein Uhr zweiundzwanzig piept mein Handy. Es erinnert mich daran, dass genau zu diesem Zeitpunkt die Welt stehen geblieben ist. Sophies Herz hat aufgehört zu schlagen. Ein Jahr ohne sie, und sie fehlt mir von Tag zu Tag mehr.

2.

Ich öffne die Augen, blinzle verschlafen und schaue auf die Uhr. Eigentlich hatte ich mir fest vorgenommen, den Tag, vor dem ich mich so sehr gefürchtet habe, komplett zu verschlafen. Ich rolle mich auf den Rücken, seufze und ziehe das Bettlaken bis über meine Nasenspitze. In der Hoffnung, doch noch mal einzuschlafen, schließe ich meine Augen wieder. Doch da fängt irgendjemand im Haus an zu bohren. Wahrscheinlich die neuen Nachbarn im Erdgeschoss, denke ich, sie sind erst vor zwei Wochen eingezogen. Ich schaue auf den kleinen Wecker auf dem Nachttisch. Er zeigt dreizehn Uhr elf an. Nachdem ich fast die ganze Nacht wach gelegen habe, bin ich doch noch mal eingeschlafen. Der halbe Tag wäre rum, und den Rest schaffe ich auch noch. Ich klettere aus dem Bett, schlüpfe in meine Hausschuhe und binde meine Haare zu einem hohen Messy Bun. So ganz abgeschlossen habe ich mit dem Gedanken an kürzeres Haar noch nicht, ich muss es ja nicht gleich übertreiben, aber ein Stück könnte schon ab, überlege ich, nur so viel, dass ich mir noch einen Zopf binden könnte. Ich möchte keinen komplett neuen Look, aber einen etwas pflegeleichteren, und es wäre schön, wenn ich das mit meinem Leben ebenso hinbekommen würde. Sophie hätte nicht gewollt, dass ich mich so dermaßen hängen lasse.

Ich öffne das Fenster, um ein wenig Luft in meine Wohnung zu lassen. Heute scheint es ein bisschen kühler zu sein, ein paar bauschige schneeweiße Wolken haben sich vor die Sonne geschoben, und es ist sogar etwas Wind aufgekommen. Er trägt einen süßen Duft durch das Fenster in meine Wohnung. Da backt jemand, denke ich, atme tief ein und schließe die Augen. Ich kann die Vanille riechen – und Ei. Das wird ein Biskuit, eindeutig!

Ich hatte schon immer eine feine Nase und konnte selbst kleine Noten erschnüffeln, die andere Menschen niemals wahrnehmen würden. Sophie hat mich darum immer ein wenig beneidet. Wir haben oft gemeinsam davon geträumt, irgendwann ein Café zu eröffnen, haben es gedanklich schon eingerichtet und überlegt, welche unserer Kuchen und Torten einen Platz auf der Speisekarte verdienen. Schon als Kinder standen wir regelmäßig mit ihrer Mutter in der Küche, haben mit unseren Händen Teig geknetet oder mit dem Schneebesen kräftig in unseren Schüsseln gerührt, um Kuchen oder Kekse zu backen. Sophies absoluter Lieblingskuchen war damals ein einfacher Limokuchen mit einem dicken Puderzuckerguss. Er hat ihr so gut geschmeckt, dass sie ihn ständig backen wollte. An jedem ihrer Geburtstage gab es ihn, an meinem auch, und an dem ihrer Eltern backte sie ebenfalls einen, um ihn anschließend in einer selbst gebastelten Schachtel mit einer großen Schleife darum zu verschenken.

Warum sie ausgerechnet diesen Kuchen so sehr mochte, wusste sie selbst nicht.

Noch einmal atme ich tief ein, und dann lächle ich. Sophie war felsenfest davon überzeugt, dass alles einen Sinn hat. Ob sie mich durch den Kuchenduft davon überzeugen will, selbst den Ofen anzuschmeißen?

»Vergiss es«, sage ich leise.

Ich gehe in die Küche, koche etwas Wasser auf und setze meinen Porzellanfilter auf eine Tasse. Anschließend gebe ich einen Papierfilter hinein und fülle ihn mit einem Löffel gemahlenem Kaffee. In kreisförmigen Bewegungen gieße ich das heiße Wasser darüber und beobachte, wie es langsam in meine Tasse sickert. Der Duft von frisch gebrühtem Kaffee ist fast noch besser als der von Kuchen, denke ich und gieße noch einmal etwas Wasser nach. Da schellt es plötzlich an der Tür, dreimal kurz, einmal lang, das unverkennbare Klingelzeichen meiner Mutter.

Jetzt ist es vorbei mit der Ruhe, denke ich, und schon kurz darauf höre ich, wie sie die Haustür öffnet und mit ihrer klaren hellen Stimme »Mona-Schatz, ich bin es, Mama, nicht erschrecken« ruft.

Den Schlüssel habe ich ihr damals gegeben, damit ich Ersatz habe, falls ich meinen mal verbummele. Aber seitdem sie sich ständig Sorgen um mich macht, tut sie so, als wäre es das Selbstverständlichste der Welt, einfach ungefragt bei mir aufzutauchen – nur um mal zu schauen, wie es mir geht. Aber ich kann es ihr nicht verdenken, in den ersten Wochen ging es mir wirklich sehr schlecht.

»Hallo, Mama.«

Meine Mutter stellt einen riesigen Kochtopf auf den Küchentisch. »Hallo, Schatz.«

Sie kommt zu mir und schließt mich in die Arme, so fest, dass ich fast keine Luft mehr bekomme.

»Mama!«, druckse ich.

»Ich habe mir Sorgen gemacht, Mona. Warum hast du dich denn nicht gemeldet? Ich hab dich schon ein paarmal angerufen.«

»Echt? Habe ich gar nicht mitbekommen, mein Handy ist noch lautlos, ich lag bis eben im Bett.«

»Bis eben? Oh, ach so.« Sie lächelt liebevoll und streicht mir eine Haarsträhne aus dem Gesicht, dann mustert sie mich, als wolle sie überprüfen, ob an mir auch wirklich noch alles dran ist.

»Es geht mir einigermaßen gut«, erkläre ich. »Chris war gestern noch lang bei mir, ist aber dann wieder gefahren, weil ich allein sein wollte. Die Nacht war schlimm – aber ich habe es überstanden.«

Sie nickt. »Es wird besser Jahr für Jahr, du wirst sehen.«

»Ja, ich weiß, die Zeit heilt alle Wunden«, sage ich, auch wenn ich daran im Moment noch nicht glaube.

»Das ist so nicht ganz richtig«, erwidert meine Mutter ernst. »Die Zeit heilt nicht alle Wunden, aber du lernst, mit dem Schmerz umzugehen.« Sie deutet mit dem Kopf auf den Topf. »Ich habe dir aber was mitgebracht, das immer hilft, auch wenn es dafür zugegebenermaßen eigentlich viel zu warm ist.«

»Hühnersuppe«, stelle ich fest. Obwohl der Topf geschlossen ist, schafft es der Geruch, den Kaffeeduft in meiner Nase zu verdrängen. »Danke, Mama.«

»Nicht dafür.«

»Willst du auch einen Kaffee?«

»Gern.« Sie geht zum Fenster und stellt es auf Kipp. »Oh, hier backt jemand einen Biskuitboden«, stellt sie fest. Die Geruchsempfindlichkeit habe ich von ihr geerbt.

Ich hole eine zweite Tasse aus dem Schrank und stelle den Wasserkocher noch einmal an.

Während der Kaffee durchläuft, zaubert meine Mutter eine Tüte vom Bäcker aus ihrer großen Tasche und setzt sich zu mir an den Tisch. »Du hast doch bestimmt noch nichts gegessen, oder?«

»Du hast noch mehr mitgebracht?«

»Baguettes, belegt mit Tomate, Mozzarella und Pesto, so wie du es am liebsten magst, Mona.«

Obwohl ich keinen Hunger habe, esse ich alles auf. Meine Mutter macht sich schon genug Sorgen um mich, und sie hat mir nicht nur einmal gesagt, dass ich auf mich aufpassen muss, weil ich einige Kilo abgenommen habe. Meine Kleidung muss ich mir demnächst eine Größe kleiner kaufen. Aber das ist mir relativ egal, ich habe mich vorher wohlgefühlt, und das ist jetzt auch noch so, zumindest was meinen Körper angeht. In meiner Seele sieht es hingegen anders aus.

»Ich vermisse sie«, sage ich.

Meine Mutter rückt mit ihrem Stuhl ganz nah an mich ran und nimmt mich in den Arm. »Ich weiß, mein Schatz.«

Eine ganze Weile sitzen wir einfach nur da. Sie lässt mich weinen. Es tut gut, meinen Kummer zuzulassen. Danach fühle ich mich etwas schwach, aber es geht mir besser.

»Lass uns eine Runde spazieren gehen«, schlägt meine

Mutter vor. »Dann kommt dein Kreislauf etwas in Schwung, das wird dir guttun.«

Lust habe ich keine, aber ich ziehe mich trotzdem an. Dabei fällt mir ein, dass ich mich noch gar nicht bei Chris gemeldet habe. Das hole ich nun nach.

Hey du, mir geht es gut. Danke noch mal für deinen Besuch gestern Abend. Ich zögere einen Moment, bevor ich hinzufüge: *Das würde ich gern demnächst wiederholen, mit etwas weniger Herzschmerz und vielleicht einer großen Pizza.*

Kurz darauf gehen wir durch den Park. Meine Mutter hat sich bei mir eingehakt. Es fällt mir wirklich schwer, immer etwas Gutes in allem zu sehen, aber ich bemühe mich trotzdem. Im letzten Jahr sind meine Mutter und ich uns ein ganzes Stück nähergekommen, und darüber bin ich sehr froh.

Mittlerweile ist es halb acht am Abend. Meine Mutter ist gerade erst gegangen, und auch nur, weil ich mit ihr einen Teller Hühnersuppe gegessen habe, in den sie eine große Portion Buchstabennudeln gegeben hat.

Nun bin ich erschöpft, ich fühle mich, als hätte ich mindestens drei Nächte nicht geschlafen. Ich beschließe, den restlichen Abend direkt im Bett zu verbringen und dabei irgendeine Serie anzuschauen, bis ich einschlafe. Den Fernseher hat meine Mutter mir zum Geburtstag geschenkt. Eigentlich wollte ich nie einen in meinem Schlafzimmer stehen haben, aber nun bin ich doch froh, dass ich ihn habe. Er hat den Wein abgelöst, den ich ein paar Monate jeden Abend vor dem Einschlafen getrunken habe. Ich entscheide mich für eine Fantasyserie, in der es um Hexen geht, die die Welt retten müssen, lehne mich gemütlich in das Kissen und lasse mich in eine andere Welt entführen. Doch schon nach zehn Minuten wird mein Serienabend unterbrochen.

Irgendjemand hat an der Tür geklingelt.

Chris? Er hat mich gefragt, ob wir gleich heute gemeinsam die Pizza essen wollen. Ich habe stattdessen die nächste Woche vorgeschlagen, aber er hat darauf noch nicht geantwortet.

Ich greife zu meinem Handy, um zu schauen, ob er vielleicht doch noch mal etwas geschrieben hat, aber das hat er nicht, und da klingelt es auch schon erneut.

»Na toll«, murmele ich und stehe auf.

Es sind nicht, wie erwartet, die blonden Locken meines Freundes, die ich im nächsten Moment sehe. Vor mir steht Franzi, Sophies kleine Schwester. Und sie sieht meiner Freundin verdammt ähnlich.

Das letzte Mal haben wir uns auf der Beerdigung gesehen, das ist jetzt schon fast ein Jahr her. Franzi hat ihre langen, dunkelbraunen Haare abschneiden lassen und trägt jetzt einen Pixie. Dadurch kommen ihre feinen Gesichtszüge noch besser zu Geltung. Mit ihren leicht spitzen Ohren sieht sie fast ein bisschen aus wie eine Elfe.

Augenblicklich meldet sich mein schlechtes Gewissen bei mir. Ich hatte Karin, Sophies und Franzis Mutter, versprochen, den Kontakt nicht abbrechen zu lassen, aber das ist mir nicht gelungen. Ich war nie wieder bei ihnen, obwohl insbesondere Karin mir immer sehr wichtig gewesen war.

»Hallo, Mona«, sagt Franzi und lächelt mich zaghaft an.

»Hey, Franzi, was machst du denn hier? Komm doch rein.«

Franzi folgt mir ins Wohnzimmer. Sie stellt eine kleine antike Holztruhe auf den Tisch, die ich sofort erkenne. Sie ist von Sophie, ich habe sie schon immer bewundert. Meine Freundin hat ihre Andenken darin aufbewahrt. Andenken von Ereignissen, an die sie sich unbedingt erinnern wollte: Urlaubsfotos, Karten unserer regelmäßigen Besuche im Zirkus, Konzerttickets. Diese Momente wollte Sophie am liebsten konservieren. Sie wollte sie einschließen und wieder rausholen, wenn sie eine schöne Erinnerung gebrauchen konnte. Und nun steht die Truhe auf meinem Tisch und daneben Sophies kleine Schwester, die ich in meiner Trauer im Stich gelassen habe, wie mir plötzlich klar wird.

Ich sehe Franzi an, dass sie nervös ist und dass sie gegen ihre Tränen ankämpft. Sie kaut auf ihrer Unterlippe herum und sagt nichts.

»Darf ich dich drücken?«, frage ich, und als sie nickt, liegen wir uns in den Armen und weinen beide.

»Es tut mir leid«, sage ich, nachdem wir uns voneinander gelöst haben. »Ich war so beschäftigt damit, mit meinen Gefühlen fertigzuwerden, dass ich alles, was mich an Sophie erinnert hat, irgendwie weggeschoben habe.«

»Mach dir keine Vorwürfe, ich habe es doch ähnlich gemacht. Ich hätte mich genauso gut bei dir melden können. Es ist alles in Ordnung, wirklich«, erklärt Franzi.

Erleichtert atme ich auf.

Sie sieht mich mit ihren großen braunen Augen an, und

fährt sich dabei mit der Hand durch das kurze Haar. »Heute bin ich ja da.«

»Eine schöne Überraschung.«

Franzi zeigt auf die alte Holztruhe. »Es gibt aber auch einen Grund für meinen Besuch.« Sie atmet tief durch. »Kurz bevor Sophie gestorben ist, hat sie Mama um etwas gebeten. Sie hat ihr von der Truhe erzählt und gesagt, dass sie sie dir an ihrem ersten Todestag geben soll. Na ja, … und deswegen bin ich heute hier. Mama geht es nicht wirklich gut. Sie kommt klar, wie wir alle irgendwie, doch heute ist eben ein besonderer Tag. Aber ich dachte, dass wir Sophie den Wunsch auf jeden Fall erfüllen sollten.«

Ich muss schlucken und schaue Franzi an, unfähig, ein Wort zu sagen.

»Ich weiß nicht, was drin ist. Ich habe nicht hineingeschaut.« Sie lächelt schief. »Wobei ich zugeben muss, dass ich schon neugierig war. Die Kiste ist ziemlich schwer. Aber ich hab mich dann doch nicht getraut, das kleine Schloss kaputtzumachen. Man muss eine Zahlenkombi eingeben.«

Franzis entwaffnende Ehrlichkeit lockert die Atmosphäre.

»Eins, zwei, drei, vier«, sage ich.

Mit einem Klick löse ich den kleinen, goldenen Verschluss und öffne behutsam den Deckel.

Das sieht Sophie ähnlich!

In der Truhe sind mehrere, einzeln verpackte, nummerierte Päckchen. So hatte meine Freundin auch zu meinem Geburtstag schon liebend gern meine Geschenke verpackt.

»Pack aus!«, sagt Franzi. »Oder willst du lieber allein sein? Ich kann auch gehen.«

»Ich fände es schön, wenn du dabei bist.«

Langsam wickle ich das erste Päckchen aus.

Es ist ein zusammengerolltes Blatt Papier.

»Ein Brief«, vermutet Franzi.

Aber sie täuscht sich.

»Es ist ein Rezept – für Sophies Limokuchen.«

Mein Bauch fängt an zu kribbeln, ich weiß, was sich in den anderen Paketen befindet, bevor ich sie auspacke: eine Flasche Orangenlimonade, eine Flasche Öl, ein Paket Mehl, ein Paket Zucker, Backpulver, Vanillezucker.

»Den hat sie mir immer zum Geburtstag gebacken«, sagt Franzi.

»Mir auch«, erwidere ich. »Den hat sie einfach jedem zum Geburtstag gebacken!« Wir müssen beide lachen.

Ich greife nach dem vierten, ganz leichten Päckchen und halte kurz darauf zwei Umschläge in den Händen, die auch wieder nummeriert sind. Im ersten Umschlag befindet sich ein Foto. Ich kann mich noch genau an den Tag erinnern, an dem es entstanden ist. Wir waren das erste Mal allein, ohne unsere Eltern, auf Norderney und haben einen dieser Fotoautomaten entdeckt, an denen man seine Bilder mit lustigen Rahmen und Sprüchen dekorieren konnte. Wir haben uns für einen Rahmen aus bunten Seifenblasen entschieden, mit der Aufschrift *Wir haben Spaß auf Norderney.*

Ich lächle wehmütig, lege das Foto neben die Truhe und öffne den zweiten Umschlag. Es ist ein Brief von Sophie.

3.

Meine liebe Mona,

ich weiß, dass Du jetzt wahrscheinlich schockiert bist, und der Gedanke daran, dass Du diese Zeilen liest, wenn ich nicht mehr da bin, macht mir das Schreiben nicht gerade leicht. Aber ich kenne Dich einfach zu gut. Ich weiß, dass Du traurig bist und dass Du getrauert hast, ist auch vollkommen okay. Aber jetzt muss Schluss sein. Hör auf, Dich zu verstecken, und nimm wieder am Leben teil, Mona! Back einen Kuchen, nur für Dich! Geh in den Zirkus, an den Badesee, zum Friseur! Mach Sachen, die Dir guttun. Buch Dir ein Zimmer auf unserer Lieblingsinsel, Du warst schon lange nicht mehr dort, oder? Erinnerst Du Dich an unseren letzten gemeinsamen Urlaub und an den Tag, an dem wir begonnen haben, eine Liste mit schönen Wörtern zu erstellen? Dein Wort war Meeresbrise, und genau davon solltest Du Dir eine Portion abholen. Die Liste gibt es noch, ich habe sie für Dich aufbewahrt. Sie ist, neben etwas ganz Besonderem, in dem letzten Päckchen versteckt. Bitte drück meine Mutter von mir, sag ihr, dass ich sie sehr liebe. Und auch meine kleine Schwester. Sie ist Dir sehr ähnlich, weißt Du … Es wäre schön, wenn Du Dich etwas um sie kümmern könntest.

Liebste Mona, finde wieder einen Lichtblick in Deinem Leben! Ich hab Dich unendlich lieb.

Fühl Dich umarmt.
Deine Sophie

PS.: Das letzte Päckchen darfst Du erst auf der Fähre nach Norderney öffnen. Ätsch! Jetzt musst Du wohl wirklich fahren.

Ich falte den Brief und stecke ihn zurück in seinen Umschlag.

»Ist alles okay?«, fragt Franzi. »Ich kann mir ungefähr vorstellen, wie du dich fühlst, ich habe auch einen Brief bekommen. Meine Mutter hat ihn mir heute früh gegeben. Sophie hat an alle, die ihr lieb waren, einen Brief geschrieben.«

»Das passt zu ihr«, sage ich und lächle Franzi an. »Ich soll dich drücken. Haben wir zwar gerade schon, aber ein zweites Mal kann ja nicht schaden, oder?«

Wieder liegen wir uns in den Armen. Diesmal fühlt es sich gut an, und wir schaffen es, nicht zu weinen.

»Was meinst du, was in dem letzten Päckchen ist?«, fragt Franzi.

»Ganz ehrlich, ich habe keine Ahnung. Es könnte alles sein, deine Schwester war immer für eine Überraschung gut«, erkläre ich. Kurz überlege ich, ob ich Franzi den Brief zeige, entscheide mich aber dagegen. Er war für mich, sie hat einen eigenen bekommen. Aber etwas davon will ich ihr nicht vorenthalten: »Ich soll nach Norderney fahren und darf es erst auf der Fähre auspacken.«

»Typisch Sophie!«, sagt Franzi.

»Willst du eine Limo? Zitrone …«

Wir machen es uns beide im Schneidersitz auf der Couch bequem und reden über die schöne Zeit mit Sophie. Ich erzähle, wie stolz sie auf ihre kleine Schwester war, die, ohne viel zu lernen, ein Einser-Abi hingelegt hat, und wie gut sie es fand, dass Franzi Medizin studiert.

Franzi erzählt mir, dass Sophie mich immer bewundert hat. Dafür, dass ich so geradlinig und sortiert bin. Ich hingegen war immer von Sophies Kreativität und Spontaneität begeistert. Wir haben uns einfach gut ergänzt, wir waren ein unschlagbares Team.

Es ist schon nach zehn, als Franzi gähnt und auf die Uhr schaut.

»Es ist schon spät«, sage ich. »Möchtest du hierbleiben? Ich kann dir das Gästebett beziehen«, biete ich an.

»Nein, das ist lieb, aber ich fahre lieber wieder.«

»Bist du sicher?«, hake ich nach.

»Ja, ich bin mit dem Auto da, es ist ja nicht weit«, versichert Franzi, während sie schon ihren Autoschlüssel aus ihrer Handtasche kramt.

An der Haustür drücke ich die kleine Schwester meiner besten Freundin noch mal. »Schön, dass du da warst!«

Immer noch überwältigt von dem, was passiert ist, setze ich mich auf die Couch. Ich brauche jetzt definitiv etwas für meine Nerven. Aus meinem Sideboard hole ich eine Tafel Schokolade, esse einen ganzen Riegel und greife nach dem Brief, um ihn noch einmal zu lesen.

Backe einen Kuchen nur für Dich.

Das hat Sophie geschickt eingefädelt. Die meisten der Zutaten hat sie mir gleich mitgeliefert. Ob sie auch für den Kuchenduft heute Mittag verantwortlich war, überlege ich und wünsche mir, es wäre tatsächlich so.

Mach Sachen, die Dir guttun!

Ich höre Sophies Stimme in meinem Kopf, die mich auffordert, wieder mehr an mich zu denken, esse noch einen Riegel, nehme das Rezept für den Limokuchen, die Zutaten aus der Truhe und breite alles auf dem Küchentisch aus. Den Rest werde ich noch dahaben. Ich lege ein Paket Eier, Salz, Butter und Puderzucker dazu und stelle den Backofen an. Die Rührschüssel und das Handrührgerät aus meinem Wandschrank habe ich schon ewig nicht mehr benutzt. Ich gebe alle Zutaten in die Schüssel, verrühre sie zu einem glatten Teig, streiche ihn gleichmäßig auf das gebutterte Backblech und schiebe es in den vorgeheizten Backofen. Dabei muss ich an Sophie denken.

»Nach Gefühl, bis der Kuchen goldgelb ist«, hat sie immer gesagt, wenn jemand nach der Backzeit fragte. Ich habe jedoch immer heimlich auf die Uhr geschaut. Ich weiß ganz genau, dass der Limokuchen in zwanzig Minuten perfekt ist.

Während ich den Kuchen beobachte, wie er vor sich hin backt, gieße ich mir etwas Rotwein ein. Heute habe ich mir ein Glas verdient, denke ich. Aus Genussgründen, nicht weil es mir schlecht geht.

Buch Dir ein Zimmer auf unserer Lieblingsinsel, Du warst schon lange nicht mehr dort, oder?

Es ist jetzt drei Jahre her. Drei Jahre!

Soll ich wirklich?

»Ein bisschen mehr Spontaneität, bitte!«, würde Sophie jetzt sagen.

Ob sie geahnt hat, dass ich mir Urlaub genommen habe? Nicht um wegzufahren, sondern aus Angst, dass ich mich wieder krankschreiben lassen müsste, weil es mir so schlecht geht. Der Urlaub war also sozusagen Vorsorge.

Im Ofen nimmt der Kuchen langsam Farbe an und beginnt zu duften. Ich beschließe, auf meine Freundin zu hören, hole mir meinen Laptop und suche nach der Ferienwohnung, in der Sophie und ich immer unsere Urlaube auf Norderney verbracht haben. Ausgebucht! Aber das ist vielleicht auch gar nicht verkehrt. Vermutlich würde mich dort zu viel an Sophie erinnern.

Bevor ich weitersuche, schaue ich auf die Uhr. Der Kuchen ist fertig! Ich schlüpfe in meine Ofenhandschuhe, öffne den Backofen und ziehe das Backblech heraus. Mh, das duftet gut. Sobald der Kuchen abgekühlt ist, kümmere ich mich um den Zuckerguss, dafür habe ich extra etwas Orangenlimonade in der Flasche gelassen.

Es dauert ein wenig, bis ich endlich eine für mich passende Unterkunft finde. *Gemütlich eingerichtete Ferienwohnung im ersten Stock – zwei Zimmer – Balkon* lautet das Inserat.

»Perfekt!«

Soweit die Fotos es erkennen lassen, sieht die Wohnung

wirklich hübsch aus, und sie ist sehr zentral gelegen. Ohne weiter darüber nachzudenken, klicke ich auf *»Buchen«*.

Morgen Mittag geht es schon los, ich kann es kaum glauben. Sophie wäre stolz auf mich.

Ich rühre den Zuckerguss an, bepinsle den Kuchen und warte gar nicht erst, bis der Guss fest ist, sondern schneide mir gleich ein großes Stück ab. Dazu trinke ich den restlichen Wein aus und falle eine halbe Stunde später müde ins Bett.

Verschlafen taste ich am nächsten Morgen nach meinem Wecker, der mich mit einem schrillen Piepen aus dem Schlaf reißt. Habe ich gestern Abend wirklich noch gebacken und eine Reise nach Norderney geplant? Ich schnuppere in Richtung Küche, aus der es eindeutig nach Kuchen duftet. Sofort bin ich hellwach und stehe auf.

Auf meiner Arbeitsplatte finde ich den Limokuchen. Ich habe gestern tatsächlich eine Ferienwohnung gebucht, denke ich, klappe das Notebook auf und überprüfe das Postfach. *Buchungsbestätigung* steht im Betreff der letzten Mail, die ich erhalten habe. Jetzt gibt es kein Zurück mehr. Es ist kurz nach acht, ab fünfzehn Uhr ist die Ferienwohnung frei, das heißt, ich sollte jetzt meinen Koffer packen und mich dann schleunigst auf den Weg machen.

Ich esse ein Stück Kuchen, trinke einen großen Pott Kaffee und schreibe in Gedanken eine Liste mit den Sachen, die ich mitnehmen muss. Das Wetter auf der Insel ist nicht so beständig wie bei uns auf dem Festland. Auf sonnige dreißig Grad können kühlere neunzehn und Regen folgen. Je nachdem, wie der Wind steht, fühlt es sich trotz Sonne oft eher frisch an …

Nur eine knappe Stunde später habe ich meinen Koffer und eine Reisetasche gepackt. Das letzte Päckchen aus Sophies Truhe verstaue ich in meiner Handtasche.

Kurz darauf belade ich mein kleines Auto mit dem Gepäck. Auf den Beifahrersitz lege ich eine Flasche Wasser und eine Box mit dem Kuchen, den ich in kleine Stücke geschnitten habe. Bevor ich mich auf den Weg mache, schicke ich noch schnell eine Nachricht an Chris.

Bin spontan auf dem Weg nach Norderney,
melde mich, wenn ich da bin!

Anstatt mit einer Mitteilung zu antworten, ruft Chris an.

»Wie? Du fährst nach Norderney …«

Ich erzähle es in knappen Worten, verspreche, mich wieder zu melden, sobald ich auf der Insel bin, und rufe danach meine Mutter an.

»Mama, ich wollte dir nur sagen, dass ich jetzt nach Norderney fahre …«

Zehn Minuten später gebe ich den Fähranleger in das Adressfeld meines Navigationssystems ein und mache mich auf den Weg.

Die ersten Male sind Sophie und ich früher mit dem Zug bis nach Norddeich gefahren. Dabei haben wir schon auf der Reise eine ganze Menge Leute kennengelernt. Meine Freundin hatte nie Probleme damit, neue Kontakte zu knüpfen. Mir hingegen fiel es schon immer sehr schwer. Sophie war mir genug. Mehr als eine Freundin brauchte ich nicht. Als wir beide unseren Führerschein und dann auch ein Auto hatten, haben wir auf die Zugfahrt verzichtet. Über die A31 braucht man keine drei Stunden, bis man in Norddeich ist.

P1 lese ich auf einem Straßenschild, es ist nicht mehr weit. Ich folge weiter den Schildern und fahre auf das Gelände vor dem Hafen zu. Dort ziehe ich ein Parkticket, warte, bis die Schranke sich öffnet, und stelle mein Auto auf dem ersten Platz ab, den ich finden kann. Es ist sehr voll, etliche Autos reihen sich aneinander, aber das war auch nicht anders zu erwarten. Ich nehme mein Gepäck und folge den gut gelaunten Leuten aller Altersklassen in Richtung Fähranleger. Vor mir läuft eine junge Familie mit zwei Kindern. Ein Mädchen mit hellblondem, fast schon weißem Haar hüpft gut gelaunt auf einem Bein und summt dabei eine fröhliche Melodie. Ein kleiner Junge, wahrscheinlich ihr Bruder, zieht einen Holzhund auf Rädern an einem Seil hinter sich her. Auf dem Kopf trägt er einen Schlapphut und sieht aus wie ein kleiner Entdecker. Ein Mann und eine Frau halten Händchen und schauen sich verliebt an. Das Leben kann verdammt schön sein, denke ich, während ich hinter der Familie herlaufe.

Schon von Weitem sehe ich die Fähre im Hafen stehen. Es ist jetzt Viertel vor zwei, und es hat sich bereits eine lange Warteschlange vor dem Schiff gebildet. Ich laufe direkt auf die Hafenhalle zu. Bevor ich mich anstelle, muss ich mir noch ein Ticket besorgen. Ich begrüße eine ältere Mitarbeiterin, die hinter einer Glasscheibe am Schalter sitzt und die Fährtickets verkauft.

»He, was kann ich für dich tun?«, fragt sie.

»Eine Hin- und Rückfahrkarte nach Norderney bitte.«

»Einmal Ney, hin und zurück. Das macht dann zweiundzwanzig fünfzig bitte.«

Einmal Ney, hin und zurück. Wie lange ich das schon nicht mehr gehört habe!

Mit dem Ticket in der Hand verlasse ich die Hafenhalle und reihe mich in die Schlange wartender Menschen vor der Fähre ein. Der Einlass hat schon begonnen, die ersten Urlauber schieben sich langsam auf das Schiff.

Endlich bin ich an der Reihe. Ich begrüße den Mitarbeiter der Frisia, der den Einlass regelt, stelle meine Koffer zu denen der anderen Reisenden und gehe über eine schmale Treppe auf das Deck der Frisia 3.

Die Plätze auf den Bänken sind bereits alle belegt, ich finde jedoch eine freie Stelle an der Reling. Dort halte ich mich an dem Geländer fest und schaue über den Hafen hinweg auf die graue Nordsee. Neben mir steht eine alte Dame, die mich freundlich anlächelt und kurz zusammenzuckt, als das Schiff ablegt. Ich lächle zurück und sehe zu, wie die Fähre langsam auf das offene Meer hinausfährt. Aus den angebrachten Lautsprechern am oberen Deck ertönt die Begrüßung der Reederei Frisia. Eine angenehm tiefe Männerstimme erklärt, dass wir circa fünfundvierzig Minuten für die Überfahrt nach Norderney brauchen werden. Ich schließe die Augen und halte mein Gesicht in die Sonne. Sie ist angenehm warm und kitzelt ein bisschen an meiner Nasenspitze. Das Gefühl, nach so langer Zeit wieder auf der Fähre zu stehen, ist überwältigend. Natürlich bin ich traurig, weil Sophie nicht bei mir ist, aber ich bin auch aufgeregt und freue mich auf die nächsten Tage.

Die Frisia schiebt sich behäbig durch die Fahrrinne ihrem Ziel entgegen. Ich beobachte die Möwen, die kreischend um das Schiff fliegen und darauf warten, dass irgendjemand den Proviant mit ihnen teilt. Wind weht durch mein offenes Haar und lässt mich ein bisschen frösteln. Ich greife in meine Handtasche, um meinen Pullover rauszuholen, den ich vorsichtshalber eingesteckt habe. Dabei fällt mir Sophies letztes Päckchen in die Hände. Ich muss schlucken und halte mich am Geländer fest. Das hatte ich fast vergessen. Schnell ziehe ich den Pulli über, setze mich im Schneidersitz auf den Boden und packe das letzte Geschenk aus.

Sie ist, neben etwas ganz Besonderem, in dem letzten Päckchen versteckt.

Es ist ein Notizbuch. Es hat keine Aufschrift und auch keinen besonderen Einband. Von außen kann man nicht erkennen, worum es sich handelt, aber ich weiß instinktiv, dass es etwas ganz Besonderes sein muss, so wie Sophie es angekündigt hat. Mein Herz klopft etwas schneller, als ich es aufschlage und lese, was auf dem Deckblatt steht.

Sophies schöne Momente

Hat meine Freundin etwa Tagebuch geführt?

Ich blättere eine Seite weiter und schaue auf die Liste der schönen Wörter, die Sophie in das Buch geklebt hat.

4.

Sammlung der schönen Wörter

1. *Meeresbrise/Sommeranfang*
2. *Leichtigkeit/anschmiegsam*
3. *Bauchgefühl/Luftschloss*
4. *Lichterkette/Herzenswunsch*
5. *Göttlich*
6. *Sternschnuppe/Hoffnungsschimmer*
7. *Meerblick*
8. *Blickfang/Himmelblau*
9. *Gemütlichkeit/Lichtspielhaus*
10. *Fernweh/Fingerspitzengefühl*
11. *Schneeflocke/Morgentau*
12. *Pusteblume/Schmollmund*
13. *---Lichtblick---*

Während ich die Liste lese, wird mir ganz warm ums Herz. Ein paar der Wörter verbinde ich mit besonders schönen Erinnerungen an Sophie. Mir fallen sofort Geschichten dazu ein. Einige von ihnen kann ich nicht zuordnen, und mit der Nummer dreizehn, *Lichtblick,* kann ich gar nichts anfangen. Ich blättere eine Seite weiter.

10. Juni 2018 Meeresbrise/Sommeranfang

Sophie hat tatsächlich Erinnerungen und Momente zu unseren schönen Wörtern festgehalten.

Liebstes Leben,
immer zuerst ans Meer!

Seit gestern bin ich mit Mona auf Norderney. Und wie jedes Mal haben wir uns sofort nach unserer Ankunft Räder ausgeliehen. Wir sind den Deich entlanggefahren, immer geradeaus, dem Wind entgegen. Wir haben gelacht und unsere Nasenspitzen in die Sonne gehalten …

Die Erinnerung fühlt sich so real an, dass ich sie bildhaft vor mir sehen kann. Gespannt blättere ich durch die anderen Seiten, entscheide mich aber dazu, jetzt keinen Eintrag mehr zu lesen. Nicht hier, nicht zwischen all den fremden Menschen. Die nächsten Erinnerungen möchte ich in bewusst ausgewählten Momenten lesen.

Ich klappe das Buch zu, stecke es zurück in meine Handtasche und fühle tief in mich hinein. Es berührt mich sehr, dass Sophie mir das Buch zukommen lassen hat. Das passt zu ihr, denke ich lächelnd, sie hat immer zuerst an andere gedacht, sie wollte, dass es allen gut geht. Einen Moment bleibe ich noch sitzen, bevor ich aufstehe und wieder über das Meer auf die Insel schaue, die immer näher kommt.

»Liebe Fahrgäste, in Kürze erreichen wir die Insel Norderney. Wir bedanken uns bei Ihnen und wünschen einen schönen Aufenthalt. Ihr Team der Frisia.« Die tiefe Stimme des Fährmitarbeiters holt mich zurück ins Hier und Jetzt.

Für die meisten Reisenden ist die Durchsage der Startschuss, um hektisch zu ihren Koffern zu stürmen. Das habe ich noch nie verstanden. Es macht doch keinen Unterschied, ob man zwei Minuten früher oder später das Schiff verlässt. Ich bleibe noch einen Moment sitzen und beobachte, wie die Fähre sich dreht, dann langsam in den Hafen einfährt und schließlich anlegt. Erst ganz zum Schluss gehe ich von Bord, laufe über den Anlegesteg, scanne mein Ticket und stehe endlich vor der Norderneyer Hafenhalle. Die hektischen Urlauber und Urlauberinnen erinnern mich an einen aufgebrachten Ameisenhaufen. Sie rennen alle wild durcheinander und versuchen, ein Taxi zu ergattern. Aber ich habe Zeit.

Ich suche den Zettel mit der Buchungsbestätigung meiner Ferienwohnung in meiner Handtasche. Darauf müsste irgendwo die Nummer vom Vermieterservice stehen, über den ich die Wohnung gebucht habe. Ich soll mich melden, sobald ich auf der Insel bin. Alles Weitere wird vor Ort besprochen, hieß es in der Mail.

Ich wähle die Nummer und halte mein Smartphone an mein Ohr.

»Vermieterservice Schlenkermann, was kann ich für Sie tun?«, meldet sich eine Dame.

»Guten Tag, Mona Rose mein Name. Ich habe eine Ferienwohnung für die nächsten zehn Tage bei Ihnen gebucht und bin gerade am Norderneyer Hafen angekommen«, erkläre ich.

»He, Frau Rose, willkommen auf Ney. Eine meiner Hausdamen ist in fünf Minuten da, um Sie abzuholen. Sie kommt mit einem roten Elektrowagen. Bitte warten Sie einfach vor der Hafenhalle.«

Kurze Zeit später sehe ich einen kleinen, roten Wagen auf den Hafen zufahren. *Vermieterservice Schlenkermann* steht in weißen Buchstaben auf der Beifahrertür. Das ging ja schnell! Ich gehe mit meinem Gepäck auf die blonde Frau zu, die mittlerweile aus dem Auto gestiegen ist und sich suchend umschaut.

»Sind Sie Frau Rose?«, fragt sie.

»Die bin ich. Guten Tag.«

»He, ich bin Gitte.« Sie nickt mir zu. »Dann mal los!«

»Mein Name ist Mona.«

Ich schätze die Frau auf etwa Mitte fünfzig, sie dürfte im Alter meiner Mutter sein. Auf jeden Fall ist sie mir auf Anhieb sympathisch. Es passiert nicht oft, aber es gibt diese Menschen, bei denen spürt man sofort, dass sie eine gute Seele haben. Auf Gitte trifft das zu, da bin ich mir sicher. Sie hat so etwas in ihrem Blick, das sie einfach herzlich wirken lässt, ohne dass ich näher beschreiben könnte, warum es so ist.

Wir laden mein Gepäck in den kleinen roten Flitzer und steigen in den Wagen.

»Du hast die Wohnung im Damenpfad gebucht, richtig?«

»Genau!«

Gitte startet den Motor. Es ist das erste Mal, dass ich in einem Elektroauto sitze. Fast geräuschlos setzt sich der Wagen in Bewegung.

»Die Wege auf Norderney sind sehr kurz«, erklärt sie. »Da

auf der Insel kaum Autos fahren, kommt man recht schnell von A nach B. Das Einzige, was einem in die Quere kommt, sind die zahlreichen Fahrradfahrer, die schnell mal vergessen, dass es auch hier noch Autos gibt. Wenn auch nur wenige. Wie selbstverständlich fahren sie mitten auf der Straße, und oft schauen sie sich nicht mal um, bevor sie abbiegen. Von den Handzeichen, die man eigentlich geben sollte, ganz abgesehen.« Sie schaut kurz zu mir rüber. »Das erste Mal auf Norderney?«

»Das zehnte Mal«, erkläre ich.

»Dann kennst du das ja alles.«

»Ich war vor drei Jahren das letzte Mal da.«

»Viel verändert hat sich nicht, obwohl …«

Ich lausche ihren Erklärungen, bis Gitte den Wagen nur fünf Minuten später vor einem großen weißen Haus parkt. Es sieht alt, aber sehr gepflegt aus. An den vier Balkonen mit den romantisch verschnörkelten Geländern aus Metall erkenne ich meine Unterkunft sofort. Sie sieht aus wie auf den Bildern, sehr schön.

»Da sind wir«, erklärt Gitte, steigt aus dem Wagen und holt mein Gepäck aus dem Kofferraum. »Ich nehme den Koffer, du die Reisetasche. Deine Wohnung ist im ersten Stock auf der linken Seite. Komm …«

»Genau wie ich es mir vorgestellt habe!«, sage ich kurz darauf. Der lichtdurchflutete Flur, in dem ich stehe, löst gleich ein wohliges Gefühl in mir aus. Ich stelle meine Reisetasche unter die Garderobe und gehe in den Wohnraum. Die ganze Wohnung ist in einem angenehmen Cremeton gestrichen, alles wirkt sehr hell und gleichzeitig warm. Ich gehe weiter ins Wohnzimmer und lege meine Handtasche auf dem hellbraunen Sofa ab, das den Raum von der offenen Küche abgrenzt. Die Wohnung ist insgesamt sehr stilvoll, aber trotzdem gemütlich eingerichtet. Die großen Fenster sorgen dafür, dass genügend Licht hineinfällt. Mein persönliches Highlight ist allerdings der Balkon auf der Südseite, auf dem ein blau-weißer Strandkorb steht. Der perfekte Platz, um zu lesen.

Gitte erklärt mir noch die Hausregeln, bevor sie verschwindet, und hinterlässt mir ihre Telefonnummer, falls ich Fragen habe oder etwas benötige. Ich öffne die Balkontür, lasse mich auf das Sofa fallen und seufze erleichtert auf. Geschafft!

Ich bin hier, ich bin auf Norderney! Zwar nicht in der Ferienwohnung, die ich gewohnt bin, aber diese gefällt mir auch sehr.

Ich hole die Dose mit dem Kuchen aus meiner Tasche, gehe in die Küche und nehme die Kaffeemaschine unter die Lupe, zu der ich glücklicherweise auch ein paar Kaffeepads finde. Auf Knopfdruck läuft braune Flüssigkeit in die Tasse, die ich unter den Auslauf gestellt habe. Dazu genehmige ich mir ein Stück Kuchen und setze mich auf den Balkon. Dabei wird mir plötzlich etwas mulmig zumute. Ob es wirklich so eine gute Idee war, allein hier nach Ney zu kommen? Was soll ich denn jetzt machen mit der vielen Zeit?

Da fällt mir Sophies Eintrag ein, den ich auf der Fähre in ihrem Buch gelesen habe. *Immer zuerst ans Meer!* Danke, Sophie …

Ich ziehe meinen Badeanzug an, tausche meine Jeans gegen kurze Shorts und schlüpfe in Sandalen. Eigentlich müsste ganz in der Nähe ein Fahrradverleih sein, überlege ich und beschließe, auf Erkundungstour zu gehen.

Der Damenpfad liegt zentral, direkt zwischen der Norderneyer Innenstadt und dem Meer, besser geht's fast nicht. Ich packe schnell ein Handtuch und meine Stranddecke, Sonnencreme und Sophies Buch in meine Strandtasche. Nur kurz darauf verlasse ich die Wohnung. Wenn mich nicht alles täuscht, müsste der Fahrradverleih in einer Seitenstraße in Richtung Innenstadt liegen.

Zielstrebig laufe ich auf den kleinen Laden zu und gehe hinein.

»He!«, hinter einem Tresen steht ein gut aussehender Mann, der mich begrüßt. Er hat dunkelblondes, fast braunes Haar und schöne blaue Augen. Wahrscheinlich ist er ungefähr in meinem Alter, vielleicht ein paar Jahre älter. Im Schätzen war ich noch nie gut.

»He! Ich würde gerne ein Rad ausleihen«, sage ich.

»Klar, gerne. Ein E-Bike? Oder ein normales?«

»Ein normales«, antworte ich.

»Ist gebongt, bis wann brauchst du das Rad?«

»Für die nächsten zehn Tage.«

»Bist du heute angereist?«

»Ja, gerade eben erst.«

»Und, das erste Mal hier?«

»Nein, ich war schon oft auf der Insel. Sonst aber immer zu zweit«, erkläre ich und bereue, dass mir der Nachsatz einfach so rausgerutscht ist.

»Mutig von dir!« Er kommt um den Tresen herumgelaufen. »Ich bin Luca.«

»Mona.«

»Also, Mona. Dann wollen wir mal nach einem Rad für dich schauen. Mit Korb?«

»Unbedingt!«

Luca verschwindet im hinteren Teil des Fahrradverleihs und kommt mit einem moosgrünen Rad mit hellem, geflochtenem Körbchen zurück. »Warte, ich stelle dir den Sattel noch ein. So, jetzt müsste es passen. Fahr ruhig ein kleines Stück Probe.«

»Passt!«, sage ich, nachdem ich das Rad getestet habe, und stelle es vor dem Laden ab.

»Perfekt, jetzt musst du nur noch deine Daten hier eintragen. Zahlen kannst du, wenn du mir das Rad zurückbringst.«

Ich fülle den Zettel aus, schmeiße meine Tasche in den Fahrradkorb und schwinge mich auf den Drahtesel. Direkt hinter dem Damenpfad liegt der Westbadestrand, den ich mir für heute als mein Ziel ausgesucht habe. Mit Sophie war ich früher oft dort. Es gibt einen bewachten Badeabschnitt, außerdem war unsere alte Unterkunft ganz in der Nähe. Neben der Ferienwohnung führt eine kurze Straße zur Promenade hoch. Ich stelle mein Rad in einem der zahlreichen Fahrradständer ab, nehme meine Tasche aus dem Korb und laufe einen kleinen Weg zum Deich hoch. Dort bleibe ich überwältigt stehen. Da ist es, das Meer!

Der Strand ist gut besucht. Etliche Urlauber und Insulaner tummeln sich in und am Wasser. Ich gehe eine schmale Treppe hinunter zum Strand und bahne mir meinen Weg zwischen Handtüchern, Strandkörben und Luftmatratzen hindurch. An einer freien Stelle, die nicht weit vom Wasser entfernt ist, breite ich meine Stranddecke aus, schlüpfe aus meiner Kleidung und lege mich auf die Decke. Es ist heiß, meine Haut hat bisher noch nicht viel Sonne abbekommen. »Immer gut eincremen, Mona«, höre ich Sophie in meinen Gedanken sagen.

Ich nehme die Sonnenmilch aus meiner Strandtasche und reibe meinen Körper damit ein. Ein paar Minuten muss ich warten, bis sie eingezogen ist und ich endlich ins Wasser kann. In der Zeit schließe ich die Augen und höre dem Rauschen der Wellen zu. Langsam rollen sie auf das Ufer zu, die Nordsee ist heute recht ruhig. Ich atme tief ein, fülle meine Lungen mit der salzigen Meeresluft und genieße es, wieder am Meer zu sein. Als ich eine Frau ganz in meiner Nähe lachen höre, fällt mir Sophies Buch wieder ein. Ich hole es aus meiner Tasche und beginne, die nächste Erinnerung zu lesen.

5.

11. Juni 2018
Leichtigkeit/anschmiegsam

Liebstes Leben,
wie eine Gazelle!

Dieses Jahr haben wir Glück mit dem Wetter. Die Temperatur hat auch heute wieder die Fünfundzwanzig-Grad-Marke geknackt. Die Nordsee heizt sich immer mehr auf, richtig warm ist sie allerdings immer noch nicht.

Bevor wir ins Meer gegangen sind, sind Mona und ich einen Moment nebeneinander am Ufer stehen geblieben. Ich habe meine Zehen tief in den feuchten Sand gegraben, die Augen geschlossen und genießerisch die salzige Luft eingeatmet, bis eine etwas größere Welle angerollt kam und zu unseren Knien hochschwappte.

Mona ist losgelaufen und hat mich übermütig aufgefordert, ihr zu folgen. Sie hat gerufen, das Wasser würde sich wie ein anschmiegsames, weiches Stück Stoff auf der Haut anfühlen.

Sie sah aus wie eine Gazelle, so voller Leichtigkeit. Der

liebe Gott hat es echt gut mit ihr gemeint. Er hat sie mit schönen langen Beinen gesegnet.

Ich musste ein paar Meter gehen, bis ich den Boden unter den Füßen verloren habe und zu Mona schwimmen konnte, die schon etwas weiter draußen im Meer auf mich gewartet hat. Wir haben uns auf den Rücken gedreht und von den Wellen treiben lassen.

Mona hat mich gefragt, ob ich nicht auch fände, dass das Leben verdammt schön sei.

Ich stimmte ihr zu.

Dabei habe ich in den fast wolkenlosen Himmel geschaut und »meistens« in Gedanken hinzugefügt. Aber ich habe mir fest vorgenommen, die kleine Auszeit mit meiner Freundin zu genießen, so wie jedes Jahr.

Die nächsten Tage gehören uns und Norderney, und das schon zum neunten Mal.

Wir übernachten wie immer in derselben Ferienwohnung, leihen uns Räder und fahren mindestens einmal zur Marienhöhe, um dort eine Schüssel Milchreis zu genießen. Einen Abend gehen wir im Schmuggler essen, an den restlichen entscheiden wir uns spontan für ein Restaurant. Zwischendurch liegen wir, wie heute, bei gutem Wetter am Strand, gehen baden, spazieren oder fahren Rad. Bei kühleren Temperaturen sitzen wir vor dem Kamin – und das im Sommer.

Ja, das Leben ist schön, besonders wenn ich dem Rauschen des Meeres und der fröhlichen Stimme meiner Freundin lauschen darf.

Zurück auf den Handtüchern, sagte einen Moment lang

keine von uns etwas. Die Sonne wärmte unsere Körper und auch meine Gedanken.

Alles bleibt gut, ich muss nur ganz fest daran glauben.

Deine Sophie

Behutsam klappe ich das Buch zu und verstaue es wieder in meiner Tasche. Sophies Zeilen machen mich traurig und glücklich zugleich. Traurig, weil sie nicht mehr da ist, glücklich, weil sie mich an die schöne Zeit denken lassen, die ich gemeinsam mit ihr verbringen durfte. An den Moment, den Sophie hier beschreibt, erinnere ich mich nur noch vage. Für sie scheint er ganz besonders gewesen zu sein, sonst hätte sie ihn nicht festgehalten.

Ich beschließe, daran anzuknüpfen, stehe auf und gehe zum Wasser. Am Meeressaum bleibe ich stehen, grabe meine Zehen in den Sand hinein, genau wie Sophie. Die feinen kleinen Körnchen sind feucht und kühl. Mit jeder Welle, die meine Knöchel erreicht, sinke ich ein kleines Stückchen weiter hinein. Dabei atme ich tief ein, bevor ich meine Füße aus dem kühlen Sand löse und langsam ins Wasser gehe. Die Nordsee ist noch recht frisch, genau wie in Sophies Erinnerung. Als meine Füße den Boden nicht mehr tasten können, lasse ich mich ins kühle Nass gleiten. *Wie ein anschmiegsames, weiches Stück Stoff auf meiner Haut.*

Meine Beschreibung von vor drei Jahren passt noch immer. Ich seufze wohlig auf, drehe mich auf den Rücken, strecke Arme und Beine von mir und entspanne meinen Körper.

So könnte ich ewig im Wasser liegen bleiben. Ich lasse mich treiben, und dabei fällt mir Franzi plötzlich ein. Im Schwimmbad haben Mona und ich versucht, ihr beizubringen, wie man als Seestern auf dem Wasser treibt. Aber obwohl sie damals schon sehr gut schwimmen konnte, ist sie bei jedem Versuch untergegangen. Jeden Tag hat sie geübt, aber es war immer das Gleiche: Zuerst sackten ihre Beine ab und dann der Rest des Körpers. Sie war schon als Kind sehr ehrgeizig gewesen und richtig sauer, weil sie es einfach nicht hinbekommen hat. Ob sie es mittlerweile gelernt hat? Ich nehme mir vor, ihr nachher eine Nachricht zu schreiben. Es freut sie bestimmt, dass ich Sophies Wunsch gefolgt und tatsächlich nach Norderney gefahren bin.

Meine Gedanken treiben mit den Wellen, ich blicke erst auf, als ein paar Möwen schreiend über mich hinwegfliegen. Dabei merke ich, dass ich weit auf das Meer hinausgezogen worden bin. Ich drehe mich zurück auf den Bauch, hole tief Luft und tauche unter. Dann schwimme ich in Richtung Ufer und gehe zurück an Land.

Ich trockne mich grob ab und lege mich auf meine Stranddecke. Mittlerweile dürfte es schon recht spät sein. Der Badespaß hat sich in eine generelle Aufbruchstimmung gewandelt. Immer mehr Leute bauen ihre Strandlager ab. Mein Magen knurrt, mal wieder habe ich zu wenig gegessen, das merke ich jetzt. Auf dem Weg zur Ferienunterkunft sollte ich noch schnell am Supermarkt anhalten und zumindest das Nötigste einkaufen. Ich warte noch einen Moment, bis mein Badeanzug getrocknet ist, ziehe mich an, binde meine Haare zu einem lockeren Dutt und gehe zurück.

Da sehe ich in der Nähe meines Fahrrades auf einer Bank einen blauen flachen Stein liegen, etwa so groß wie meine Handfläche. Ob ihn jemand vergessen hat? Der Stein wurde mit viel Mühe bemalt. Er ist hellblau und mit zarten Wellen in einem dunkleren Blauton versehen. Oben rechts wurde ein kleiner Anker in die Ecke gemalt, und in die Mitte des Steines hat jemand etwas geschrieben.

Beginne die Schönheit der kleinen Dinge zu erkennen!

Der Spruch gefällt mir.

Ich schaue mich um, aber außer mir scheint sich niemand für den Stein zu interessieren. Also stecke ich ihn in meine Strandtasche und nehme ihn mit.

Kurze Zeit später sitze ich auf meinem Rad und fahre zu dem Supermarkt, der sich gleich um die Ecke meiner Ferienwohnung befindet. Dort kaufe ich frisches Vollkornbrot, Butter, etwas Käse, Gemüse, eine Flasche fruchtigen Weißwein und Mineralwasser. Vielleicht gehe ich die nächsten Tage auch mal in ein Restaurant, überlege ich, bevor ich mich auf den Rückweg mache, aber für den Anfang ist Selbstverpflegung nicht schlecht.

In der Wohnung angekommen, lege ich den Wein ins Gefrierfach und springe flott unter die Dusche, um das Salz und den Sand aus meinen Haaren zu spülen. Danach bereite ich mein Abendessen vor, richte es auf einer Platte an, schenke mir ein Glas Wein ein, zünde eine Kerze an und bringe alles auf den Balkon.

Vor dem Strandkorb steht ein kleiner Tisch. Für mich

reicht der Platz vollkommen aus, auch wenn ich es schöner fände, wenn auf dem Tisch zwei Gläser stehen würden. Das Alleinsein an sich macht mir nichts aus, im Gegenteil, in der Regel genieße ich die Ruhe, besonders nach einem anstrengenden Arbeitstag in der Praxis. Aber jetzt im Moment hätte ich gern jemanden bei mir. Natürlich am liebsten Sophie, aber das ist leider unmöglich. Doch ich habe andere liebe Menschen, die sich bestimmt über eine Nachricht freuen.

Ich knipse ein Foto von meinem »Dinner for one« und schicke es, versehen mit der Nachricht *Mir geht es gut, viele Grüße von der Insel,* an meine Mutter, Chris und auch an Franzi.

Normalerweise ist es Chris, der am schnellsten reagiert, aber diesmal ist es Franzis Antwort, die zuerst bei mir eintrifft.

Schrei! Wie? Du bist auf Norderney???

Ja, wie Sophie vorgeschlagen hat. Ich habe einfach gepackt und bin losgefahren. Jetzt bin ich hier, sitze auf dem Balkon und schaue aufs Meer.

Wahnsinn! Wie lange bleibst du?

10 Tage.

Dann wünsche ich dir eine schöne Zeit, meld dich doch mal, wenn du wieder da bist, ich würde mich freuen.

Mach ich – versprochen!

Und ich werde Karin besuchen, nehme ich mir ganz fest vor.

Kurz schreibe ich noch mit meiner Mutter und mit Chris, bleibe auf dem Balkon sitzen und beobachte das rege Treiben auf dem Damenpfad.

Es ist erst halb zehn, als ich merke, wie mich plötzlich die Müdigkeit überrollt. Gestern war ein anstrengender Tag, der heute war auch nicht ohne. Und die ungewohnte frische salzige Meeresluft macht wohl auch träge. Ich muss gähnen, puste die Kerze aus und gehe ins Bett.

So gut habe ich schon lang nicht mehr geschlafen. Ich habe zwar keine Ahnung, wie spät es ist, aber ich fühle mich ausgeruht. Das ist schon ewig nicht mehr der Fall gewesen, stelle ich zufrieden fest. Ich lege die Bettdecke zur Seite, stehe auf und öffne die Balkontür. Die Sonne ist bereits angenehm warm. Es ist schon halb elf, wie mir ein schneller Blick auf mein Handy zeigt. Die ideale Zeit für einen Spaziergang auf dem Deich mit einem anschließenden späten süßen Frühstück in der *Marienhöhe*.

Ich trinke einen Kaffee, ziehe mich an und mache mich sofort auf den Weg.

Das Rad lasse ich heute mal stehen. Ich laufe die kleine Straße zum Deich hoch, die auch zum Weststrand führt. Vorbei an der Bank, auf der gestern der hübsche Stein lag. Am Westbadestrand ist schon wieder richtig viel los. Die *Marienhöhe* liegt zwar in der anderen Richtung, aber ich gehe erst einmal weiter in Richtung Hafen. Mir ein bisschen die Beine zu vertreten, tut bestimmt gut. Dabei beobachte ich die gut gelaunten Urlauber und Urlauberinnen, die auf ihren Fahrrädern den Deich entlangfahren. Ab und an rauschen mit einem Surren ein paar ältere Herrschaften auf ihren E-Bikes an mir vorbei.

Ich laufe noch ein gutes Stück geradeaus. Vorbei an der *Giftbude* und am öffentlichen Strandspielplatz mit seinen zahlreichen Klettergerüsten und einem großen Trampolin, das von einigen Kindern belagert wird. Dort lege ich eine kleine Pause ein und setze mich auf eine Bank mit Blick zum Wasser.

Heute ist die See etwas rauer. Die Wellen rauschen auf das Ufer zu und hinterlassen eine Spur aus Schaum am Rand des Strandes. Die Meerschaumlinie, schießt es mir durch den Kopf, so hat Sophie sie genannt. Ein schönes Wort, das auch seinen Platz auf der Liste verdient hätte.

Eine ganze Zeit lang bleibe ich einfach so sitzen. Ich beobachte einen Windsurfer, der das Wetter nutzt und seine Bahnen zieht. Wenn ich mich anstrenge, kann ich in der Ferne die kleine Schwesterinsel Juist erkennen. Sophie und ich haben einmal einen Tagesausflug dorthin unternommen. Vielleicht mache ich das noch mal, überlege ich, genug Zeit hätte ich auf jeden Fall. Gerade als ich mich umdrehe und in Richtung *Marienhöhe* aufbrechen möchte, höre ich jemanden meinen Namen sagen.

»Mona?«

Vor mir steht plötzlich Luca, der mir gestern das Fahrrad ausgeliehen hat.

»He«, sage ich.

»He! Wie geht's dir? Hattest du einen schönen Tag gestern?«

»Ja.« Ich erzähle von meinem Tag am Strand und von meinem Plan, nun zur *Marienhöhe* zu gehen, um zu frühstücken.

Luca schaut auf seine Uhr und grinst verschmitzt. »Frühstück um halb zwölf klingt verlockend. Mir wäre jetzt eher nach einer großen Pommes und einem Burger. Leider muss ich arbeiten, meine Pause ist gleich vorbei, sonst würde ich dich doch glatt einladen.«

Warum nicht, schießt es mir durch den Kopf. »Schade, vielleicht holen wir das ja irgendwann mal nach.«

»Du kannst mich jederzeit besuchen kommen, dann können wir gern was ausmachen, du weißt ja, wo du mich findest. Aber jetzt muss ich los, wir sehen uns dann.«

Er ist nett, denke ich. Und dass ich das Angebot vielleicht wirklich annehmen werde.

6.

Eine in die Dünen eingelassene Treppe aus Holz führt zur *Marienhöhe* hinauf. Unzählige Male bin ich die Stufen schon gegangen. Wenn es regnet, ist es eine ganz schön rutschige Angelegenheit, doch heute scheint wieder die Sonne, und ich freue mich, das weiße Café mit den bodentiefen Fenstern und dem kuppelähnlichen, grünen Dach endlich wiederzusehen. Noch mehr freue ich mich allerdings auf den grandiosen Milchreis, den ich gleich bestellen werde. Nirgendwo sonst schmeckt er so gut wie hier. Ich steige die Holztreppen hoch und bleibe auf der Hälfte des Weges kurz stehen, um eine Frau, sie dürfte ungefähr in meinem Alter sein, vorbeizulassen. Sie bedankt sich freundlich und lächelt mich im Vorbeigehen an. Die meisten Leute hier haben gute Laune, und etwas davon schwappt auf mich über.

Das runde Gebäude ist umgeben von einer Terrasse aus Holz. Von hier hat man einen grandiosen Blick auf das Meer. Man kann quasi zuschauen, wie Ebbe und Flut sich die Hand reichen. Ich habe Glück und entdecke einen Tisch unter einem Sonnenschirm. Schnell setze ich mich, bevor ihn mir jemand wegschnappt.

Die Sonne lässt das Wasser glitzern. In der Ferne erkenne ich ein Segelboot, das langsam durch das Wasser schippert.

Es sieht so schön aus, dass ich es gern für immer festhalten möchte. Ich hole mein Handy aus der Tasche, um ein Foto zu knipsen. Dabei entdecke ich den Stein wieder, den ich gestern mitgenommen habe. Wer ihn wohl bemalt hat? Gerade als ich ihn auf den Tisch lege, kommt die Kellnerin.

»He, hast du dir schon was ausgesucht?«

»He, ja klar. Ich hätte gern einen Latte macchiato und eine Schüssel Milchreis mit roter Grütze bitte.«

»Kommt sofort«

»Sag mal …« Ich zeige auf den Stein. »Den habe ich hier auf der Insel gefunden. Weißt du zufällig, was es damit auf sich hat?«

»Ne, sorry, ich habe hier noch nie irgendwelche Steine gefunden. Zumindest keine bemalten. Da kann ich dir nichts zu sagen.«

»Trotzdem danke.«

Ich schieße ein Foto von der Aussicht auf das Meer und danach von dem Stein. Beide schicke ich an meine Mutter und auch an Franzi.

Von Mama erhalte ich prompt ein *Schöön!* als Antwort. Sie war noch nie der Typ für lange Nachrichten, und man kann froh sein, wenn sie überhaupt antwortet. Anders ist es bei Anrufen. Sie geht immer ans Telefon und liebt es, zu telefonieren.

Franzi scheint wesentlich interessierter zu sein. *Wie toll, wo hast du den denn gekauft? Bringst du mir einen mit? Der Stein würde Mama bestimmt auch gefallen,* schreibt sie.

Ich muss grinsen. Die Antwort hätte genau so auch von ihrer Schwester stammen können. In manchen Dingen sind die beiden sich so ähnlich, in anderen unterscheiden sie sich wie Tag und Nacht.

Den habe ich gefunden!

Gefunden? Noch besser!

Finde ich auch. So etwas verliert doch niemand, oder etwa doch?

Nee, das hat bestimmt einen Sinn! Hast du nur den einen? Oder waren da noch mehr? Eine Freundin hat letztens auch einen bemalten Stein im Wald gefunden. Das kann kein Zufall sein.

Nur den einen, aber wenn ich noch einen finde, bringe ich ihn dir mit!

Danke schön! Schade, dass ich nicht auch da bin, dann würde ich dir suchen helfen.

Es würde Franzi auch guttun, denke ich, und Platz hätte ich auch. Ohne weiter darüber nachzudenken, tippe ich:

Komm doch, die Wohnung ist groß genug für zwei!

Du bist süß! Aber das geht leider nicht, ich muss lernen für eine Anatomieprüfung.

Schade!, antworte ich. *Dann schicke ich dir hiermit wenigstens eine Brise Meer.*

Danke, ist angekommen, bis bald …

Als mein Essen gebracht wird, packe ich schnell mein Handy und den Stein zurück in meine Handtasche. Seitdem ich das erste Mal Milchreis hier oben gegessen habe, frage ich mich, was ihn so besonders macht. Ob in der Küche vielleicht etwas Sahne oder Butter hineingerührt wird? Oder liegt es doch einfach an der Meeresluft, der Aussicht und dem Gefühl hier oben über den Dünen, dass er so gut schmeckt? Es ist ein Rätsel, dem ich bis heute nicht auf die Schliche gekommen bin.

Ich esse die ganze Schüssel leer, trinke den letzten Schluck meines Kaffees, zahle und mache mich auf den Weg in die Ferienwohnung.

Auf dem Rückweg mache ich eine kurze Pause an der Bank, auf der ich den Stein gefunden habe. Ich setze mich und beobachte die Menschen, die an mir vorbeilaufen. Jeder ist irgendwie beschäftigt. Viele von ihnen vermutlich mit sich selbst. Einige Leute starren wie Zombies auf ihre Smartphones und bekommen gar nicht mit, was um sie herum passiert. Da entdecke ich etwas weiter weg eine Frau mit schulterlangen blonden Haaren, die in die Hocke geht und etwas neben, anstatt in den Mülleimer zu legen scheint. Bevor sie weitergeht, sieht sie sich noch einmal um, so als würde sie prüfen, ob sie jemand beobachtet hat. Ich kneife die Augen zusammen und schaue genauer hin. In der Sonne leuchtet ein kleiner bunter Gegenstand. Neugierig stehe ich auf und schaue nach, was sie da versteckt hat. Es ist ein bemalter Stein, ähnlich dem, den ich gestern gefunden habe. Er ist pink, mit Streifen in einem zarten Lila. Und auch hier, in der Mitte steht wieder ein Spruch geschrieben.

Liebe. Das ist wie Heimat.

Das gibt es ja nicht, Franzi wird sich freuen. Und ich freue mich auch! Ich lasse den Stein in meiner Handtasche verschwinden und versuche der Frau mit einigem Abstand zu folgen, ohne auf mich aufmerksam zu machen. Dabei fühle ich mich wie eine Detektivin, die Sache macht mir Spaß! Eine Weile gehe ich hinter ihr her, und ich überlege gerade, ob ich sie einfach anspreche, da greift sie wieder in ihre Handtasche und legt einen weiteren Stein auf einen Zaunpfahl. Er ist grün, und auch diesmal ist der Spruch sehr schön, wie ich kurz darauf feststelle.

Es ist, wie es ist. Aber es wird sein, was du daraus machst.

»Du kommst auch mit«, sage ich, stecke ihn zu meinen anderen Fundstücken in die Tasche – und renne los, hinter der Frau her.

»Entschuldigung«, sage ich, als ich bei ihr bin.

Sie dreht sich zu mir um. Vor mir steht die Frau, der ich auf dem Weg zur *Marienhöhe* auf den Holztreppen Platz gemacht habe.

»He!« Sie lächelt mich an.

Ich fasse in meine Handtasche und hole einen der Steine heraus. Es ist der blaue. »Den habe ich gestern gefunden, und eben habe ich zufällig gesehen, wie Sie noch andere davon verteilt haben. Darf ich fragen, was es damit auf sich hat? Sie sind wunderschön – ich konnte nicht anders, ich habe sie eingesammelt und mitgenommen.«

Sie grinst breit und nickt. »Das ist Sinn der Sache, schön, dass sie dir gefallen.«

Mir fällt auf, dass ihre Hände bis hoch zu den Ellenbogen voll mit vielen kleinen Farbspritzern sind.

»Du bemalst sie selbst?«

»Magst du ein paar Schritte mit mir gehen? Dann erzähle ich dir gerne alles über die Steine. Außerdem habe ich hier noch einige in meiner Tasche, die möchte ich noch auswildern.«

»Auswildern?«, frage ich irritiert.

Sie lacht und läuft weiter den Deich entlang. »Ich deute das mal als Ja.«

»Auf jeden Fall, ich bin übrigens Mona«, antworte ich und strecke ihr meine Hand entgegen.

»Caro!«, sagt sie, greift zu und lächelt. »Wo fange ich am besten an …«, beginnt Caro zu erzählen. »Als ich vor einem halben Jahr zu Besuch bei meinen Eltern im Ruhrgebiet war, habe ich selbst meinen ersten bemalten Stein gefunden. Ich war sofort begeistert und wollte unbedingt wissen, was es damit auf sich hat. Auf der Rückseite des Steins stand *Pottkiesel* geschrieben. Ich konnte also wahrscheinlich ein bisschen leichter herausfinden, wo die Steine herkommen, als du.«

»Aus dem Ruhrgebiet?«, hake ich nach.

»Ja, meine Eltern leben in Mülheim.«

»Ist ja witzig, ich komme aus Duisburg«, erkläre ich.

»Oh, dann seid ihr ja fast Nachbarn«, stellt Caro fest. »Ich habe also im Internet geforscht und bin auf eine Gruppe gestoßen, die überall im Ruhrgebiet die hübschen, kleinen Steinchen versteckt. Findet man einen der Steine, meldet man sich mit einem Foto in der Gruppe zurück, damit der Künstler oder die Künstlerin weiß, dass der Stein gefunden wurde. Anschließend versteckst du den Stein an einem anderen Ort, oder du behältst ihn. Das bleibt dir überlassen. Ziel der Aktion ist es, die Welt ein bisschen bunter zu machen und den Leuten, die die Steine finden, ein Lächeln ins Gesicht zu zaubern.«

»Wow, was für eine großartige Idee. Und du hast sie mit auf die Insel genommen?«

Sie hebt die Hände hoch und zeigt mir die Farbspritzer. »Die Steine habe ich alle selbst angemalt. Ich habe die Idee lediglich aufgegriffen. Du hast sicher schon gemerkt, dass auf meinen Steinen nur ein Spruch oder eine kleine Weisheit steht. Ich möchte eigentlich nicht, dass man sie zu mir zurückverfolgen kann. Die Leute, egal ob Urlauber oder Insulaner, sollen sich einfach freuen. Das Verstecken der Steine nennt man auswildern, ich denke, der Begriff ist in der Gruppe entstanden. Ursprünglich kommt die Aktion aus Amerika, da gibt es auch einige Gruppen, die in den verschiedensten Teilen des Landes aktiv sind.«

»Eine schöne Idee! Bei mir hat es auf jeden Fall gewirkt. Ich habe mich gefreut, sehr sogar. Wobei ich sagen muss, dass ich am Anfang ein bisschen irritiert war und dachte, dass den Stein vielleicht jemand verloren hat.«

Caro lacht auf. »Das wundert mich nicht, woher sollst du es auch wissen?«

Auf einmal habe ich das Gefühl, Sophie würde vor mir stehen. Caros Lachen, die Art, wie sie redet, wie sie geht, ja, sogar wie sie steht, erinnert mich an meine Freundin. Lediglich die Haarfarbe passt nicht. Caro trägt einen hellblonden Long Bob.

»Machst du Urlaub auf der Insel?«, fragt Caro, während sie einen pinken Stein auf der nächsten Bank ablegt. Wir sind fast schon wieder an der *Marienhöhe* angekommen.

Ich widerstehe dem Impuls, ihn in meine Tasche zu den anderen wandern zu lassen. So kann sich noch jemand über das Fundstück freuen.

»Ja, ich bin gestern angereist und bleibe noch bis Mitte nächster Woche«, erkläre ich.

»Ganz allein?«

Ich nicke. »Musste mal raus.«

Sie überlegt einen Moment.»Manchmal tut es gut, einfach nur für sich zu sein.«

»Ehrlich gesagt, weiß ich auch immer noch nicht so richtig, wie es mir dabei geht« gebe ich zu. »In zehn Tagen bin ich schlauer.«

»Verstehe«, sagt Caro und lächelt mich an. »Falls du mal Lust auf Gesellschaft bekommst oder dir doch die Decke auf den Kopf fällt, könnten wir uns ja mal auf einen Kaffee treffen oder auch auf einen Wein.«

Ich bin so überrascht, dass ich im ersten Moment darauf

nichts erwidere. Sie ist Sophie echt ähnlich, schießt es mir durch den Kopf. Die hatte auch keine Hemmungen, sich mit wildfremden Leuten zu verabreden.

»Sehr gern!«, sage ich jedoch schließlich.

»Prima! Heute Abend?«

Ich muss lachen. Caro fackelt echt nicht lang. »Warum nicht. Gern.«

»Kennst du den *Schmuggler*?«, fragt sie. »Das ist ein uriges Restaurant, ein bisschen außerhalb der Stadt, aber supergut!«

Und wie ich den *Schmuggler* kenne. Jetzt wird mir doch ein wenig mulmig zumute. Ich musste jedes Jahr mit Sophie dort essen gehen, es war eines ihrer Lieblingsrestaurants hier auf der Insel. »Ja, den Laden kenne ich, würde es dir vielleicht etwas ausmachen, wenn wir woanders hingehen würden?«

»Okay, ich überlege mir was. Wo ist denn deine Ferienunterkunft?«

»Im Damenpfad neun.«

»Okay, ich hol dich ab, um sieben.«

»Ich warte unten auf dich.«

Mittlerweile sind wir an der *Marienhöhe* vorbeigelaufen und stehen vor einer ganzen Reihe Fahrradständer, an denen Caro ihr Rad abgestellt hat.

»Super, ich freue mich.« Caro schwingt sich auf ihr Rad. »Dann würde ich mich jetzt erst mal auf den Weg machen, bis heute Abend.«

»Alles klar, bis später.«

Caros blondes Haar weht im Wind. Ich schaue meiner neuen Inselbekanntschaft nach, bis sie aus meinem Sichtfeld verschwindet. Dann hole ich nacheinander die drei Steine raus, um sie mir noch einmal anzuschauen. Sie sind alle drei sehr schön, aber der blaue gefällt mir immer noch am besten.

Beginne die Schönheit der kleinen Dinge zu erkennen!

Ich umschließe ihn mit meiner Faust, er fühlt sich glatt und warm an. Es wird Zeit, wieder nach vorne zu blicken.

7.

In der Wohnung lege ich meine Handtasche auf das Sofa und lasse mich direkt danebenfallen. Dadurch rutscht sie von der Couch. Mein Portemonnaie, meine Haarbürste, ein bisschen Kleingeld, Caros Steine und Sophies Buch purzeln heraus. Ich lege es behutsam auf den Wohnzimmertisch. Die Ähnlichkeit zwischen den beiden Frauen ist schon sehr auffällig. Sophie wäre begeistert von Caros Aktion gewesen und hätte auf jeden Fall mitmachen wollen. Meine Freundin wäre sofort losgezogen, um Farbe zu kaufen. Und dann hätte ich den ganzen Tag mit ihr Steine sammeln müssen.

Für kreative Projekte konnte Sophie sich sehr schnell begeistern.

Caro und Sophie hätten sich gut verstanden, da bin ich mir sicher. Wahrscheinlich hätten sie jetzt zusammen am Tisch gesessen, sich Sprüche und Lebensweisheiten ausgedacht und sie mit kleinen Pinseln auf Steine geschrieben. Der Gedanke gefällt mir. Ich greife nach dem Notizbuch meiner Freundin und blättere zu der dritten Erinnerung, die sie festgehalten hat.

12. Juni 2018
Bauchgefühl/Luftschloss

Liebstes Leben,
wie ein Sog!

Heute war ein toller Tag. Es schüttete zwar wie aus Eimern, aber das war nicht wichtig. Mein Bauchgefühl hat sich geirrt, zumindest was das gute Wetter betrifft. Obwohl es für uns wohl das perfekte Wetter war. Ohne Regen hätten wir sicher nicht so einen wunderschönen Tag gehabt.

Mona und ich haben einfach mal das Leben genossen und die Gedanken bewusst zu Hause vergessen. Wir haben die Seele baumeln lassen und wurden von Kopf bis Fuß verwöhnt.

Es war die Idee meiner Freundin, den Tag im Norderneyer Badehaus *zu verbringen. Flucht vor dem Schmuddelwetter, hat sie gesagt, und es hat geklappt. Wir hatten Glück und konnten zwei Anwendungen buchen. Eine Kräuterstempel-Massage für Mona, Aromaöl für mich. Ich habe mich gefühlt wie neu geboren. Nach der Massage ging es mir noch besser als davor schon. Ich wusste nicht, dass das geht.*

Wasser – mein Lieblingselement. Wir haben im Dampfbad geschwitzt, im Kaltbad gezittert, auf den Wasserliegen entspannt und sind in der Salzgrotte geschwebt. Wir haben das Feuerbad ausgehalten und gleichzeitig genossen, denn von oben tröpfelte der kalte Regen auf uns hinab. Wie schön wäre es wohl, wenn es schneit?

Die Wasserfallduschen haben Mona am besten gefallen. Sie hat mir verraten, dass sich so ihr persönliches Luftschloss anfühlt. Mein Luftschloss kenne ich noch nicht, ich muss es erst noch finden.

Meerwasser kann so heilsam sein. Jede Zelle meines Kör-

pers fühlt sich aufgeladen an. Ich glaube, das nennt man Thalassotherapie.

Nach dem Wasser kommt das Feuer.

Die Feuerebene hat mir Wärme in mein Herz, in meine Seele und auf die Haut gezaubert. Auch Mona hat es so empfunden. Die verschiedenen Saunas haben gutgetan, auch von innen. Es war schön, aber anstrengend, wie ein Tag am Strand. Die Außensauna auf der Dachterrasse ist etwas Besonderes für mich. Schwitzen bei achtzig Grad mit Blick über die Dächer der schönsten Insel in der Nordsee. Das pure Glück.

Nach dem Saunieren haben wir lange im Ruhebereich gelegen. Wir haben gelegen und geschlafen. Entspannt und getuschelt. Geschichten erzählt und gelesen. Wir haben auf Dich angestoßen, liebstes Leben, und im Hintergrund knisterte ein Kamin. Eines meiner neuen Bücher habe ich heute schon beendet. Das Lesen hat sich angefühlt wie ein Sog, mitten in das Buch hinein. Es war eine Erzählung, die nicht schöner hätte sein können. Sie handelte von zwei Liebenden. Neuerdings mag ich Liebesgeschichten. Wo ist eigentlich meine, liebstes Leben?

Heute konnte ich mich nur schwer für mein schönstes Wort entscheiden. Mona fiel es leicht, sie wählte »Luftschloss«. Verständlich.

Ich habe mich nach langem Überlegen für »Bauchgefühl« entschieden, letztendlich einfach aus dem Bauch heraus.

Deine Sophie

Ich lege Sophies Notizbuch zur Seite, atme tief ein und schließe die Augen, um der Erinnerung noch ein bisschen Raum zu geben. An dem Tag, den Sophie beschreibt, waren wir nicht das erste Mal im Badehaus. Es war jedoch das erste und auch das letzte Mal, dass wir unseren Besuch dort als so intensiv wahrgenommen haben. Daran kann ich mich noch genau erinnern. Wie schön, das Erlebte noch mal durch Sophies Augen zu sehen, denke ich. Obwohl ich in der Nacht gut geschlafen habe, bin ich müde. Ein kleines Nickerchen wird mir guttun.

Um genau zwei Minuten vor sieben werde ich wach. Ich hätte mir den Wecker stellen sollen, fluche ich innerlich. Handynummern haben wir nicht ausgetauscht, ich kann Caro also nicht mal Bescheid sagen, dass ich fünf Minuten länger brauche. Sie ist bestimmt schon da und wartet auf mich. Ich gehe flink zum Balkon und schaue nach unten, kann sie aber nicht sehen. Vielleicht habe ich Glück, und sie ist auch zu spät.

»Mona Rose, was ist bloß los mit dir? Wo ist deine Struktur?«, frage ich mich selbst und flitze ins Badezimmer. Mit einer Hand putze ich mir dir Zähne, und mit der anderen Hand halte ich meinen Schuh, um schneller hineinzuschlüpfen. Jetzt noch schnell eine Portion Deo und die Haare zu einem Dutt nach oben knoten, passt!

Hastig nehme ich meine Tasche und den Schlüssel der Wohnung. Caro steht schon auf dem Damenpfad und winkt mir zu, als sie mich aus der Tür stolpern sieht.

»He, Mona«, ruft sie. »Ich dachte schon, du versetzt mich.«

»He, nein, tut mir leid, ich bin eingeschlafen. Zum Glück

bin ich noch aufgewacht. Wir sollten vielleicht Handynummern austauschen, dann hätte ich dich anrufen können.«

»Daran habe ich eben auch noch gedacht, das holen wir gleich noch nach. Aber jetzt müssen wir uns ein bisschen beeilen, ich habe einen Tisch reserviert«, erklärt Caro.

»Oh, klar. Ich hole schnell mein Fahrrad.«

Kurze Zeit später sitze ich schon auf dem Sattel und fahre hinter ihr den Deich entlang.

»Wohin geht es?«, rufe ich Caro zu, die ganz schön in die Pedale tritt.

»Zum *Riffkieker*«, antwortet sie.

»Oh, toll, da war ich noch nie«, rufe ich und strample hinter ihr her. Fahrradfahren bin ich nicht mehr gewohnt. Die Aktion hier ist definitiv anstrengender, als sie es für mich sein sollte. Im *Riffkieker* wollte ich schon immer mal essen. Sophie und ich waren schon oft im *Surfcafé* direkt nebenan. Wir fahren an der *Milchbar* und der *Marienhöhe* vorbei. Überall herrscht reges Treiben. Bei dem guten Wetter zieht es die Leute nach draußen. Wir überholen verdächtig viele größere Frauen- und Männergruppen, die ausgelassen feiern und ganz sicher schon ein paar Gläschen intus haben.

»Zwischen den Ferien ist die Insel ein beliebtes Ziel für Kegelklubs, was manchmal ganz schön nervt«, erklärt Caro, die jetzt langsamer fährt.

Wie es wohl sein mag, wenn man jeden Tag auf der Insel verbringt, überlege ich und radle weiter den Deich entlang. Es ist immer noch warm, aber schon deutlich lauer, als es noch heute Mittag war. Zum Glück habe ich mir noch schnell einen Pullover um die Hüfte gebunden, bevor ich die Wohnung verlassen habe. Heute Abend könnte es frisch werden.

Endlich da. Wir stellen unsere Räder an einem Geländer in der Nähe des Restaurants ab und gehen zum Eingang, wo wir direkt von einem der vielen Kellner abgefangen werden.

»He, Caro«, sagt er, und auch mir nickt er freundlich zu.

»He, Benno, ich habe reserviert.«

Er bringt uns zu einem Tisch mit Meerblick, direkt auf der geräumigen Terrasse aus Holz. Das Restaurant erinnert mich ein bisschen an die *Marienhöhe*, auf Norderney gibt es einige runde Bauwerke.

»Was für eine großartige Aussicht!«, sage ich bewundernd und schaue auf den Nordstrand hinunter.

Caro strahlt mich an. »Ja, oder? Finde ich auch. Ich bin echt gern hier.«

»Das kann ich gut verstehen. Und das Essen? Kannst du was empfehlen?«, frage ich.

»Alles, aber der Fisch ist besonders gut. Den kannst du ohne Bedenken nehmen. Ich habe selbst mal hier gearbeitet und komme trotzdem immer wieder, das soll schon was heißen«, erklärt Caro.

Ich bestelle den Fischteller, den ich sowieso schon ins Auge gefasst hatte, und dazu eine große Weinschorle. Caro entscheidet sich für einen Salat mit Meeresfrüchten.

»Wie bist du eigentlich auf der Insel gelandet?«, frage ich, nachdem wir bestellt haben.

»Ich bin hier geboren. Eine waschechte Insulanerin sozusagen.«

Das überrascht mich. »Meintest du nicht vorhin, dass deine Eltern in Mülheim leben?«

»Sie sind aus beruflichen Gründen von der Insel gegangen. Bei uns war es andersherum als bei den meisten anderen Leuten hier. In der Regel kommen die Menschen auf die Insel und bleiben hier, nur wenige gehen. Und wenn sie gehen, sind sie meistens noch jung und wollen was von der Welt sehen. Ich habe nach der Schule auch mit dem Gedanken gespielt, habe mich dann aber doch dazu entschieden, auf Ney zu bleiben. Bis jetzt habe ich es auch noch nicht bereut«, erklärt sie mit weichem Blick. »Die Insel hat viel mehr zu bieten, als man denkt, außerdem könnte ich es mir nicht vorstellen, in der Stadt zu leben. Wenn ich meine Eltern besuche, erleide ich immer einen richtigen Kulturschock und bin froh, wenn ich auf dem Rückweg wieder auf der Fähre sitze. Umgeben von Wasser.«

»Das kann ich mir vorstellen. Und was machst du jetzt?«, hake ich nach.

»Ich habe zwei Ferienwohnungen von meinen Eltern übernommen. Ich kümmere mich um die Vermietung und auch sonst um alles, was dazugehört. Hier auf Norderney ist immer was zu tun, die Urlauber kommen das ganze Jahr über«, erklärt Caro. »Im Winter habe ich meistens genau so viel Arbeit wie im Sommer. Nur in den Zwischensaisons ist es etwas ruhiger. Und du? Was machst du, wenn du nicht gerade allein die Nordseeinseln unsicher machst?«

»Ich bin medizinische Fachangestellte bei einem Kinderarzt«, erkläre ich.

»War das schon immer dein Traumberuf? Einige meiner

Freundinnen und Freunde, die in medizinischen Berufen arbeiten, sprechen immer von Berufung. Ist das bei dir auch so?«, fragt Caro.

»Ehrlich gesagt nicht. Es war immer ein großer Traum von mir, irgendwann mal ein eigenes Café zu eröffnen. Nichts Großes, ein kleiner Laden, in dem es guten Kaffee und selbst gebackenen Kuchen gibt. Bevor ich beim Kinderarzt gelandet bin, habe ich sogar eine Ausbildung zur Konditorin gemacht. Es ist allerdings echt schwer, in dem Beruf Fuß zu fassen«, erkläre ich.

»Das hört sich doch schon eher nach Berufung an«, sagt Caro interessiert. »Warum ist noch nichts aus dem Café geworden?«

»Das ist eine lange Geschichte«, erkläre ich ausweichend.

Da kommt Benno mit unserer Bestellung auf uns zu. »Das sieht großartig aus, vielen Dank!«, sage ich. »Nichts geht über ein gutes Essen.« Ich nippe an meiner Schorle und schaue auf das Meer hinaus. In der Ferne sehe ich einige Lichter am Strand, und ich glaube, dass ich sogar ein paar Menschen erkennen kann. »Schau mal, Caro, was da wohl los ist?«, frage ich und zeige auf die kleinen Lämpchen, die immer mehr zu werden scheinen. Wie ein kleiner Lichtblitz leuchtet eins nach dem anderen auf.

Caro schmunzelt und fischt mit ihrer Gabel die letzten Salatblätter vom Teller. »Ein paar Leute feiern eine kleine Party am Strand.«

Ich schaue noch einmal zu den Lichtern. »Eine kleine? Das sieht nach ganz schön vielen Leuten aus.«

»Das sind ein paar Freunde, die sich abends am Strand

treffen, Musik hören und gemütlich beisammensitzen. Na ja, vielleicht wird auch ein bisschen getanzt. Wie viele es sind, kann man nie voraussagen.«

»Hört sich gut an«, sage ich und beobachte weiter die sich vermehrenden Lichter.

Da fragt Caro: »Wollen wir gleich mal runtergehen? Hast du Lust?«

8.

Ich kann mich nicht daran erinnern, wann ich das letzte Mal auf einer Party war. Chris hat immer mal wieder versucht, mich zu überreden, ihn auf eine Feier zu begleiten. Aber ich war einfach noch nicht so weit. Vielleicht ist jetzt der Moment gekommen, um das zu ändern.

»Gerne!«, sage ich.

»Schön, es wird dir gefallen.«

Wir trinken aus und geben Benno Bescheid, dass wir bezahlen möchten.

»Hast du Lust auf einen Cocktail?«, fragt Caro da plötzlich.

»Eigentlich hätte ich nichts dagegen, aber wollten wir nicht runter zum Strand?«, hake ich nach.

»Lass mich mal machen«, erklärt Caro und verschwindet im *Riffkieker*.

Mit zwei großen To-go-Bechern in ihren Händen kommt sie zurück.

»Fruchtig süß oder herb?«

»Fruchtig!«, antworte ich und bekomme prompt einen der Becher in die Hand gedrückt.

»Das hatte ich gehofft. Süß ist nicht so mein Ding«, sagt Caro. »Wollen wir?«

Gemeinsam gehen wir runter zum Strand und laufen durch den Sand auf die Lichter zu. Vom *Riffkieker* aus hatte ich den Eindruck, dass wir viel näher an der Party sind, das hat anscheinend getäuscht.

Einen kurzen Moment ist es ganz still, bis ich nach und nach lachende, sich unterhaltende und Spaß habende Menschen höre. Auch leise Musik mischt sich darunter. Ich trinke einen Schluck aus dem Becher, den ich fest in meiner Hand halte, und konzentriere mich einen Moment auf die Aromen, die sich gerade in meinem Mund entfalten. Der Cocktail schmeckt nach Mango, Erdbeere, Cranberrysaft – und nach einer ordentlichen Portion Rum.

»Lecker!«, sage ich.

Was hat Caro gesagt? Ein paar Freunde, die gemütlich zusammensitzen … Das war untertrieben. Spontan würde ich sagen, dass hier locker fünfundzwanzig Leute ausgelassen feiern.

Ich schaue mich um und lasse fasziniert die Location auf mich wirken. So etwas Schönes habe ich schon lange nicht mehr gesehen. Die Fläche, auf der gefeiert wird, wurde mit umgedrehten Fischerbooten abgegrenzt, die gleichzeitig als Sitzgelegenheiten dienen. Zwischen den Booten und in den Dünen stehen überall Solarlampen, die für eine gemütliche Beleuchtung sorgen. Mithilfe von Holzpaddeln, die im Sand stecken, haben Caros Freunde für Mülleimer gesorgt. Sie haben einfach Tüten an die Paddel geknotet, genial! Hier wurde an alles gedacht. Eines der Boote steht richtig herum, darin befinden sich eine große Musikbox und einige Getränke.

Ich genehmige mir noch einen Schluck von meinem

Cocktail und folge Caro, die sich zielsicher ihren Weg durch die feiernden Leute bahnt. Plötzlich bleibt sie stehen und tippt einer Frau mit roten langen Haaren auf die Schulter. Sie dreht sich um und lächelt uns an. Mit ihren Sommersprossen auf der Nase und dem verschmitzten Lächeln erinnert sie mich spontan an *Pippi Langstrumpf*.

»He, Caro, wie schön, dass du es doch noch geschafft hast.«

»He, Anna, ja, das finde ich auch. Das ist Mona, sie macht Urlaub auf der Insel«, stellt Caro mich vor.

»He!«, sage ich und reiche Anna die Hand.

»Schön, dich kennenzulernen, Mona. Wohnst du in einer von Caros Wohnungen?«, fragt Anna.

»Nein«, antworte ich. »Wir haben uns sozusagen unterwegs kennengelernt.«

»Sie hat mich beim Auswildern erwischt und angesprochen«, erklärt Caro.

»Du hast einen von Caros Steinen gefunden? Herzlichen Glückwunsch! Seitdem ich weiß, dass sie sie versteckt, halte ich immer die Augen auf, hatte bisher aber noch kein Glück.«

»Ich habe schon drei«, erkläre ich stolz. »Und einer ist schöner als der andere.«

»Du Glückliche!«

»Ist Jonte auch hier?«, fragt Caro da. »Ich wollte ihn noch was fragen.«

»Ne, er ist bei Kim in der Pension. An einer ihrer Massageliegen muss etwas repariert werden. Fiete hat keine Zeit, er verbringt jede Sekunde mit seiner neuen Freundin. Da muss

Jonte also ran«, erklärt Anna. Sie zuckt mit den Schultern. »Vielleicht kommt er nach, mal sehen. Kann ich dir helfen?«

»Nein, alles gut. Es geht um einen Surfkurs. Meine Mieter haben mich gefragt, ob ich etwas für sie organisieren kann. Ich rufe Jonte morgen sonst einfach mal an. Und Fiete hat eine neue Freundin? Wann ist das denn passiert?«

»Er hat sich unsterblich in Yvi verliebt. Du weißt schon, die Yvi, die früher mal mit seinem Bruder zusammen war.«

»Das gibt's doch nicht. Und was ist mit Lou und Jan? Die beiden kommen sicher nicht, oder?«

»Unser Bürgermeister hat angemeldet, dass er offiziell nichts von der Strandparty weiß. Lou bleibt bei ihm. Also nein, die beiden kommen nicht – leider. Aber hast du gehört, dass …«

Ich stehe still neben den beiden und höre ihnen zu.

»Sorry, Mona, du verstehst wahrscheinlich gerade nur Bahnhof«, sagt Caro da.

»Nicht schlimm«, erkläre ich.

Anna klärt mich auf. Sie erzählt mir, dass sie vor Kurzem mit ihren beiden besten Freundinnen eine Pension auf Norderney übernommen hat und die ersten Gäste bereits eingezogen sind. Ursprünglich kommen die drei auch aus dem Ruhrgebiet, jetzt leben sie hier.

»Also, wenn du unter Liebeskummer leiden solltest, kannst du deinen Urlaub gerne verlängern und noch ein paar Tage zu uns in die *Pension Herzschmerz* kommen. Wir haben noch ein paar Zimmer frei, und ich mache richtig guten Kaffee«, sagt Anna und grinst. »Wobei ich dir auf keinen Fall Liebeskummer wünsche, den braucht niemand.«

»Keine Sorge, Liebeskummer habe ich nicht«, erkläre ich.

»Glücklich vergeben?«, fragt Anna neugierig.

»Nein, da gibt es niemanden. Ich bin auch nicht unglücklich verliebt oder so. In letzter Zeit war da einfach niemand, der interessant für mich hätte werden können«, erkläre ich ehrlich.

»Dann kannst du dich ja zusammen mit Caro auf die Suche machen. Für sie ist auch nie jemand interessant genug«, sagt Anna und stupst Caro in die Seite.

»He!«, erwidert Caro und stupst zurück.

»Auf der Suche bin ich allerdings nicht«, erkläre ich. »Momentan fehlt mir nichts, also zumindest keine Beziehung.«

Caro grinst mich an und prostet mir zu. »Da sind wir uns einig. Wir genießen unser Singledasein.«

»Dann seid ihr ja genau richtig hier«, sagt Anna. »Viel Spaß beim Feiern. Ich werde Jonte jetzt mal anrufen und die Lage checken. Mona, bediene dich ruhig an den Getränken im Boot. Dein Cocktail ist leer«, sagt sie, zeigt auf den leeren To-go-Becher in meiner Hand und zwinkert mir zu, bevor sie ihre Locken zurückwirft und sich ein bisschen abseits der Feierwütigen zum Telefonieren hinsetzt.

»Das war Anna, wie sie leibt und lebt«, erklärt Caro. »Ich hoffe, sie hat dich nicht überrumpelt, manchmal ist sie etwas forsch.«

»Nein, alles gut. Ich fand sie sehr sympathisch«, erkläre ich. Wahrscheinlich hat Anna mit ihrer lockeren Art sogar ein bisschen das Eis gebrochen. Ich fühle mich mittlerweile pudelwohl auf der Feier. Vielleicht liegt es aber auch an dem Cocktail, der sich langsam bemerkbar macht.

»Sie hat übrigens recht, unsere Cocktails sind leer. Im Boot liegt allerdings nur Bier, das habe ich im Vorbeigehen schon gesehen. Ich würde viel lieber noch einen Cocktail trinken. Bier ist nicht so mein Ding. Wie sieht es bei dir aus?«

»Einen Cocktail würde ich auch noch nehmen, gute Idee«, stimme ich zu.

Caro schnappt sich meinen Becher. »Ich organisiere Nachschub.« Sie ist schneller weg, als ich protestieren kann.

Zack, allein! So schnell kann es gehen. Ich setze mich auf eines der Boote und halte Ausschau nach Anna. Aber auch sie kann ich nirgendwo entdecken. Ich lasse meinen Blick durch die Menge schweifen und beobachte die Leute. Mittlerweile tanzen einige von ihnen zu lauter Musik. Die Stimmung ist gut, alle scheinen Spaß zu haben. Ich drehe mich um, schaue auf das Meer hinaus und lausche dabei den fröhlichen Stimmen und dem Meeresrauschen im Hintergrund. Als ich mich wieder dem Partygeschehen zuwende, fällt mein Blick auf einen Mann, der sich auf eines der Boote direkt neben mir gesetzt hat. Er hat braunes, fast schwarzes Haar und markante Gesichtszüge mit einem Dreitagebart. Zu seinen Bluejeans trägt er weiße Sneaker, ein lässiges, weißes T-Shirt und darüber eine dunkelbraune Lederjacke. Er ist mit seinem Smartphone beschäftigt, sodass ich ihn unauffällig beobachten kann. Irgendwie kommt er mir bekannt vor. Ich kann nur nicht zuordnen, woher wir uns kennen könnten.

Plötzlich sieht er kurz zu mir rüber, nimmt zwei Flaschen Bier aus dem Boot und kommt direkt auf mich zu.

»He«, sagt er und lächelt mich an. Jetzt, wo er direkt vor

mir steht und sein Gesicht von einer Laterne beleuchtet wird, fallen mir seine strahlend grünen Augen auf. »Ist der Platz hier neben dir noch frei?«

Ich rutsche ein Stück an die Seite. »Setz dich doch.«

»Möchtest du etwas trinken?«, fragt er, öffnet eine der Flaschen und hält sie mir hin.

»Danke!« Ich greife zu, obwohl ich Bier eigentlich nicht so gern mag. »Ich bin Mona!«

»Freut mich, Mona! Mein Name ist Tjark.« Er reicht mir seine Hand, die sich angenehm warm und etwas rau anfühlt. »Also, Mona, kommst du von der Insel?«

»Nein, aus dem Ruhrpott«, erkläre ich. Caro ist schon echt lang weg. Hoffentlich kommt sie überhaupt zurück. Ich meine, den Weg würde ich zwar finden, im Prinzip muss ich ja nur geradeaus fahren, ganz wohl bei der Sache wäre mir aber nicht.

»Und dein Freund lässt dich hier ganz allein am Strand rumsitzen?«, fragt Tjark und lächelt verschmitzt.

Ganz schön frech, denke ich.

»Ich bin mit Caro hier, sie lebt auf Norderney.«

»Caro, eine hübsche Blonde?«

»Ja.«

Er nickt. »Kenn ich flüchtig.«

»Sie ist oben im *Riffkieker* und holt uns Cocktails. Eigentlich müsste sie jeden Moment wiederkommen.« Ich trinke einen Schluck von dem Bier und verziehe das Gesicht.

Tjark muss lachen. »So schlimm?«

»Ja!«, antworte ich. »Also nicht du. Aber das Bier schmeckt grauenhaft.« Ich stelle die Flasche auf dem Boot ab und hoffe, dass sich der bittere Geschmack schnell verflüchtigt.

Tjark grinst mich an. »Weißt du, Mona, irgendwie kommst du mir wahnsinnig bekannt vor. Und das soll jetzt wirklich keine blöde Anmache sein, das meine ich ernst.«

»Ja, klar!« Jetzt bin ich diejenige, die grinsen muss. Erst die indirekte Frage nach meinem Freund, und jetzt die Wir-kennen-uns-irgendwoher-Nummer. Normalerweise würde ich spätestens jetzt das Weite suchen. Aber der kleine Flirt gefällt mir, wie ich überrascht feststelle. »Ehrlich gesagt habe ich auch schon überlegt, woher wir uns kennen könnten. Ich wohne zwar nicht auf Norderney, komme allerdings schon seit Jahren hierher. Sonst immer mit einer Freundin. Sie war ungefähr so groß wie ich, hatte braune, lange Haare, Sommersprossen und eine wahnsinnig positive Ausstrahlung.«

Tjark runzelt die Stirn. Er scheint immer noch zu überlegen, ob und wo wir uns mal über den Weg gelaufen sind.

»Kann es sein, dass du mit deiner Freundin vor ein paar Jahren mal im *Pasadena* tanzen warst?«, fragt er.

Das *Pasadena*! »Das kann sogar sehr gut sein. Da waren wir oft.« Ein Lächeln huscht mir über mein Gesicht. »Genau genommen, haben wir früher viele schöne Abende dort auf der Tanzfläche verbracht.«

»Wusste ich es doch. Erinnerst du dich an den Abend, an dem …«, beginnt er zu erklären.

Aber da steht Caro plötzlich vor uns und hält mir den Cocktailbecher hin. »Tut mir leid, dass es so lange gedauert hat.« Sie sieht zu Tjark. »He!«

»He, Caro!«

»Alles gut?«, fragt sie.

Er nickt und lächelt mich anschließend an. »Ich werde euch beide jetzt mal wieder allein lassen. Viel Spaß noch. Und Mona … Es war sehr schön, dich noch mal kennengelernt zu haben.«

»Wie meinst du das?«, frage ich.

Doch Tjark verschwindet wortlos zwischen den feiernden Menschen.

»Erzähl!«, fordert Caro mich auf und setzt sich neben mich auf das Boot.

»Keine Ahnung, was das sollte. Aber er hat eben angedeutet, dass wir uns schon kennen. Er hat mich gefragt, ob ich vor einigen Jahren mit einer Freundin im *Pasadena* war. Und da hatte er recht, wir haben nicht nur eine Nacht in dem kleinen Schuppen durchgetanzt. Vor drei Jahren waren wir das letzte Mal da, danach gab es noch einen letzten Besuch auf der Insel, bevor …« Ich lasse den Satz in der Luft hängen und trinke einen großen Schluck von dem Cocktail. »Ist nicht so wichtig. Er wollte es mir anscheinend nicht erzählen, sonst wäre er nicht einfach so abgedampft.«

»Tjark ist speziell«, erklärt Caro. »Aber das sind wir ja irgendwie alle.«

»Da hast du allerdings recht.« Ich halte ihr meinen Cocktail hin.

Sie stößt ihren Becher gegen meinen. »Auf uns!«

Sehr gute Idee. »Auf uns!«

Eine Weile sitzen wir schweigend nebeneinander und beobachten das Treiben der Partygäste.

»Geh ruhig tanzen«, schlage ich vor.

Caro schüttelt den Kopf. »Mir ist heute nicht danach.«

Wir bleiben auf dem Boot sitzen. Ich habe das Gefühl, dass Tjark zu mir rübersieht, der nun neben einem blonden Mann steht, mit dem er sich angeregt unterhält. Es interessiert mich brennend, was damals im *Pasadena* passiert sein soll. Ich könnte zu ihm gehen und ihn fragen, entscheide mich aber dagegen. Stattdessen freue ich mich über den schönen Abend mit Caro. Wir unterhalten uns, trinken unsere Cocktails aus und genießen den lauen Sommerabend.

Etwa eine Stunde später fahren wir im Schneckentempo den Deich entlang. Caro besteht darauf, mich bis nach Hause zu bringen. Auf dem Damenpfad angekommen, verabreden wir uns noch für einen Spaziergang am nächsten Nachmittag. Ich tippe meine Handynummer in Caros Smartphone ein, sie lässt es einmal bei mir durchklingeln, und ich gehe nach oben in meine Wohnung. Dort setze ich mich noch für ein paar Minuten auf den Balkon. Dabei fällt mir Tjark wieder ein und dass er verdammt schöne Augen hatte.

9.

Die Cocktails hatten es in sich. Viel Alkohol, viel Zucker, wenig Wasser, mein Kopf fängt an zu pochen, ich bekomme Kopfschmerzen, als ich im Bett liege. Über den Kater morgen früh will ich gar nicht erst nachdenken. Wie habe ich es bloß geschafft, den ganzen Weg mit dem Rad zu fahren, ohne runterzufallen? Ich rolle mich auf die Seite, und wieder schleicht Tjark sich in meine Gedanken. Meine letzte Beziehung ist vor zweieinhalb Jahren gescheitert. Dabei fing alles so gut an, wir waren schwer verliebt, hatten ein Jahr sehr viel Spaß miteinander, aber dann ging es plötzlich bergab. Julian kam nicht damit klar, dass ich so viel Zeit mit Sophie verbracht habe. Er mochte Sophie und hat immer wieder betont, dass er es verstehen könne, dass Sophie meine starke Schulter brauchen würde. Aber trotzdem hat er sich mehr und mehr zurückgezogen, hat immer häufiger Zeit vor dem PC verbracht, um sich mit wildfremden Leuten zu virtuellen Strategiespielen zu treffen. Irgendwann haben wir dann festgestellt, dass uns nicht mehr viel verbindet, und ich hatte nicht die Kraft, auch noch um meine Beziehung kämpfen zu müssen. Also haben wir uns getrennt. Seitdem hat mich kein Mann auch nur ansatzweise interessiert, seit zweieinhalb Jahren bin ich Single. Ein Freund hat mir bisher auf jeden Fall nicht gefehlt, Julian hatte ich überraschend schnell vergessen. Aber Sophie fehlt mir. Sie hätte ihren Spaß heute Abend gehabt. Und außerdem hätte sie sich ganz sicher an den Abend im *Pasadena* erinnert, vor allem aber an Tjark. Ich schüttle unwillkürlich den Kopf. Was hat der Kerl nur an sich, dass ich nun hier liege und an ihn denke?

Eine ganze Weile wälze ich mich im Bett hin und her, einschlafen kann ich nicht.

»Das hast du jetzt davon«, murmele ich leise vor mich hin. »Du weißt doch, dass Alkohol dir nicht guttut.«

Ich stehe auf, froh darüber, dass ich vorsichtshalber Kopfschmerztabletten eingepackt habe, nehme eine und setze mich auf die Couch. Es wird eine Weile dauern, bis sie wirkt. Zeit, um einen Blick in Sophies Notizbuch zu werfen.

15. Juni 2018
Lichterkette/Herzenswunsch

Liebstes Leben,

zwei Tage habe ich meine Gedanken schon nicht mehr mit Dir geteilt. Die letzten beiden Tage hat es geregnet, und wir waren einfach nur faul. Aber heute Morgen blieb es trocken, wir haben uns gleich auf unsere Räder gesetzt. Wir sind durch die Dünen gefahren und haben am Strand mit den Füßen unsere Namen in den feuchten Sand geschrieben. Dabei haben wir gesehen, wie ein Mann ein Stück weit von uns entfernt ganz viele rote Rosen in den Sand gesteckt hat. Er hat damit einen großen Kreis gebildet. Darum hat er Lichterketten gelegt, die den grauen Morgen etwas heller und funkelnder gemacht haben. Ein paar Minuten später kam eine Frau den Strand entlang. Sie ist mit einem strahlenden Gesicht an uns vorbeigegangen. Wir haben beobachtet, wie sie zu dem Mann gegangen ist. Er hat die Hand nach ihr ausgestreckt und sie in den Kreis gezogen. Wir haben mit angehaltenem Atem zugesehen, wie er sich vor sie gekniet hat. Er hat ihr tatsächlich einen Heiratsantrag gemacht.

Mona und ich sind fast weggeschmolzen, so schön war dieser Moment.

Nach unserem Ausflug in die Dünen sind wir in die Stadt gefahren. Ich brauchte neuen Lesestoff. Aber nicht aus der Buchhandlung, die Bücherbox war unser Ziel. Ist es nicht schön, dass es Orte gibt, an denen Geschichten, die aussortiert wurden, auf einen Menschen warten können, der ihnen ein neues Zuhause gibt? Ich liebe es, den gläsernen Kasten nach neuen Schätzen zu durchwühlen. Manchmal halten die Bücher Überraschungen bereit, die man erst zu Hause während des Lesens entdeckt. Eine Widmung, ein vergessenes Lesezeichen, Notizen am Seitenrand …

Einmal hat in der Mitte eines Buches ein Foto gesteckt. Es war schon sehr alt und ein bisschen vergilbt, genau wie das Buch an sich. Auf der Rückseite stand »In Liebe, dein Heinz«. Ich hätte das Foto gern seinem Besitzer zurückgegeben.

Heute gab es einen neuen Schatz für mich. Ich habe das Buch zu einem Film gefunden, den ich sehr beeindruckend fand. Es handelt von einer Frau, der Schlimmes widerfahren ist. Sie kämpft sich ins Leben zurück und nutzt ihre Stimme, um anderen Betroffenen zu helfen. Ich bewundere sie dafür.

Ich habe Mona davon erzählt, dass es auch einer meiner Herzenswünsche ist, Menschen zu helfen und Mut zu machen.

Unsere schönsten Wörter des Tages sind »Lichterkette« und »Herzenswunsch«, liebstes Leben. Wir haben sie sorgfältig ausgewählt.

Deine Sophie

Die Bücherbox, daran habe ich gar nicht mehr gedacht! Sophie und ich haben schon etliche großartige Bücher aus dem Kasten hier auf Ney gefischt. Unser Besuch dort war immer ein kleines Highlight für uns. Morgen fahre ich auf jeden Fall hin, darauf freue ich mich jetzt schon.

Ich klappe das Büchlein zu und streiche mit den Fingern sanft über den Einband. Das Lesen der Erinnerungen tut gar nicht mehr so weh, wie es am Anfang der Fall war. Sophie hat sich ihren Herzenswunsch erfüllt, sie hilft mir, und sie macht mir Mut.

Es ist taghell, als ich aufwache. Ich strecke mich und nehme dabei viele schwarze Punkte an der Decke wahr. Mücken! Das gibt es doch nicht. Ich habe die Nacht auf der Couch mit eingeschaltetem Licht und offener Balkontür verbracht. Prompt fängt es an zu jucken. Ich schaue an mir herab und entdecke eine ganze Menge kleiner Pusteln an meinen Armen und Beinen. Auf Insektenstiche reagiere ich immer sehr empfindlich, wenn ich Pech habe, entzünden sie sich. Gerade als ich aufstehen und ins Badezimmer gehen möchte, um eine kühlende Salbe drauf zu schmieren, kündigt das Vibrieren meines Handys einen Anruf an.

Es ist Chris.

»He!«, melde ich mich mit zerknautschter Stimme.

Chris begrüßt mich mit einem Lachen. »Guten Morgen, Mona, es ist auch schön, deine Stimme zu hören. Und ja, ich vermisse dich auch.«

»Sorry, ich hatte eine lange Nacht.«

»Das ist doch super. Warst du weg?«

»Ich war auf einer Party am Strand«, erzahle ich.

»Wie bitte? Mona Rose war auf einer Party? Am Strand? Wie konnte das denn passieren?«

Ich berichte meinem Freund von Caro, den Steinen und auch davon, dass es mir seit Langem endlich mal wieder gut geht. Abgesehen von der Sache mit den Mückenstichen, denke ich wehleidig, die werden mich noch eine Weile verfolgen.

»Norderney tut mir gut«, stelle ich fest.

»Das freut mich, echt.«

»Schade, dass du nicht mit mir hier bist, die Party gestern hätte dir gefallen.« Ich zögere einen Moment, spreche dann aber doch aus, was ich denke. »Hast du nicht Lust, ein paar Tage zu kommen? Muss ja nicht lang sein, vielleicht über das Wochenende.«

»Süße Idee, aber ich habe leider keine Zeit am Wochen ende, meine Oma dreht mir den Hals um, wenn ich nicht zu ihrem Geburtstag komme, sie wird fünfundsiebzig. Davon mal ganz abgesehen ist Norderney einfach nicht mein Ding. Aber was hältst du davon, wenn wir den nächsten Urlaub gemeinsam planen? Lass uns irgendwo in die Sonne fliegen, vielleicht auf meine Lieblingsinsel Gran Canaria? Auf jeden Fall irgendwohin, wo es warm ist.«

»Hört sich gut an, da bin ich dabei«, entscheide ich spontan.

»Echt?« Chris schweigt einen Moment. »Norderney scheint dir echt gutzutun. Schade, dass ich am Wochenende nicht kann, aber unter der Woche bekomme ich so kurzfristig keinen Urlaub.«

»Dann eben Gran Canaria im nächsten Jahr!«

»Abgemacht!«

Einen Moment bleibe ich auf der Couch sitzen. Gerade habe ich meinen Urlaub für das nächste Jahr geplant. Ich seufze. Das Leben geht eben doch weiter.

Nachdem ich die Mückenstiche mit Creme versorgt habe, knurrt mal wieder mein Magen, es fühlt sich an, als hätte ich ein riesiges Loch im Bauch, obwohl ich gestern Abend so üppig gegessen habe. Im Kühlschrank finde ich nur ein kleines Stück Käse und einen Apfel. Darüber brauche ich mich allerdings auch nicht zu wundern. So richtig einkaufen war ich noch nicht, das muss ich dringend nachholen. Aber erst mal geht es raus an den Strand. Ein paar Schritte laufen und die frische Meeresluft genießen.

Ich hole ein Shirt und Jeansshorts aus meinem Koffer, springe schnell unter die Dusche und schlüpfe in meine Kleidung. Mein Haar lasse ich auf dem Weg einfach an der Luft trocknen.

Das tut gut! Meine Sandalen habe ich ausgezogen und in

meiner Handtasche verstaut. Ich stehe barfuß im warmen Sand und spüre die kleinen Körnchen zwischen den Zehen. Jeder Schritt, den ich gehe, fühlt sich wie eine kleine Massage an.

Es ist noch nicht viel los. Ein paar Leute haben sich zwar schon die besten Strandkörbe und Liegen gesichert, insgesamt ist aber alles noch sehr ruhig. Aus meiner Handtasche hole ich einen kleinen Beutel, damit ich unterwegs besonders schöne Muscheln, Steinchen und was der Strand sonst noch so hergibt einsammeln kann. Das habe ich schon als Kind so gemacht. Immer wenn ich im Urlaub bin, suche ich mir so meine ganz persönlichen Andenken zusammen.

Ich laufe noch ein ganzes Stück den Strand entlang und gehe schließlich eine kleine Treppe hinauf, um auf dem Deich zurückzulaufen. Unterwegs beobachte ich zwei freche Möwen, die es auf das Frühstück eines Pärchens abgesehen haben. Sie kreisen über den Verliebten, die es sich am Strand gemütlich gemacht haben, und warten nur auf den richtigen Augenblick, um zuzuschlagen. Den Tag, an dem mir die dreisten Räuber im Sturzflug zum ersten Mal mein Fischbrötchen aus der Hand gestohlen haben, werde ich nie vergessen. Danach ist es mir nie wieder passiert. Wenn ich am Strand bin und esse, haben meine Augen den Himmel immer ganz fest im Blick.

Ich beschließe, mir in der Stadt ein Brötchen zu kaufen und danach direkt zum Bücherkasten zu laufen. Vorher muss ich mich aber noch bei Caro melden. Vielleicht können wir unseren geplanten Nachmittagsspaziergang gegen einen Kaffee und ein leckeres Stück Kuchen eintauschen, überlege ich und tippe schnell eine Nachricht in mein Handy. Kurz hinter der *Milchbar* nehme ich die Straße in Richtung Innenstadt. Ich laufe an einigen Hotels und Restaurants vorbei. An einer Bäckerei halte ich an und kaufe mir ein belegtes Brötchen, bevor ich weiterlaufe und schließlich am Onnen-Visser-Platz und somit auch am Bücherkasten ankomme. Der Bücherkasten könnte an keinem passenderen Ort stehen. Sophie hat mir mal erzählt, dass der Platz nach einer Figur aus einem Historienroman benannt wurde, der hier auf Norderney spielt. Im Jahr 2015 haben die Norderneyer die schöne Buchbox aus Glas, mit Metallfassung und Holzsockel mitten auf den Platz gestellt. Neugierig schaue ich mir durch die Glasscheibe die Titel an, die darauf warten, gelesen zu werden. Dabei entdecke ich unten rechts in der Ecke ein dünnes, unscheinbares Büchlein. Der Einband ist schwarz, am Buchrücken ist eine kleine, zarte Blume, allerdings kein Titel zu sehen. Ich nehme das Buch aus dem Kasten und schaue mir den Klappentext an. Es scheint ein Gedichtband zu sein. Könnte mir gefallen, denke ich und lächle zufrieden. Ich packe das Büchlein in meine Handtasche und mache mich auf den Weg zurück in die Wohnung.

Unterwegs halte ich noch am Supermarkt an und fülle meinen Vorrat an Lebensmitteln auf. Ich schleppe meine schwere Einkaufstasche und ein paar Flaschen Wasser nach oben in die Wohnung, räume alles ein und setze mich an den Küchentisch, um in das Buch reinzulesen. Es muss schon ziemlich alt sein, überlege ich und streiche über den Einband aus Leinen. Ich schlage den Buchdeckel auf und stelle fest, dass jemand mit Füllfederhalter und Tinte eine Widmung hineingeschrieben hat.

Liebe Swantje,
ich hoffe sehr, dass Du mir irgendwann verzeihen kannst.
Für immer der Deine, Otto.

Spannend. Ich würde zu gern wissen, was es damit auf sich hat. Ob diese Swantje von der Insel kommt? Ich könnte Caro fragen, wenn wir uns gleich sehen. Schnell schaue ich auf meinem Handy nach, ob sie mir schon geantwortet hat.

16 Uhr Milchbar?

Passt!, antworte ich.

10.

Ich stehe vor der *Milchbar* und warte auf Caro, da höre ich sie plötzlich rufen. Sie sitzt schon auf der Außenterrasse an einem der Tische. Gut gelaunt gehe ich zu ihr.

»He! Hast du die Nacht gut überstanden?«, fragt sie.

Ich schaue auf meine zerstochenen Arme und Beine, die immer noch höllisch jucken, und grinse schief. »Ich bin auf der Couch eingeschlafen und wurde zum Festmahl für eine ganze Menge kleiner, fieser Blutsauger. Und du? Bist du gut nach Hause gekommen?«

Caro seufzt. »Ich habe dreißig anstatt zehn Minuten gebraucht.«

»Was? Wieso das denn?«, frage ich.

»Na ja, nachdem ich dich zu Hause abgeliefert habe, habe ich ziemlich schnell festgestellt, dass ich allein besser kein Fahrrad mehr fahren sollte«, erzählt Caro. »Zum Glück hat uns niemand angehalten, das hätte echt ins Auge gehen können. Ich habe dann geschoben.«

»Die Cocktails waren stark, das habe ich auch erst zu Hause gemerkt. Aber der Abend war sehr schön! Danke.«

»Ach, nicht dafür. Mir hat er auch sehr gut gefallen.« Sie lächelt mich an. »Wie sieht es aus, Kuchen?«

»Immer!«

»Bestellen muss man drinnen. Wir sollten nur nicht zusammen gehen, sonst sind vielleicht unsere Plätze belegt, wenn wir zurückkommen. Was möchtest du trinken?«

»Heute bin ich mal dran«, bestimme ich. »Du hast dich gestern schon um die Cocktails gekümmert.«

»Gut, dann hätte ich gern einen großen Milchkaffee und ein Stück Käsekuchen.«

Ich gehe in das Restaurant hinein und reihe mich in eine Schlange wartender Gäste an der Theke ein. Die Kuchen und auch die anderen frischen Speisen in der Auslage sehen wunderbar aus. Als die Dame vor mir ihren Milchreis gereicht bekommt, bin ich kurz davor, auch wieder schwach zu werden, entscheide mich dann aber doch dagegen.

»Zwei große Milchkaffee und zwei Stück Käsekuchen bitte.«

Kurz darauf gehe ich mit dem Tablett samt Kaffee und Kuchen zurück zu Caro.

»Das sieht großartig aus, danke dir«, sagt sie.

Ich setze mich, pike meine Gabel sofort in den Kuchen und lasse das erste Stückchen auf der Zunge zergehen. Der Teig ist knusprig gebacken, die Füllung schmeckt vollmundig, leicht buttrig und nach Vanille. »Super!«, sage ich. »Ich habe schon lange keinen guten mehr gegessen.«

Caro lächelt. »Dann bin ich ja beruhigt, dass meine Empfehlung die Expertin überzeugen konnte.«

»Absolut!«

Einen Moment genießen wir beide schweigend.

Da fällt mir der Gedichtband ein. »Kennst du zufällig eine Swantje?«, frage ich.

Caro überlegt einen Augenblick. »Ja, schon, zwar nicht persönlich, aber vom Hören. Allerdings gibt es bestimmt verdammt viele Swantjes auf Norderney. Das ist ein typischer ostfriesischer Name. Wie kommst du denn darauf?«

Ich hole das kleine Buch aus meiner Handtasche und zeige ihr die Widmung.

Caro liest interessiert. »Ist ja spannend. Da steckt eine wahre Geschichte aus dem Leben drin.«

»Auf jeden Fall.«

Plötzlich legt Caro die Kuchengabel hin und schaut mich mit großen Augen an. »Beinah hätte ich vergessen, dass ich dir was erzählen wollte.«

»Was denn?«, frage ich neugierig und löffle den letzten Rest des Milchschaumes aus meiner Tasse. Es muss etwas Positives sein, so wie Caro gerade strahlt.

»Ich bin heute Morgen an Oles Café vorbeigefahren. Ich weiß nicht, ob du den kleinen schnuckeligen Laden neben der *Weststrandbar* kennst?«

»Ich glaube, ich weiß, welches Café du meinst. Direkt oben an der Strandpromenade, richtig?«

»Genau! Jedenfalls ist Ole schon alt und kann das Café nicht mehr so führen, wie er gern würde. Familie hat er auch keine auf Norderney.«

»Ja, und?«, frage ich nach. Caro lässt sich jedes Wort aus der Nase ziehen. Ich mache den Spaß mit, gespannt darauf, was jetzt kommt.

»Stell dir vor, er sucht einen Nachfolger oder eine Nachfolgerin – und da habe ich sofort an dich gedacht! Du hast doch letztens kurz erzählt, dass du schon immer mal ein eigenes Café führen wolltest, und wo könnte es schöner sein als hier auf Norderney?«

Caros Eröffnung trifft mich mitten ins Herz. »Ja, schon, aber …«, entgegne ich und suche nach Worten.

Sie schaut mich irritiert an. »Alles gut?«, fragt sie. »Ich wollte dich nicht überrumpeln. Das war nur so eine Idee, und ich würde mich freuen, wenn du auf der Insel bleiben würdest.«

»Das hört sich auch sehr gut an«, erkläre ich ausweichend. »Aber es ist nicht so einfach.«

»Klar, weiß ich doch. Du hast ja dein Leben in Duisburg, deine Familie, Freunde … Das lässt man nicht gern zurück. Aber die Lage ist echt super, wenn ich ein Händchen dafür hätte, könnte ich glatt schwach werden und mich selbst um die Nachfolge bewerben. Aber da muss jemand hin, der richtig gut backen kann. Darauf legt Ole wert.«

Ein Café auf Norderney … »Hört sich schon sehr gut an.« Mein Magen zieht sich etwas zusammen. »Es ist nur so, dass ich das nie allein machen wollte. Es war immer ein gemeinsamer Traum von mir und meiner Freundin Sophie. Es gibt einen Grund, warum ich allein hier auf der Insel bin …« Ich räuspere mich, weil meine Stimme zu versagen droht. »Ich brauche einen Moment, ja?« Es fällt mir immer noch schwer, darüber zu sprechen, aber ich möchte, dass Caro weiß, was passiert ist – weil sie mir wichtig ist, wie mir jetzt in dem Moment bewusst wird.

Caro nickt. »Ich hab mir schon gedacht, dass dich irgendwas bedrückt. Es gibt Momente, da siehst du unfassbar traurig aus, wenn ich das so sagen darf.« Sie lächelt aufmunternd. »Ich kann gut zuhören.«

»Bisher war ich noch nie allein hier auf Norderney«, erkläre ich. »Als Kind waren meine Eltern dabei, klar, aber in den letzten Jahren sind Sophie und ich immer gemeinsam gereist. Jedes Jahr, Mitte Juni, haben wir mindestens zehn Tage auf der Insel verbracht. Immer in der gleichen Ferienwohnung, die wir bei unserer Abreise gleich für das nächste Jahr gebucht haben.« Ich muss lächeln, in dem Fall war Sophie diejenige, die gern weit im Voraus geplant hat.

»Sophie und ich kannten uns schon seit unserer Kindheit. Das Backen war unsere gemeinsame Leidenschaft, wir haben unzählige Stunden zwischen Rührschüsseln, Kuchenteig und verrückten Rezepten verbracht. Das Café, von dem ich dir erzählt habe, war unser gemeinsamer Traum.« Ich atme tief durch. »Aber Sophie ist gestorben.« Tränen sammeln sich in meinen Augen. Ich wische sie mir mit dem Handrücken aus den Augenwinkeln. Wenn ich bisher darüber gesprochen habe, habe ich erklärt, dass meine Freundin von uns gegangen ist, nicht mehr bei uns, jetzt aus dem Himmel zu uns hinabschaut. Es ist das erste Mal, dass ich es konkret ausspreche. »Meine Freundin ist gestorben, vor genau einem Jahr und drei Tagen.«

Caro schluckt. Auch in ihren Augen haben sich Tränen gesammelt. »Das tut mir sehr leid, Mona.«

»Sie fehlt mir sehr.« Ich versuche zu lächeln. »Es war ihre Idee, dass ich nach Norderney komme. Und das tut mir auch sehr gut. Aber ein Café? Ich glaube einfach, dass ich noch nicht so weit bin. Nachdem Sophie gestorben ist, habe ich nicht mehr gebacken. Erst an dem Abend vor meiner Reise nach Norderney konnte ich mich dazu überwinden. Gut hat es sich allerdings nicht angefühlt. Ich verbinde einfach viel zu viel damit.«

Caro nickt verständnisvoll und greift nach meiner Hand. »Erzähl mir von ihr.«

»Gern«, entscheide ich spontan. »Aber nicht hier, wollen wir ans Meer gehen?«, frage ich.

Kurze Zeit später spazieren wir an der »Meerschaumlinie« entlang, wie es Sophie nennen würde.

Ich erzähle Caro von Sophie – wie sie war, von ihrer spontanen Art, ihrer Kreativität und auch von den verrückten Ideen, die sie ständig hatte.

»Ich glaube, ihr hättet euch sehr gut verstanden. Ehrlich gesagt seid ihr euch sogar ein wenig ähnlich. Deswegen ist es mir am Anfang ein bisschen schwergefallen, den Kontakt zu dir aufzubauen«, gebe ich ehrlich zu. »Du erinnerst mich an sie.«

»Oh, hört sich wirklich so an, als wäre Sophie sehr sympathisch gewesen«, feixt Caro, und ich muss lachen.

»Genau so etwas in der Art wäre jetzt auch von ihr gekommen. Mit Sophie hat sich alles irgendwie leichter angefühlt. Sie war immer gut gelaunt und hat versucht positiv zu bleiben, auch als sie krank geworden ist. Da war sie erst sechzehn und ständig schlapp, ernst genommen wurde sie allerdings nie. Irgendwann hat ein Arzt endlich mal genauer hingeschaut. Dabei kam heraus, dass sie ein Lungenkarzinom hat. Zum Glück reagiert diese Art Tumor gut auf Chemotherapie. Das Biest hat sich zurückgebildet, musste aber beobachtet werden. Alles war wieder in Ordnung.« Ich bin überrascht, wie leicht es mir fällt, mit Caro zu sprechen. »Aber es war natürlich ein ganz schöner Schock.«

»Das kann ich mir vorstellen«, sagt Caro und bleibt stehen. Wir schauen beide zum Wasser. »Schade, dass ich sie nicht kennengelernt habe.«

»Ihr hättet euch gemocht«, erkläre ich. »Damals haben wir einfach weitergemacht, unsere Schulabschlüsse, die Ausbildung. Für mich war immer klar, dass ich Konditorin werden möchte. Sophie hat sich für eine Lehre als Restaurantfachangestellte entschieden. Es schien uns der perfekte Plan zu sein in Hinblick auf unseren gemeinsamen Traum. Wir waren uns sicher, dass wir ihn irgendwann Wirklichkeit werden lassen. Sophie hat gesagt, alles hat seine Zeit, und die für das Café kommt noch. Aber da hat sie sich geirrt. 2018 waren wir das letzte Mal hier. Wir hatten einen wunderschönen Urlaub. Ein paar Wochen später musste Sophie zu ihrer jährlichen Kontrolluntersuchung. Dabei wurde festgestellt, dass der Tumor wieder da ist, und der Albtraum begann wieder von vorn, nur viel schlimmer. Diesmal wurde bestrahlt. Sophie hat gekämpft, so wie sie es immer getan hat.« Ein riesiger Kloß bildet sich in meinem Hals. Ich schlucke ihn runter und erzähle weiter. »Dann geschah ein kleines Wunder, mit dem niemand gerechnet hat, die Behandlung wirkte. Wieder! Der Tumor war weg! Sophie war allerdings wie ausgewechselt, ihr Körper hatte kaum noch Kraft. Nach und nach ging es ihr aber besser. Es hieß, sie muss sich nur noch erholen. Wir haben gemeinsam Urlaub auf Norderney geplant …

Aber dazu ist es nicht mehr gekommen. Letztes Jahr wurde Sophie krank, es war nur eine harmlose Erkältung, jedenfalls am Anfang. Durch die Behandlung war ihr Immunsystem aber so stark geschwächt, dass aus der Erkältung schnell eine Lungenentzündung wurde. Das hat ihr Herz nicht geschafft, es hat einfach aufgehört zu schlagen. Letzten Sonntag war Sophies erster Todestag.«

Caro laufen die Tränen über die Wangen, und auch ich muss weinen.

»Ihre Schwester, Franzi, hat mir am Sonntag eine Kiste mit Geschenken von Sophie gebracht«, erzähle ich schließlich. »Darin war auch der Brief, in dem Sophie mich aufgefordert hat, nach Norderney zu fahren. Na ja, …« Ich schaue zu Caro. »Und hier bin ich also.«

Caro streicht mir über den Arm. »Ich hab das Gefühl, dass alles, was ich jetzt sage, irgendwie falsch klingt. Aber ich bin sehr froh, dass wir uns kennengelernt haben.«

»Das klingt nicht falsch, sondern gut.« Ich lächle sie an. »Bisher habe ich noch nie so detailliert über Sophies Krankheit und den Tod gesprochen. Das ganze letzte Jahr stand für mich still, und ich war unfähig, mich um mich selbst zu kümmern. Damit muss jetzt Schluss sein, das weiß ich. Und du hast mir dabei geholfen, das zu erkennen.«

Caro lächelt mich an. »Dafür sind Freundinnen da.«

»Ja.« Kann das sein? Wir kennen uns kaum, aber trotzdem empfinde ich Caro schon jetzt als Freundin. Ich atme tief ein und lasse meinen Blick noch einmal über das Meer schweifen. Hier am Wasser fühle ich mich so wohl wie schon lange nicht mehr, vielleicht liegt es auch daran, dass ich Caro so nah an mich ranlasse. Und auf einmal scheint mir auch die Idee mit dem Café gar nicht mehr so abwegig. Es war immerhin auch mein Traum. »Meinst du, ich hätte überhaupt eine Chance, wenn ich mich als Nachfolgerin bewerben würde? Ich bin nicht von der Insel, und dieser Ole kennt mich doch gar nicht.«

»Das finden wir raus, ich denke aber schon. Dass du Konditorin bist, ist schon mal ein großes Plus«, erklärt Caro. »Vielleicht siehst du dir das Café einfach mal an und sprichst mit Ole.«

Ich nicke und werfe auch meine letzten Bedenken über Bord »Warum nicht?«

»Dann rufe ich Ole gleich an und mache einen Termin aus. Was machst du heute Abend, hast du schon was vor?«

»Scherzkeks!« Ich stupse sie in die Seite. »Natürlich nicht.«

»Jetzt ja.« Caro hakt sich bei mir unter. »Ich habe eine ganz wundervolle Idee. Um sieben heute Abend hole ich dich ab.« Sie sieht mich ernst an. »Hast du schon mal das Meer angeschrien?«

II.

Es hat sich ein wenig zugezogen, Wind ist aufgekommen und lässt das Wasser tanzen. Die Luft schmeckt nach Salz und legt sich wie ein dünner Film auf meine Zunge. Caro versucht mit beiden Händen die zu große Kapuze ihres pinken Hoodies festzuhalten, die von einer Bö aufgebläht wird. Wie so oft auf der Insel ist der Wetterumschwung plötzlich gekommen, aber das wundert hier niemanden. Die Insulaner sind immer darauf vorbereitet, und auch ich kenne die Insel mittlerweile so gut, dass mich launisches Wetter so schnell nicht mehr aus dem Konzept bringt. Dafür bringen mich andere Dinge leicht aus der Reihe. Zum Beispiel die Tatsache, dass die Kordeln an Caros Hoodie unterschiedlich lang sind. Ich kann nicht anders, ich muss einfach zugreifen.

»Sorry«, sage ich. »Aber in mancherlei Hinsicht bin ich ein Nerd.« Ich ziehe die linke Kordel etwas nach unten, bis beide auf gleicher Höhe sind. »Es ist eine Art Ordnungstick«, erkläre ich. »Aber nicht, dass ich besonders putzwütig bin oder so, es hat eher etwas mit Symmetrie zu tun. Bei mir muss immer alles seitengleich sein.«

Caro sieht mich erstaunt an und dann runter zu den beiden Kordeln. »Ich muss gestehen, dass es mir jetzt in den Fingern juckt, eine davon wieder runterzuziehen. Ich mag es gar nicht, wenn alles gleich ist.« Um ihre Augen bilden sich viele kleine Lachfältchen. »Das kann ja noch was werden mit uns beiden.«

»Ich arbeite daran«, gestehe ich. »Es nervt mich selbst manchmal, dass ich so bin.«

»Warum?«, fragt Caro. »Ist doch gut, dass jeder anders ist, sonst wäre das Leben langweilig. Dafür lese ich Bücher zum Beispiel grundsätzlich von hinten. Ich muss immer erst wissen, wie es ausgeht, weil ich die Spannung sonst nicht ertrage.«

»Echt?« Ich muss lachen. »Und wie machst du das bei Filmen?«

»Wenn ich die Möglichkeit habe, durchforste ich das Internet nach dem Inhalt. Es gibt aber auch eine Seite, in der sich alles um Filmenden dreht. In der Regel schaue ich aber nur gestreamte Filme, da kann ich notfalls bis zum Ende vorspulen – und dann von vorne anfangen.«

»Und was ist mit Kino?«

»Auch da versuche ich, vorher was rauszufinden.« Sie grinst. »Auf Norderney ist das kein Problem, hier laufen ja keine Premieren.«

»Ist ja witzig.« Mein Symmetrie-Spleen kommt mir nicht mehr ganz so speziell vor.

»Ich habe noch mehr Macken«, sagt Caro.

»So, was denn?«, frage ich neugierig.

Sie lacht. »Wirst du schon rausfinden.«

»Außer meinem Ordnungstick bin ich ganz normal – glaube ich. Obwohl …« Ich überlege einen Moment. »Irgendwie doch nicht. Frag mich nicht, warum das so ist, aber ich lass Menschen nur langsam an mich ran. Schlechte Erfahrungen habe ich nicht gemacht, zumindest kann ich mich da an nichts erinnern. Meine Mutter sagt, ich war schon immer so, ich hätte schon als Kind mir selbst genügt und lieber allein gespielt.« Bis Sophie in mein Leben geschneit kam …

»Das wird sich allerdings ändern, falls das mit dem Café was werden sollte«, stellt Caro fest.

»Ja.« Ich halte mein Gesicht in den Wind und atme tief ein. In mir herrscht eine Mischung aus Aufbruchstimmung und Neuanfang. Auch wenn das mit dem Café nur eine verrückte Idee ist, hat Caro damit etwas in mir ausgelöst. Ich bin schier überwältigt davon, dass jemand, den ich erst kennengelernt habe, sich so für mich einsetzt. Das ist ein schönes Gefühl. Ich mag Caro. Sophie würde wollen, dass ich einer neuen Freundschaft eine Chance gebe, aber was noch wichtiger ist: Ich will es auch. Ich ziehe meine Jacke über und stecke meine Hände in die Taschen. Brr! Es ist tatsächlich etwas frisch geworden.

»Morgen früh um zehn Uhr haben wir einen Termin mit Ole«, verkündet Caro. »Ich habe ihn vorhin angerufen.«

»Wie? Echt jetzt? Was genau hat er denn gesagt?« Damit habe ich nicht gerechnet. Ein Kribbeln erfasst mich.

»Nicht viel. Aber das ist ganz normal. So ist er eben. Ein bisschen verschroben, aber ein herzensguter Mensch. Er erwartet uns um zehn Uhr im Café. Alles Weitere wird er dir morgen schon erklären. Ich glaube, er hat ganz genaue Vorstellungen und Erwartungen an seinen Nachfolger. Am liebsten hätte ich es mir gleich mit dir angeschaut, er hat aber leider keine Zeit.«

»Das passt schon, morgen früh ist super!«

»Na ja, nicht, dass du es dir bis dahin doch noch anders überlegst …«, sagt Caro und grinst schief.

»Keine Sorge, das wird nicht passieren«, verspreche ich, obwohl ich mir genau darüber auch schon Gedanken gemacht habe.

»So, und jetzt zu den wichtigen Dingen im Leben! Du hast echt noch nie das Meer angeschrien? Ihr Leute vom Festland wisst echt nicht, was gut ist. Komm mit, ich zeige es dir.«

Caro packt mich an der Hand und zieht mich näher ans Wasser. Ihre Kapuze wird weggepustet, ihre blonden, schulterlangen Haare wirbeln durch die Luft.

»Bist du bereit?«, fragt sie auffordernd. »Pass auf!« Sie schaut auf das Meer hinaus – und schreit los.

Augenblicklich breitete sich Gänsehaut über meinem Körper aus. Fasziniert höre ich ihr zu. Sie brüllt so laut, dass ich das Meer nicht mehr hören kann. Danach ist sie still, einen ganzen Moment steht sie noch da und atmet ganz ruhig ein und wieder aus.

Ich bin so ergriffen, dass mir die Worte fehlen.

»Jetzt du!«, fordert Caro mich auf und sieht mich erwartungsvoll an. »Es wird dir guttun, glaub mir! Ich komme regelmäßig hier her, um das Meer anzubrüllen. Eine Therapie, die keinen Cent kostet und so unheimlich effektiv ist.«

Allein die Vorstellung, laut zu schreien, einfach so, fühlt sich merkwürdig an. Ich bin generell kein lauter Typ. Wann ich das letzte Mal so richtig geschrien habe, weiß ich nicht. Vielleicht vor ein paar Jahren, als ich mit Sophie auf der Kirmes war und sie mich überredet hat, mit ihr Achterbahn zu fahren. Da habe ich definitiv geschrien. Ich war noch ein paar Tage danach so heiser, dass ich in der Praxis kaum zu gebrauchen war.

»Nicht lachen. Schau, es ist ganz einfach, du musst dich nur überwinden. Achte darauf, dass du einen festen Stand hast. Deine Füße müssen geerdet sein, das ist wichtig. Vertraue dir.«

Entschlossen nicke ich meiner Freundin zu. Ich schaue auf das Meer hinaus, presse meine Füße fest in den Boden, setze an, schaffe es aber lediglich, ein lausiges Rufen aus meiner Kehle zu quetschen.

»Soll das etwa alles gewesen sein, Mona?«, fragt Caro und stupst mich in die Seite. »Ich wette, dass du das besser kannst.«

Caro hat recht. Etwas in mir blockiert mich, ich kann mich nicht frei machen. Es ist noch schwerer, als ich gedacht habe.

»Können wir es vielleicht zusammen machen?«, frage ich.

»Klar. Ich zähle rückwärts, nach der Eins brüllen wir los.«

»Okay.«

»Drei, zwei, eins!«

Eine Böe kommt auf. Als hätte uns der Wind den Startschuss gegeben. Ich denke nicht mehr nach. Ich schreie einfach los, so laut ich kann. Es fühlt sich gut an. Fast so, als würde das Meer meinen Schrei verschlucken und mit ihm mein schweres Gepäck davontragen. Tränen schießen mir in die Augen. Es tut so unbeschreiblich gut, den Ballast abzuwerfen. Ich atme tief ein und brülle noch mal, diesmal allein. Ich schleudere all meinen Frust, meine Ängste und die Trauer des letzten Jahres auf das Meer hinaus. Niemals hätte ich gedacht, dass ein Schrei so heilsam sein kann. Ein Lächeln macht sich auf meinen Lippen breit, während mir Tränen über die Wangen laufen. Mit meinem Handrücken wische ich mir die salzigen Tropfen aus dem Gesicht und schaue Caro an. »Danke«, sage ich.

Noch eine ganze Weile stehen wir einfach so da. Still genießen wir den Moment, bis plötzlich eine etwas größere Welle an unseren Beinen hochschwappt und wir beide losquietschen.

»Super, das war's dann wohl mit dem magischen Moment«, sagt Caro und lacht. »Lass uns gehen.«

Wir schlendern schweigend den Strand entlang, bis wir an unseren Rädern ankommen.

»Das hat gutgetan«, sage ich.

»Das habe ich mir gedacht. Schön, dass es dir vielleicht ein bisschen geholfen hat.«

»Dann sehen wir uns morgen zur Besichtigung?«, frage ich.

»Ich hole dich um Viertel vor zehn ab«, antwortet Caro.

»Ist gut«, sage ich, steige auf das Rad und winke meiner Freundin zu.

Auf dem Damenpfad angekommen, stelle ich schnell mein Rad in der kleinen Einfahrt neben dem Haus ab und laufe die Treppen nach oben. Viel schneller als sonst, ich nehme gleich zwei Stufen auf einmal. Das kalte Wasser an meinen Beinen in Kombination mit dem Fahrtwind hatten es nämlich ganz schön in sich. Mir ist auf einmal kalt. Ich stürme schnell ins Badezimmer, ziehe meine nasse Kleidung aus, steige unter die Regendusche und stelle sie an. Das tut gut! Ich lasse das warme Wasser über meinen Rücken laufen. Es bildet sich Dampf im gesamten Badezimmer, die Scheiben der Duschkabine beschlagen nach und nach.

Ich schließe die Augen und lasse die letzten Tage Revue passieren. Es kommt mir vor, als wäre ich schon viel länger auf der Insel. Obwohl ich quasi gerade erst angekommen bin, ist schon wahnsinnig viel passiert. Vor allem aber fühlt es sich an, als würde ich Caro schon eine halbe Ewigkeit kennen. Morgen schauen wir uns ein Café an, und ich denke wirklich darüber nach, mir den Traum, der Sophie und mich seit unserer Kindheit begleitet hat, zu erfüllen. Hätte mir vor zwei Monaten jemand erzählt, dass ich das wirklich mal in Erwägung ziehen würde, und das auch noch auf Sophies Lieblingsinsel, hätte ich ihn offiziell für verrückt erklärt. Plötzlich fällt mir ein Spruch ein, den ich vor Kurzem auf dem Weg zur Arbeit an einer Hauswand gesehen habe.

Schaue hoffnungsvoll nach vorne, nicht trauernd zurück!

Nun passt er, denke ich, letztens hat der Spruch mich noch tieftraurig, fast sogar wütend gemacht. Das ist jetzt nicht mehr so, und dafür bin ich dankbar. Ich stelle das Wasser aus und schreibe die Worte mit dem Zeigefinger an den beschlagenen Badezimmerspiegel, bevor ich mir ein Handtuch um den Körper und eines um den Kopf wickle. Ich schaue zu, wie die Stellen, die ich eben von den feinen Wassertropfen befreit habe, langsam wieder beschlagen, lächle und verlasse das Badezimmer. Heute habe ich tatsächlich das Meer angeschrien!

In der Küche mache ich mich auf die Suche nach etwas Essbarem. Plötzlich bekomme ich Lust auf ein Sandwich mit Erdnussbutter und Marmelade. Früher habe ich die klebrig süßen Brote viel zu häufig gegessen und dann irgendwann beschlossen, ganz darauf zu verzichten, um meine Sucht in den Griff zu bekommen. Aber heute gebe ich nach. Ein bisschen Soulfood kann nicht schaden, und als hätte ich geahnt, dass der richtige Moment für ein Tröster-Sandwich schon vor der Tür steht, habe ich alles dafür bereits im Supermarkt eingekauft. Schnell bereite ich mir ein Sandwich zu und setze mich damit auf das Sofa. Auf dem Couchtisch sehe ich Sophies Buch liegen. Um gleich schon schlafen zu gehen, bin ich noch viel zu aufgewühlt. Ich entscheide mich also dafür, noch ein bisschen in Sophies Gedanken zu stöbern, und schlage das kleine Büchlein meiner Freundin auf.

17. Juni 2018
Göttlich

Liebstes Leben,
wie eine Prinzessin!

Heute war ich ganz aufgeregt. Eigentlich bin ich es immer noch. Und zwar so sehr, dass ich mein Erlebtes jetzt noch mit dir teilen möchte. Es ist verdammt spät, Mona schläft schon. Ich muss aufpassen, dass ich sie nicht wecke. Ihr ging es heute nicht gut, sie hatte Bauchschmerzen. Ich war heute den ganzen Tag allein unterwegs. Na ja, fast den ganzen Tag …

Heute Morgen bin ich zum Surfcafé gefahren, um zu frühstücken. Ich liebe es dort. Auf einer kleinen Karte kreuzt man an, was man essen möchte. Das gefällt mir. Zusammengestellte Menüs, von denen ich die Hälfte nicht mag, braucht es für mich nicht. Ich habe mich in einen der Strandkörbe gesetzt und bestellt. Der ganze Tisch stand voll mit Köstlichkeiten. Ich habe die Karte rauf und runter bestellt. Von allem war etwas dabei. Besonders gefreut habe ich mich auf den frisch gepressten Orangensaft. Er war göttlich! Ich habe mich gefühlt wie eine Prinzessin. Eine Prinzessin mit Meerblick. Der nette Mann, der mir mein Frühstück gebracht hat, hat gelacht und behauptet, dass ich das alles niemals schaffen würde. Ich wollte wetten, aber er hat sich nicht getraut. Geschafft habe ich alles. Was hat er gestaunt! Irgendwann war es schon Mittagszeit, und ich saß immer noch im Surfcafé. Versunken in das Buch aus dem Bücherkasten. Plötzlich stand eines dieser wunderschönen, orange leuchtenden Getränke vor mir. Serviert in einem bauchigen Weinglas mit Eis, Orangenscheiben und Glasstrohhalm.

Der nette Kellner hat auf einen Mann gezeigt, und der prostete mir zu. Das Getränk hat er mir spendiert.

Liebstes Leben, das war wie im Film. Vielleicht sollte ich so was öfter machen. Ob das auch in einer Bar funktioniert?

Ich habe den Mann angelächelt. Er hat mir auf Anhieb gefallen. Blonde Haare, braun gebrannt, lässig, aber trotzdem chic gekleidet. Surfertyp, würde ich sagen. Surfertypen im Surfcafé, wie soll es auch anders sein. Irgendwann hat er sich zu mir gesetzt. Sein Name ist Nick, und er ist sehr nett. Schöner Name, toller Mann, wie ich finde.

Liebstes Leben, jetzt bin ich doch zu müde, um Dir weiter von dem wunderbaren Erlebnis mit Nick zu berichten. Das hole ich morgen nach beziehungsweise heute, denn es ist ja schon morgen. Versprochen! Heute gibt es nur mein schönstes Wort, und das ist »göttlich«.

Deine Sophie

Ich fasse es nicht. Sophie hat mir nie von ihrem Tag im Surfcafé erzählt, und von einem Nick habe ich bis heute auch noch nichts gehört. Ich erinnere mich gut an den Tag, den ich ganz allein in der Ferienwohnung verbracht habe. Ich hatte wahnsinnig starke Unterleibsschmerzen und habe mich ins Bett verkrümelt. Sophie muss wirklich sehr spät nach Hause gekommen sein. Am nächsten Tag hat sie mir nur erzählt, dass sie im Surfcafé war und gelesen hat. Gelogen war es nicht, aber das Drumherum hat sie mir verschwiegen. Das sah Sophie nicht ähnlich. Ich muss unbedingt herausfinden, was es mit diesem Nick auf sich hatte. Sonst mache ich heute bestimmt kein Auge mehr zu.

12.

17. Juni 2018
Sternschnuppe/Hoffnungsschimmer

Liebstes Leben,
mitten in einem Märchen!

Nick lebt nicht auf der Insel, woher er kommt, habe ich nicht gefragt, das wollte ich nicht.

Wir haben geredet und viel gelacht. Wir haben getrunken und Spaß gehabt. Irgendwann war es dunkel, ich habe tatsächlich den ganzen Tag im Surfcafé verbracht. Nick hat unsere Rechnung bezahlt, eigentlich wollte ich das nicht. Er hat mich überredet, danach sind wir an den Strand gegangen. Ich habe mich bei ihm eingehakt. Wir sind eine ganze Weile den Nordstrand entlanggelaufen. Über uns hat ganz klar und zart ein Zelt aus Sternen gefunkelt. Einen schöneren Sternenhimmel gibt es für mich nicht. Irgendwann hat Nick seine Jacke in den Sand gelegt, damit ich mich setzen konnte.

Ich habe gelacht und habe mich einfach auf den Rücken gelegt. Am Meer ist nun mal Sand, deswegen ist es doch so schön hier …

Nick hat sich zu mir gelegt und nach meiner Hand gegrif-

fen. Gemeinsam haben wir die Sterne beobachtet und nicht nur eine Sternschnuppe gesehen. Natürlich habe ich mir auch etwas gewünscht. Aber meinen Wunsch habe ich nicht verraten. Auch Dir verrate ich ihn nicht, liebstes Leben. Denn dann geht er nicht in Erfüllung.

Nach einer Weile habe ich mich wieder hingesetzt und auf das Meer hinausgeschaut. Es war so dunkel, dass ich kaum noch etwas gesehen habe.

Doch war es plötzlich, als hätte man mich mitten in ein Märchen geschmissen. Ich habe gedacht, dass ich träume, bin aufgesprungen und habe auch Nick an seinen Händen auf die Beine gezogen. Und er, er hat es auch gesehen, es war kein Traum. Die Brandung der Wellen hat geleuchtet. Eigentlich war es das ganze Meer, das gestrahlt hat. Überall da, wo sich etwas bewegte. Nick hat mir erklärt, dass das, was wir da sehen, ein sehr seltenes Phänomen ist. Meeresleuchten. Das wusste ich natürlich schon, trotzdem war es schön, ihm zuzuhören. Er sah so glücklich dabei aus.

Für mich hat die leuchtende Brandung nach lauter kleinen Hoffnungsschimmern ausgesehen, die langsam auf mich zugerollt kamen. Ich habe beschlossen, sie einzufangen. Ich habe meine Kleidung ausgezogen und in den Sand geworfen. Nick hat mich erst entsetzt angeschaut. Doch dann ist er mit mir ins Wasser gerannt. Als wir bis zu unseren Hüften im Meer standen, hat Nick mich plötzlich am Arm gefasst und aufgehalten. Er hat mein Gesicht in seine Hände genommen und mich geküsst. Um uns herum hat alles geleuchtet, es war pure Magie.

Liebstes Leben, gestern waren mir zwei Wörter verdammt wichtig. Auch wenn Mona nicht dabei war, bin ich mir sicher, dass sie sich auch so entschieden hätte. Sternschnuppe und Hoffnungsschimmer.

Ich werde Mona nicht von der Nacht am Meer erzählen. Wir haben unzählige Abende am Strand verbracht. In der Hoffnung, dass das Meer einmal für uns leuchtet. Es ist einer ihrer Träume, und mich macht es fast ein bisschen traurig, dass ich diesen magischen Moment ohne meine beste Freundin erlebt habe. Aber irgendwie ist es auch schön. Ich habe ein kleines Geheimnis, nur für mich.

Deine Sophie

Ich fasse es nicht! Deswegen hat sie mir nichts von ihrer Nacht am Strand erzählt. Natürlich wäre ich nicht böse gewesen, da kann sie ja nichts für. Im Gegenteil, ich freue mich sehr darüber, dass Sophie so ein schönes Erlebnis hier auf der Insel hatte. Sie scheint den Abend sehr genossen zu haben, und das ist das Wichtigste. Irgendwann werde auch ich das Meer leuchten sehen, denke ich, klappe das kleine Büchlein zu und lege es zurück auf den Wohnzimmertisch. Ob Sophie und Nick sich noch einmal gesehen haben? Ich würde sie jetzt zu gern fragen, ob nach dem Kuss im Meer noch mehr gelaufen ist. Vielleicht verrät mir einer der nächsten Einträge ja noch ein paar Einzelheiten über diesen mysteriösen Surfertypen, mit dem meine beste Freundin nackt im Meer baden war.

Gähnend strecke ich meine Arme lang in die Luft. Zeit,

ins Bett zu gehen, ein aufregender Tag wartet auf mich. Ich besichtige tatsächlich ein Café!

Mit einem schrillen Piepton reißt mein Wecker mich aus dem Schlaf. Es ist halb neun, und ich bin froh, dass ich überhaupt daran gedacht habe, ihn zu stellen. Verschlafen scheint momentan eine meiner Stärken zu sein. Heute wäre es allerdings mehr als ungünstig. Ich klettere aus dem Bett und laufe wie in Trance zur Kaffeemaschine. Mein Lebenselixier auf Knopfdruck zu bekommen, hat schon was, denke ich und setze mich mit der Tasse frischem Kaffee auf den Balkon. Ich genieße die ersten Schlucke der warmen Flüssigkeit und entdecke eine Möwe, die auf dem Gehweg vor dem Haus nach Essensresten oder unvorsichtigen Urlaubern Ausschau hält. Schmunzelnd verfolge ich, wie sie einen Mann beobachtet, der unterwegs sein Brötchen isst. Ob sie es schafft, es zu ergattern? Sie hat keinen Erfolg und sucht weiter.

Ich stelle die leere Tasse in die Spüle und durchwühle danach meinen Koffer, den ich immer noch nicht ausgepackt habe. Wie geht man zu einer Café-Besichtigung? Ich entscheide mich für eine klassische Bluejeans und ein schlichtes schwarzes T-Shirt mit V-Ausschnitt. Mein Haar binde ich zu einem tiefen Zopf zusammen, ziehe mich an und lege ein bisschen Wimperntusche auf. Nicht viel, nur ganz dezent. Ich möchte ordentlich, aber nicht aufgetakelt aussehen. Zufrieden schaue ich mich im Flurspiegel an, hänge mir meine Handtasche über die Schulter und ziehe die Wohnungstür hinter mir zu. Perfekt! Ein Blick auf die Uhr verrät mir, dass es Viertel vor zehn ist. Caro steht schon vor dem Haus und wartet auf mich.

»He, gut siehst du aus!«, begrüßt sie mich.

»He, Caro, danke!«

Ich schließe mein Fahrradschloss auf und schwinge mich auf den Sattel.

»Eigentlich müssten wir doch in zwei Minuten da sein, oder?«, frage ich. Meine Ferienwohnung ist nicht weit von der *Weststrandbar* entfernt.

»Das Café ist gleich hier vorne«, sagt Caro, während wir den Deich entlangfahren.

Kurz danach halten wir auch schon an. Oles Café ist tatsächlich direkt neben der *Weststrandbar*. Das hatte ich so genau gar nicht im Kopf. Die Lage ist fantastisch. Es ist ein unscheinbares, weißes, kleines Häuschen mit bestechend schöner Außenterrasse und direktem Blick auf den Weststrand und das Meer. Das breite Geländer der Terrasse, auf der Sonnenschirme und Stühle stehen, wird als Tisch genutzt. Über der Eingangstür hängt ein großes ovales Schild in einem dunklen Blauton mit der Aufschrift *Oles Café*. Von außen sieht es definitiv vielversprechend aus, denke ich und lächle Caro an.

»Alles gut?«, fragt sie, während sie ihr Rad abschließt.

»Ja, das Café sieht sehr hübsch aus, ich bin allerdings ein bisschen aufgeregt.«

»Musst du nicht sein, Ole ist echt ein netter Kerl. Außerdem mag er mich, er kennt mich schon, seitdem ich ein Kind war.«

»Na, hoffentlich mag er mich auch«, sage ich.

»Klar, das wird er, komm mit!«, verspricht Caro und geht vor mir über die Holzterrasse in Richtung Eingang.

Vorsichtig klopft Caro an die Tür. »Ole, bist du da?«, ruft meine Freundin.

»He, Caro, hier hinten. Kommt einfach durch«, ertönt eine tiefe, warme Männerstimme.

Ich folge Caro durch das kleine, urige Café. Die alten Holzdielen knarzen bei jedem Schritt. Viel Platz ist im Innenbereich nicht. Durch die bodentiefen Fensterfronten sieht jedoch alles größer aus, als es wahrscheinlich ist. Überall im Raum verteilt stehen weiße Holztische und Stühle mit dicken, blauen Kissen darauf. An den Wänden hängen alte Bilder mit Landschaftsaufnahmen, vermutlich von der Insel. Alles sieht sehr gemütlich aus. Die Männerstimme scheint aus einem Hinterzimmer gekommen zu sein. An einem Schreibtisch sitzt ein etwas kräftig gebauter, alter Herr mit grauen Haaren und Vollbart. Auf dem Kopf trägt er eine dunkelblaue Seemannsmütze.

»He, ich bin Ole!«, sagt er, steht auf und streckt mir seine Hand entgegen.

»He, ich heiße Mona, Mona Rose«, erkläre ich und lächle den Mann an, der mir sofort sympathisch ist. Ole ist einer dieser Menschen, die man sieht und sofort mag. Zumindest geht es mir mit ihm so. Meine Aufregung löst sich in Luft auf.

»He, Ole, schön, dass du heute Zeit hast«, sagt Caro.

»Für dich immer. Das weißt du doch. So, Mona, du interessierst dich also für mein Café«, sagt Ole.

»Ja, genau. Caro hat mir erzählt, dass du auf der Suche nach einer Nachfolge bist. Ein eigenes Café zu führen, ist mein Kindheitstraum. Wo könnte es schöner sein als hier auf Norderney?«

Ole lacht laut auf. »Da hast du allerdings recht. Dann komm mal mit, ich zeige dir alles.«

Ich folge Ole zurück in den Innenraum des Cafés.

»Hier dürftest du ja schon alles gesehen haben«, sagt er. »Die Einrichtung ist noch relativ neu, die könntest du übernehmen.« Ole lächelt mich freundlich an. »Natürlich nur, wenn sie dir gefällt.«

»Sehr sogar.« Ich schaue mich noch einmal um. »Weiß und Blau passen gut zusammen. Alles wirkt sehr gemütlich.« Ein paar Kleinigkeiten würde ich sicher ändern, aber die Grundausstattung gefällt mir wirklich gut.

Ole nickt zufrieden. »Caro hat mir verraten, dass du gelernte Konditorin bist, dann freust du dich sicher darauf, dir endlich das Herzstück anzuschauen.«

»Die Küche? Und wie!«

Mit einem Grinsen im Gesicht deutet Ole auf eine Tür gleich hinter dem Tresen. »Geh ruhig vor«, sagt er.

Langsam betrete ich den Raum. Die Küche ist viel geräumiger, als ich gedacht habe, fast so groß wie der gesamte Gastraum. Sie ist gefliest, alles ist sehr hell gehalten. In der Mitte des Raumes steht eine große Insel. Es gibt drei Öfen und reichlich Stauraum. Perfekt, denke ich. Die Einrichtung samt den Küchengeräten sieht fast neuwertig aus, Ole scheint sehr sorgsam mit allem umzugehen. »Wow! Ich habe nicht damit gerechnet, dass die Küche so groß ist.«

»Das dachte ich mir schon«, sagt Ole stolz. »Hier hast du auf jeden Fall genug Platz, um dich auszutoben.«

»Definitiv! Mehr als genug! Dein Café gefällt mir wirklich sehr gut, Ole«, sage ich.

»Das freut mich. Wollen wir zurück ins Büro gehen? Dann können wir alles Weitere besprechen.«

»Gerne.« Ich folge Ole und setze mich neben Caro an den Schreibtisch. »Sag mal, Mona, woher kommst du eigentlich genau? Und was bewegt dich dazu, dich um mein Café zu bewerben?«, fragt Ole da.

»Aus dem Ruhrgebiet«, erkläre ich. Und dann erzähle ich Ole ganz offen von Sophie und davon, was mich mit der Insel verbindet.

»Das mit deiner Freundin tut mir leid«, sagt Ole, nachdem er mir aufmerksam zugehört hat.

»Danke«, antworte ich und bin ein bisschen überrascht von mir. Über Sophie zu reden, fällt mir von Mal zu Mal leichter.

Ole schaut mich nachdenklich an und kratzt sich an seinem Bart. »Ich kann mir dich hier auf Ney in meinem Café sehr gut vorstellen, Mona. Aber ich muss dir leider sagen, dass du nicht die einzige Interessentin bist.«

Ich nicke. »Ja, das habe ich mir schon gedacht.«

»Bist du dir denn sicher, dass du hier leben und arbeiten möchtest? Du hast doch bestimmt Familie im Ruhrgebiet, und einen festen Arbeitsplatz hast du auch …«

»Ja«, sage ich entschlossen. »Manchmal muss man einfach mutig sein. Mich hält nichts im Ruhrgebiet. Meine Arbeit macht mir zwar spaß, mein Traumberuf ist es aber nicht. Meine Familie könnte mich hier besuchen und andersherum natürlich genauso. Ich habe Rücklagen, mit denen ich die ersten Monate hier auf der Insel finanzieren kann. Die Pacht ist kein Problem, das bekomme ich hin.« Ich straffe die Schultern und schaue Ole mit festem Blick an. »Ja, ich bin mir sicher!«, sage ich noch mal.

Ole grinst, und ich glaube ein schelmisches Funkeln in seinen Augen sehen zu können. »Das wollte ich hören. Es gibt allerdings zwei Voraussetzungen, die du erfüllen musst. Also, nicht nur du. Alle Bewerber müssen sie erfüllen, um eine Chance auf das Café zu bekommen. Dass mein Café ein Café bleiben muss, brauche ich dir wahrscheinlich nicht zu sagen. Es muss jedoch auch ein besonderes Konzept her, das nicht nur für die Urlauber ansprechend ist.«

»Also soll das Konzept auch für die Insulaner entwickelt werden?«, hake ich nach.

»Genau! Und da wären wir auch schon bei der zweiten Voraussetzung. Entwickle ein Kuchenrezept mit Bezug zu unserer schönen Insel.«

Ich lächle und schaue kurz zu Caro, die mir zunickt. »Ich gebe mein Bestes!«, verspreche ich.

»Einen kleinen Tipp habe ich noch für dich. Lass dich nicht von der Friesentorte beeinflussen. Das olle Ding mit Pflaumenmus hat überhaupt keine Verbindung zu Norderney«, sagt Ole und schnalzt mit der Zunge.

Ich muss lachen. »Danke für den Tipp. Ich werde mir etwas einfallen lassen. Darauf kannst du wetten.«

»Wie viele Mitbewerber gibt es denn, Ole?«, fragt Caro plötzlich.

»Ha! Auf die Frage habe ich schon gewartet. Mit dir, Mona, seid ihr zu dritt. Wer die anderen beiden sind, verrate ich natürlich nicht. Ihr sollt schließlich alle die gleichen Chancen haben.«

»Mona macht das schon, da bin ich mir sicher«, sagt Caro.

Das sagt sie so leicht. Ich war zwar schon oft auf der Insel, zu vielen Insulanern hatte und habe ich allerdings keinen Kontakt. »Bis wann müssen Konzept und Rezept denn stehen?«

»Nun ja, du bist etwas spät dran. Die Entscheidung werde ich in fünf Tagen fällen. Nächste Woche Dienstag um vier Uhr treffen wir uns alle hier im Café. Dann werde ich die Entscheidung verkünden. Dein Konzept und den Kuchen bringst du aber bitte schon um zwölf vorbei.«

Caro schnaubt auf. »Das wird aber sportlich!«

»Allerdings, die anderen waren schon vor ein paar Tagen hier, tut mir leid, dass es jetzt so knapp für dich wird, Mona. Aber ich kann da keine Ausnahme machen.«

»Nein, das möchte ich auch nicht. Alles gut, aber dann sollte ich jetzt keine Zeit mehr verlieren und mich schleunigst an die Arbeit machen.«

Ole nickt. »Ich freue mich auf dein Konzept!«

Wir verabschieden uns von Ole, verlassen das Café und schließen unsere Räder auf. Diesmal schieben wir allerdings.

»Meinst du, du schaffst es, so schnell ein Rezept zu entwickeln?«, fragt Caro, nachdem wir eine gute Minute schweigend nebeneinander hergelaufen sind.

»Das Rezept wird nicht das Problem sein. Viel mehr Sorgen mache ich mir um das Konzept des Cafés. So viele Insulaner habe ich nämlich noch nicht kennengelernt.«

»Mach dir da mal keine Sorgen. Das schaffen wir schon, du hast schließlich mich. Ich bin Insulanerin und kenne glücklicherweise noch einen ganzen Haufen anderer. Das schaffen wir, ich helfe dir!«

»Das ist lieb, danke!«, sage ich und lächle meine Freundin an. Weniger Sorgen mache ich mir deswegen allerdings trotzdem nicht.

13.

»Wie wäre es, hast du Lust auf Kuchen zum Mittag?«, frage ich. »Mein Magen knurrt. Die Aufregung hat mich hungrig gemacht.«

Caro lacht. »Kuchen zu Mittag ist zwar ungewöhnlich, ich bin aber dabei.«

»Wo gibt es denn richtig guten Kuchen? In der *Marienhöhe?*«, frage ich und zeige auf mein Lieblingscafé, das direkt vor uns liegt.

»Absolut! Außerdem sind wir ja quasi schon da«, sagt Caro und deutet mit ihrem Kopf auf einen Fahrradständer am Rand des Deiches, wo wir auch gleich unsere Räder abstellen.

Wir gehen die Holztreppen hoch, auf denen wir uns das erste Mal begegnet sind. Diesmal gemeinsam. Wahnsinn, wie schnell die Dinge sich ändern können, denke ich. Auf der Terrasse angekommen, setzen wir uns nebeneinander an einen der Holztische, lehnen uns zurück und schauen auf die Nordsee. Das Meer ist heute still, einen Wellengang kann ich kaum erkennen. Perfektes Badewetter, das scheinen viele Leute ähnlich zu sehen. Der Strand ist proppenvoll. Überall tummeln sich Leute und genießen das herrliche Wetter am Strand.

Mit dir, Mona, seid ihr zu dritt. Oles Worte spuken in meinem Kopf rum. Gegen zwei andere Mitbewerber, die bestimmt auch noch Insulaner sind, habe ich doch nie eine Chance. Vielleicht war es ein Fehler, mich Ole vorzustellen.

»Woran denkst du?«, reißt Caro mich aus meinen Gedanken.

»Ich habe gerade über die beiden anderen Bewerber nachgedacht und ehrlich gesagt auch darüber, ob es so eine gute Idee war, mich für das Café zu bewerben«, gebe ich zu.

»Ganz ehrlich, Mona, natürlich können wir nicht wissen, ob du eine Chance hast. Wobei ich stark davon ausgehe, denn Ole scheint dich zu mögen. Das merkt man ihm immer schnell an. Aber selbst wenn nicht, hast du etwas zu verlieren? Mehr, als dass Ole jemand anderen als seine Nachfolge auswählt, kann doch nicht passieren, oder?«

»Das stimmt. Weißt du, es ist einfach so verrückt. Ich bin ohne Erwartungen, nur durch Sophies Brief auf die Insel gekommen, und jetzt sitze ich hier. Ich bin von der Situation, in der ich mich befinde, echt überrumpelt.«

»Das verstehe ich. Wirklich! Ich kann mir zwar nur vorstellen, wie du dich fühlst, ich glaube aber, dass das eine tolle Chance für dich ist, die du nutzen solltest. Und das sage ich nicht nur, weil ich es schön fände, wenn du auf der Insel bleibst«, sagt Caro und lächelt mich an.

»Danke!«

»So, und jetzt bestellen wir die Kuchenkarte rauf und runter, habe ich das vorhin richtig gedeutet?«

»Und wie! Ein bisschen Inspiration kann ja nicht schaden.«

»He, was darf ich euch bringen?«, fragt eine nette Kellnerin, nachdem sie uns entdeckt hat.

»He, was habt ihr denn heute für Kuchen auf der Karte?«, frage ich.

»Gedeckten Apfelkuchen, Frankfurter Kranz, Biskuit-Rolle, Philadelphia-Torte, Cheesecake im Glas, Rhabarberkuchen, Russischen Zupfkuchen und Marmorkuchen im Glas gibt es heute.«

Caro und ich schauen uns an, grinsen und sagen gleichzeitig: »Einmal alles bitte!«

Nachdem die Kellnerin sich drei Mal versichert hat, dass sie unsere Bestellung auch wirklich richtig verstanden hat, sitzen wir nun vor insgesamt sechs Stücken Kuchen und zwei kleinen Kuchen im Glas. Ich schaue auf den Tisch. Ich merke förmlich, dass die anderen Gäste in der *Marienhöhe* uns heimlich, aber mit ziemlich großen Augen anstarren. Neben dem ganzen Kuchen haben Caro und ich uns zwei große Tassen Kaffee bestellt.

»Das sieht alles wahnsinnig gut aus!«

»Und es duftet so herrlich!«, sagt Caro.

»Ich glaube, ich habe hier noch nie etwas anderes als Milchreis gegessen. Den Kuchen habe ich immer nur gesehen. Anscheinend habe ich etwas verpasst«, gebe ich zu, nachdem ich das erste Stück Russischen Zupfkuchen gekostet habe. Nach und nach probieren Caro und ich uns durch die anderen Sorten.

»Ich bin begeistert!«, erkläre ich.

»Oh, ich auch. Sehr guter Kuchen, aber ich bin ja auch keine Expertin.«

»Der Kuchen ist wirklich lecker, es scheinen nur gute Zutaten drinzustecken. Das schmecke ich.«

»Hast du einen Favoriten?«

Ich schaue jedes einzelne Kuchenstück noch einmal an.

Caro sieht meinen kritischen Blick und muss lachen. »Versuchst du den Kuchen einzuschüchtern?«

Jetzt muss auch ich lachen. »Nein, aber ich kann mich so schlecht entscheiden. Ich glaube, am besten schmeckt mir der Apfelkuchen. Für mich hat er das perfekte Verhältnis zwischen Frucht und Teig«, erkläre ich. »Ich mag die Säure, die durch den gut ausgewählten Apfel ganz leicht durchkommt.«

Caro nickt. »Den finde ich auch sehr lecker. Mein Favorit ist allerdings die Biskuit-Rolle.«

»Die mag ich auch«, sage ich und stecke mir schnell noch ein Stück davon in den Mund, als wolle ich mich vergewissern, dass sie wirklich so gut ist, wie Caro sagt. »So, das war jetzt aber definitiv genug Kuchen für heute. Was machen wir denn mit den Resten?«

»Die lassen wir uns einpacken. Ich gehe gleich noch schnell zur Toilette und sag auf dem Weg dahin Bescheid«, schlägt Caro vor.

»In Ordnung! Und dann? Hast du heute noch etwas vor?«

»Ich muss noch in die beiden Ferienwohnungen, heute ist Abreisetag. Bevor morgen die neuen Gäste kommen, muss ich noch einiges vorbereiten. Und du?«

»Ah, okay. Ich werde mich gleich auf den Balkon setzen,

ein bisschen Sonne tanken und mir mal ein paar Gedanken über das Rezept machen.«

»Das klingt gut. Du hältst mich aber auf dem Laufenden«, sagt Caro, während sie in Richtung der Toiletten verschwindet.

Kurze Zeit später stehen wir mit zwei gut verpackten Kuchentabletts an unseren Rädern und verabschieden uns.

»Sehen wir uns morgen?«, fragt Caro.

»Klar, gerne. Wann kommen denn deine neuen Gäste?«

»So gegen neun. Mittags hätte ich Zeit, und ich habe auch schon eine Idee, was wir machen können.«

Ich lege den Kopf schief und schaue meine Freundin an. »Wegen des Konzeptes?«

»Genau!«, sagt Caro, schwingt sich auf ihr Rad und lacht. »Ich muss mich jetzt aber ein bisschen beeilen, lass uns morgen reden. Ich schaue mal, was ich machen kann. Mir schwirrt da jemand im Kopf herum, der uns vielleicht helfen kann.«

»Das hört sich gut an«, sage ich und verabschiede mich von Caro. Es ist schön, dass sie mich unterstützt, ehrlich gesagt freue ich mich aber auch, mal wieder einen Nachmittag für mich zu haben. Ich setze mich auf mein Rad und fahre zurück zur Ferienwohnung, wo ich mich erschöpft auf das Sofa fallen lasse. Das tut gut! Die letzten Tage waren aufregend und anstrengend. Seit gefühlten Ewigkeiten habe ich mich nicht mehr bei Franzi, Chris und meiner Mutter gemeldet. Das werde ich später auf jeden Fall nachholen. Aber erst einmal hole ich das Buch, das ich auf den Nachttisch gelegt habe, setze mich wieder auf die Couch und schlage es auf. Ich wollte es unbedingt hier auf Norderney lesen.

Versunken in die Geschichte, bekomme ich nicht mit, dass die Zeit nur so an mir vorbeifliegt. Mittlerweile ist es schon abends. Ich wollte mich doch bei meinen Freunden und vor allem aber bei meiner Mutter melden …

Gerade als ich in meiner Tasche wühle, um mein Smartphone herauszufischen, klingelt es an der Tür. Merkwürdig, denke ich. Caro ist die Einzige, die weiß, wo ich wohne, und sie wollte definitiv in ihre Wohnungen fahren. Eigentlich kann es ansonsten nur eine Mitarbeiterin des Vermieterservices sein. Ich gehe zur Eingangstür und drücke den Summer, leider gibt es keine Gegensprechanlage. Kurz darauf höre ich, dass die Haustür unten ins Schloss fällt.

»Hallo?«, rufe ich.

»Mona?«, schallt eine Frauenstimme durch das Treppenhaus. Sie kommt mir bekannt vor. Zuordnen kann ich sie aber nicht. Oder doch? Das kann doch nicht wirklich … »Franzi!« Verwundert laufe ich die Treppen hinunter. Vor mir steht tatsächlich Sophies kleine Schwester, bepackt, als würde sie auswandern wollen, mit dicken, roten verweinten Augen und blass um die Nase.

»Hey du«, sage ich und schließe Franzi in die Arme. »Was machst du denn hier?«

Franzi zuckt mit den Schultern, dicke Tränen laufen über ihr Gesicht. »Ich konnte einfach nicht mehr.«

»Ist doch gut, ich verstehe dich. Genau deswegen bin ich auch hier«, versuche ich sie zu beruhigen und drücke sie noch ein bisschen fester an mich. »Komm, wir gehen erst einmal hoch.«

Ich greife nach Franzis Koffer und schleppe ihn die Treppen hoch.

»Setz dich, möchtest du was trinken? Wasser, Saft, Wein?«

»Ja, bitte. Ich könnte jetzt ein Glas Wein gebrauchen.«

Nur einen Augenblick später setze ich mich mit zwei Gläsern zu Franzi auf die Couch und lege eine Hand auf ihr Knie. Sie sieht schlecht aus.

»Tut mir leid, dass ich schon wieder unangemeldet bei dir auftauche.«

»Quatsch, du kannst immer zu mir kommen, egal wo ich bin. Und das weißt du ja offensichtlich auch, sonst wärst du schließlich nicht hier«, sage ich ernst.

Franzi nippt an ihrem Wein. »Ja, das weiß ich. Danke, Mona.«

»Möchtest du mir vielleicht erzählen, was los ist? Geht es dir schlecht wegen Sophie?«

Prompt fängt Franzi wieder an zu schluchzen.

»Hey, du musst jetzt nichts sagen, wenn du nicht möchtest, okay?«

»Okay!«, antwortet sie, nickt und wischt sich mit dem Handrücken ihre Tränen aus dem Gesicht.

»Was hältst du davon, wenn wir auf den Balkon gehen? Es ist noch schön warm draußen, und es gibt da was, das ich dir auf jeden Fall erzählen möchte. Schön, dass du da bist!«, erkläre ich, drücke Franzi einen Kuss auf die Wange und ziehe sie an ihrer Hand nach draußen auf den Balkon.

»Darf ich mich in den Strandkorb setzen?«, fragt sie und lächelt das erste Mal, seitdem sie hier ist.

»Klar, ich glaube, wir passen sogar nebeneinander rein.«

Wir machen es uns bequem, und ich erzähle Franzi, was aus der Sache mit den Steinen geworden ist. Von Caro und natürlich auch von Ole, dem Café und den Aufgaben, die er mir gestellt hat.

Franzi hört mir die ganze Zeit aufmerksam zu. Ihre Augen, die eben noch so traurig wirkten, glänzen nun. Sie scheint sich für mich zu freuen. Ihre Emotionen konnte sie noch nie gut verbergen, an ihrem Gesicht kann man sofort erkennen, wie sie sich gerade fühlt.

»Das ist nicht dein Ernst!« Sie strahlt förmlich. »Das ist ja so was von megacool!«

Ich muss lachen. »Ja, ist es! Aber das wird wahrscheinlich eh nichts. Wie soll ich denn ein Konzept für die Insulaner entwickeln?«

»Hast du nicht gesagt, dass diese Caro dir dabei helfen wird?«

»Doch, aber …«

»Nichts aber, dann wird sie das auch. Mona, das wird was. Niemand kann so gut backen wie du. Dein Rezept wird diesen Ole vom Hocker hauen, da bin ich mir mehr als sicher. Hast du schon eine Idee?«

»Ehrlich gesagt überhaupt noch nicht.«

»Dann ist es ja tatsächlich gut, dass ich jetzt hier bin.« Sie strafft die Schultern. »Ich helfe dir, Team Mona ist jetzt offiziell zu dritt!«

»Danke«, sage ich und lächle Franzi an. Schön, dass ich sie ein bisschen ablenken kann. Was auch immer sie so sehr beschäftigt, sie hat schon jetzt ein bisschen mehr Farbe im Gesicht. Und da fallen mir Sophies Worte aus ihrem Brief wieder ein. *Kümmere Dich ein bisschen um sie, sie ist Dir sehr ähnlich …*

»Wie lange willst du eigentlich bleiben?«, frage ich.

»Wie lange bleibst du denn?«

»Ich habe die Wohnung bis Donnerstag gebucht.«

»Dann bis Donnerstag – wenn ich darf«, sagt Franzi und grinst mich an.

»Natürlich, ich freue mich sehr darüber, dass du hier bist.«

»Und ich mache dir keine Umstände?«

»Quatsch! Im Gegenteil, ich kann deine Hilfe gut gebrauchen.«

»Wirklich?«

»Wirklich! Und weißt du was? Morgen machen wir erst einmal etwas Schönes. Kannst du dich noch an die Ausflüge zum Wrack erinnern, die wir früher mit deinen Eltern gemacht haben?«

»Klar, ich war immer traurig, weil wir nie die Seehunde am Inselende gesehen haben.«

»Genau. Morgen früh besorgen wir dir erst einmal ein Fahrrad. Und dann laufen wir zum Wrack. Vielleicht haben wir ja Glück und entdecken ein paar Seehunde. Was meinst du, hast du Lust?«, frage ich.

»Und wie!«, sagt Franzi und lächelt mich an. Dabei sieht sie aus wie Sophie.

14.

Was ist das denn? Irgendetwas Schweres, Warmes. Verschlafen blinzle ich und stelle fest, dass Franzis Hand auf meinem Kopf liegt. Sophies kleine Schwester hat in der Nacht das ganze Bett für sich eingenommen. Sie liegt lang ausgestreckt quer auf der Matratze, und nun hat sie offensichtlich auch mein Gesicht vereinnahmt. Vorsichtig ziehe ich meinen Kopf unter ihrer Hand hervor und stehe auf. Dabei gebe ich mir Mühe, ganz besonders leise zu sein. Ich will sie nicht wecken, sie soll ruhig noch ein bisschen schlafen. Auf Zehenspitzen schleiche ich aus dem Schlafzimmer und schließe hinter mir die Tür. Die Uhr in der Küche zeigt sieben Uhr am Morgen an, perfekt! Ich kann die Zeit nutzen und ein bisschen Proviant für unsere Wanderung vorbereiten. Außerdem sollte ich mich endlich bei Chris und Mama melden.

Zuerst rufe ich meine Mutter an. Ich versichere ihr, dass es mir gut geht. Erzähle kurz, dass Franzi bei mir ist, und verspreche, dass ich sie ganz bald wieder anrufen werde. Danach schicke ich Chris eine Nachricht. Meine Cafépläne erwähne ich nicht. Ich beschließe, erst etwas zu sagen, wenn es tatsächlich etwas werden sollte. Außerdem schreibe ich Caro eine Nachricht, dass ich erst am Abend kann. So leid es mir tut, heute Mittag werden Franzi und ich bestimmt noch nicht zurück sein. Hoffentlich ist sie nicht böse und hat gegen Abend Zeit. Franzi und Caro werden sich bestimmt gut verstehen, ich bin wahnsinnig gespannt, ob Franzi auch ihre große Schwester in Caro erkennt.

Ich gehe in die Küche, koche mir einen Kaffee und belege ein paar Sandwiches für den Weg. Bis zum Inselende ist es ein ganzes Stück. Ich kann mich noch genau an den Tag erinnern, an dem Sophie, Franzi und ich die Strecke zum ersten Mal mit unseren Eltern gelaufen sind. Damals waren Sophie und ich gerade mal zehn Jahre alt. Schon nach der Hälfte des Fußmarsches haben wir angefangen zu quengeln, bis unsere Väter uns abwechselnd huckepack durch den Sand getragen haben.

Am Wrack war auch ich schon lang nicht mehr. Der Ausflug wird uns beiden guttun. Vielleicht schafft Franzi es, ihren Kopf ein bisschen freizubekommen. Und wenn nicht, zeige ich ihr, wie man das Meer anschreit.

Ich packe den Proviant, Getränke und zwei Handtücher in meinen Rucksack. Sophies Buch stecke ich auch ein. Vielleicht habe ich später die Gelegenheit, noch ein bisschen darin zu lesen.

Acht Uhr, es ist an der Zeit, meinen Überraschungsbesuch zu wecken.

Behutsam streiche ich Franzi über die Schulter. »He, aufwachen, du Schlafmütze«, flüstere ich.

»Guten Morgen«, murmelt Franzi. »Ich stehe gleich auf, noch zwei Minuten.«

»Ist gut, möchtest du einen Kaffee?«

»Au ja!«

Ich gehe zurück in die Küche und sitze kurz darauf wieder mit zwei frischen Tassen Kaffee im Bett. Schlagartig ist Franzi hellwach.

»Wenn ich Kaffee rieche, bin ich sofort da!«, erklärt sie und strahlt mich an. »Danke, Mona. Nicht nur für den Kaffee, auch dafür, dass ich hier sein darf.«

»Schon gut, das hatten wir doch gestern schon. Heute machen wir uns einen schönen Tag. Ich habe unseren Rucksack schon gepackt, wir müssen uns nur noch fertig machen und können dann im Prinzip schon los.«

»Hört sich gut an, ich freue mich!«

Während Franzi im Badezimmer ist, schlüpfe ich in Shorts und ein Top, binde mir eine Sweatshirtjacke um meine Hüften und suche meine festen Schuhe aus dem Koffer heraus.

»Wir könnten theoretisch mit dem Inselbus fahren«, sage ich. »Mit dem Rad wären wir aber deutlich flexibler. Willst du dir vielleicht schnell eins ausleihen gehen? Du wirst für die nächsten Tage so oder so eins brauchen. Ich würde dann in der Zeit auch noch mal schnell ins Bad gehen. Der Verleih ist direkt hier um die Ecke.«

»Gute Idee. Ich habe ehrlich gesagt auch keine Lust auf den Bus. Ich freue mich auf den Wind, die Dünen und den Sand.«

Ich erkläre Franzi den Weg zum Fahrradverleih, drücke ihr den Zweitschlüssel für die Wohnung in die Hand und gehe ins Badezimmer, um das Chaos auf meinem Kopf zu bändigen. So dürfte es gehen. Zumindest sehe ich jetzt wieder einigermaßen passabel aus. Ich beschließe, unten auf Franzi zu warten. Lange wird sie nicht brauchen.

Grinsend kommt Franzi auf einem Rad, das meinem zum Verwechseln ähnlich sieht, auf mich zugefahren und hält kurz vor mir an.

»Was hat dich denn so zum Strahlen gebracht?«, frage ich.

»Im Fahrradverleih arbeitet so ein supernetter Typ. Der war echt charmant. Er heißt …«

»Luca!«, sage ich.

»Genau. Er war auf jeden Fall sehr süß. Wollen wir?« Franzi deutet mit ihrem Kopf auf mein Rad.

»Und wie!«, ich lege meinen Rucksack in den Fahrradkorb und fahre los, dicht gefolgt von Franzi. Zuerst fahren wir quer durch die Norderneyer Innenstadt, bis der schöne Teil der Strecke beginnt. Schließlich geht es eine lange Strecke immer geradeaus zwischen Dünen und Feldern entlang. Auf Höhe des Norderneyer Golfplatzes tritt Franzi in die Pedale und rauscht lachend an mir vorbei.

»Wer als Erste am Leuchtturm ist, hat gewonnen!«, ruft sie.

»He! Das ist unfair!« Franzi einzuholen, kann ich vergessen, bis ich in die Gänge komme, ist sie schon über alle Berge. Ich will ihr den Spaß allerdings nicht verderben und strenge mich an, damit ich zumindest ein bisschen aufhole.

Sie steht am Leuchtturm und wartet auf mich. Dabei strahlt sie wie eine Siegerin und reibt es mir natürlich prompt unter die Nase. Sie hat schon immer gern gewonnen.

»Da war ich wohl schneller«, sagt sie und grinst stolz.

»Du hast ja auch unfair gespielt.« Ich pikse sie in die Seite.

»Was? Ich? Das würde ich niemals machen«, feixt Franzi.

»Das hast du als Kind auch immer behauptet und dann heimlich unter die Karten beim Memory-Spielen geschaut.«

Franzi zieht eine Augenbraue hoch. »So etwas würde ich niemals machen.«

»Es gibt Dinge, die vergisst man nie«, erkläre ich lachend und fahre weiter in Richtung Oststrand und *Oase*. Die *Oase* war mal ein Restaurant, welches hier oben in den Dünen stand. Heute heißt es *Strandpieper*, man kann das Lokal sogar mit dem Inselbus anfahren. Der alte Name ist allerdings geblieben, die Haltestelle heißt weiterhin *Oase*.

Endlich angekommen!

Wir stellen unsere Räder auf dem Fahrradparkplatz ab und laufen einen befestigten Holzweg hinunter in Richtung des Strandes. Hier oben, relativ abgeschieden, findet man auch den FKK-Badestrand, an den Sophie und ich uns früher einmal verirrt hatten. Damals waren wir sechzehn Jahre alt. Wir sind ahnungslos den Strand entlanggelaufen und standen plötzlich zwischen einer ganzen Horde nackter, älterer Herren. Sophie und mir war die Begegnung mehr als unangenehm. Ein paar Jahre später haben wir selbst nackt am Strand gelegen und uns nahtlos von der Sonne bräunen lassen.

Das Wetter ist heute fantastisch, so können wir die Route am Strand entlanglaufen. Es ist gerade Ebbe, was wirklich ein entscheidender Vorteil ist. Wäre Flut, müssten wir die ganze Strecke durch den weichen Sand laufen. Auf knapp acht Kilometern wäre das sehr anstrengend. So können wir auf dem nassen, festen Sand gehen und haben nebenbei noch die Möglichkeit, eine ganze Menge schöner Muscheln, auf die das Meer den Blick nun freigegeben hat, zu sammeln.

Ich liebe diesen Teil der Insel. Hier im Osten erlebt man die pure Natur mit einer so vielfältigen Landschaft. Nicht umsonst wurde der *Nationalpark Niedersächsisches Wattenmeer* zum UNESCO-Weltnaturerbe erklärt. Wir laufen gut zwei Stunden den Strand entlang. Dabei beobachten wir Austernfischer, die mit ihren langen Schnäbeln im nassen Sand nach Muscheln und Wellhornschnecken stochern. Möwen suchen die Felsketten im Watt nach Krebsen ab, bevor die Flut sie wieder einhüllt. Auf Norderney gibt es wahnsinnig viele verschiedene Vogelarten. Wenn mein Opa uns damals in den Urlaub begleitet hat, hatte er immer ein Fernglas dabei. Ich habe es als Kind geliebt, mich mit ihm in den Sand zu legen und die teilweise sehr seltenen Tiere zu beobachten. Noch heute kann ich einige Vogelarten erkennen.

»Es ist so unglaublich schön und friedlich hier draußen!«, sagt Franzi. »Mir gefällt es.«

»Das freut mich. Ich liebe es auch. Ich war schon viel zu lange nicht mehr hier. Wir müssten auch gleich am Wrack ankommen, es ist nicht mehr weit.«

»Ich könnte noch stundenlang durch den Sand stapfen, hier kann man richtig runterkommen.«

»Geht es dir denn schon ein bisschen besser?«, hake ich vorsichtig nach. Ich würde zu gern wissen, was Franzi so aus dem Takt gebracht hat, dass sie Hals über Kopf zu mir gekommen ist. Ich möchte sie aber auf keinen Fall unter Druck setzen.

»Ja, schon. Mir ist zu Hause einfach alles zu viel geworden«, erklärt sie. »Mama und Papa waren wieder einmal so mit sich selbst beziehungsweise mit Sophie beschäftigt. Ich kann es ja nachvollziehen, und es ist auch okay.« Sie bleibt stehen. »Aber weißt du, das war schon immer so. Ich habe nie etwas gesagt, sie würden es ja doch nicht verstehen.«

»Was meinst du?«, hake ich nach.

»Na, als Sophie das erste Mal krank wurde, war ich noch sehr jung, gerade mal zwölf. Ab da hat sich immer alles um meine Schwester gedreht. Es war immer am wichtigsten, wie es ihr geht, was sie machen möchte, was sie essen will. Auch das habe ich verstanden. Allerdings tut es auch weh, ständig hinten angestellt zu werden. Es sind vielleicht Kleinigkeiten, aber ich war ziemlich oft allein. Mama konnte nicht zu meiner Abschlussfeier kommen, weil es Sophie schlecht ging. Ich habe nächtelang allein zu Hause verbracht, wenn Mama und Papa im Krankenhaus waren, obwohl auch ich mir oft Sorgen gemacht habe. Und als Sophie dann gestorben ist, war ich auch wieder allein. Ich fühle mich seit meiner Kindheit ehrlich gesagt ein bisschen vergessen. Und das ist mir an Sophies Todestag mal wieder bewusst geworden. Ich war diejenige, die mit der Truhe zu dir fahren musste, und das war für meine Eltern selbstverständlich. An meine Gefühle wurde in den letzten Jahren selten gedacht.«

Sie hat recht, schießt es mir durch den Kopf.

»Das tut mir wahnsinnig leid, Franzi. Ehrlich gesagt habe ich mir über dich nie Gedanken gemacht.«

»Siehst du! Genau das meine ich.« Sie seufzt. »Aber ich bin ja auch selbst daran schuld, weil ich nie etwas gesagt habe.

Ich fühle mich sogar jetzt schlecht, weil ich eben so fühle, wie ich fühle. Verrückt, oder?«

»Nein, überhaupt nicht. Du brauchst dich doch nicht schlecht zu fühlen. Ich kann mir sehr gut vorstellen, dass die Krankheit deiner Schwester dich sehr belastet hat. Du warst ja wirklich noch jung, als alles angefangen hat«, sage ich und greife nach Franzis Hand. »Du kannst aber über alles mit mir reden. Auch wenn ich damals nicht für dich da war, habe ich dich immer sehr gerngehabt. Und das ist auch heute noch so.«

»Ja, das weiß ich! Deswegen bin ich hier. Danke, Mona. Es tut gut, meine Gedanken endlich mal ausgesprochen zu haben. Mit Mama und Papa konnte ich noch nie wirklich gut reden.«

»Sie wissen aber schon, dass du jetzt hier bist, oder?«, frage ich.

»Natürlich. Ich habe ihnen gesagt, dass du mich eingeladen hast. Und dass ich einfach mal rausmuss.« Sie sieht zum Meer. »Was hat das Wasser nur an sich, dass es einem in seiner Nähe gleich viel besser geht?«

»Das hat deine Schwester sich auch oft gefragt. Sie hat es hier geliebt.«

»Mir hat die Ostsee immer besser gefallen.« Sie grinst. »Aber nur aus Prinzip, weil ich was Eigenes wollte. Wenn ich ehrlich bin, könnte ich mich nicht entscheiden. Ich habe einen Freund, der in der Nähe von Ahrenshoop wohnt. Den habe ich letztes Jahr im Sommer besucht. Es war wirklich wunderschön dort. Landschaftlich gefällt es mir besser als

Norderney. Es ist einfach größer, weitläufiger. Aber mir haben ehrlich gesagt die Gezeiten gefehlt.«

»Da wollte ich auch immer mal hin.« Ich stupse sie in die Seite. »Was ist das für ein Freund, den du da besucht hast?«

»Wirklich nur ein Freund. Er studiert mit mir. Die Semesterferien jobbt er zu Hause. Seine Eltern haben ein Restaurant an der Ostsee.« Sie grinst. »Im Bett gelandet sind wir trotzdem miteinander. Wir haben aber schon nach ein paar Minuten festgestellt, dass es nicht passt. Also haben wir es lieber gelassen. Jasper ist der einzige Mann, neben dem ich nackt eingeschlafen und morgens wieder aufgewacht bin, ohne dass was passiert ist. Von ein paar Küssen mal abgesehen, die sich einfach nicht richtig angefühlt haben. Und bevor du fragst: Was anderes ist auch nicht in Sicht. Momentan steht mir nicht der Sinn nach einer Beziehung.«

»Mir auch nicht.« Ich atme tief ein. »Mir steht der Sinn nach Meer!«

Franzi lacht. »Da haben wir ja was gemeinsam.«

Wir gehen weiter. »Schau mal, da vorne ist das Wrack«, sage ich nach einer Weile. In der Ferne liegt es im Sand. »Jetzt ist es nicht mehr weit, wir sind gleich da.«

Mittlerweile ist nur noch ein bisschen rostiger, bekritzelter Stahl übrig, stelle ich fest, als wir endlich angekommen sind. Der frühere Muschelbagger ist nicht mehr zu erkennen. Aber dafür haben wir eine schöne Wanderung gemacht.

Zufrieden lassen wir uns in den Sand fallen. Ich packe unseren Proviant aus, so wie wir es früher auch gemacht haben, und lege unsere Handtücher auf den Boden. Etwas erschöpft, aber zufrieden verspeisen wir unsere Brote und genießen dabei den herrlichen Ausblick auf die Insel Baltrum.

»Schön hier! Nur vom Wrack bin ich ehrlich gesagt ein bisschen enttäuscht. Ich habe es ganz anders in Erinnerung, größer und spektakulärer«, stellt Franzi fest. »Aber damals waren wir ja auch noch Kinder.« Sie knüllt ihr Handtuch zusammen und nutzt es als Kopfkissen. Kurze Zeit später höre ich sie leise schnarchen. Sie ist eingeschlafen. Ich nutze den Moment, um ein bisschen in den Erinnerungen ihrer Schwester zu stöbern, und schlage Sophies Notizbuch auf, das ich mitgenommen habe.

20. Juni 2018
Meerblick

Liebstes Leben,
ich male mir die Zukunft aus. Irgendwann fängt mein Fürimmer an!

Ich bin verliebt! Keine Sorge, nicht in Nick. Der ist weg, abgereist. Ich kenne noch nicht einmal seinen Nachnamen. Aber das ist mir egal. Die kleine Romanze werde ich für immer in meinem Herzen behalten. Verliebt bin ich in die Insel und auch ein bisschen in die Insulaner. Vor allem aber in Kluntje! Kluntje ist ein Hund, zumindest jetzt. Wer weiß, wer oder was sie in ihrem früheren Leben mal war. Aber dazu später mehr. Am Strand trafen wir heute eine unglaublich spannende Person. Eine Frau, ihr Name ist Swea. Swea macht Kunst aus allem, was der Strand so hergibt, und aus Farbe. Wir ha-

ben sie erst nur beobachtet. Aufmerksam hat sie ihre Umgebung nach Schätzen abgesucht. In eine große Tasche steckte sie Treibholz, Muscheln und Steine. In einem separaten Beutel sammelte sie Müll, denn auch den findet man leider immer wieder am Strand. Irgendwann war ich neugierig und habe sie einfach angesprochen. Swea ist dreißig und wurde hier auf Ney geboren. Mit zwanzig ist sie nach Berlin gegangen, und jetzt lebt sie wieder hier. Die Sehnsucht nach der Heimat hat sie zurück auf die Insel geführt. Heimat ist ein Gefühl, und das fühlt sie eben hier. Swea hat uns eingeladen, sie nach Hause zu begleiten. Wir haben Ja gesagt. Ihre Wohnung war fantastisch, es roch förmlich nach Kunst. Oder war das die Farbe? Sie war klein, hatte aber eine riesige Dachterrasse, von der man das Watt sehen konnte. Herrlich! Und sie hat Kluntje, den tollsten Hund der Welt. Eine kleine, strubbelige, braun-weiß-schwarze Hundedame mit großen braunen Augen, die normalerweise schüchtern ist. Aber zu mir war sie sehr zutraulich. Kluntje und ich haben uns auf Anhieb verstanden. Sie ist mir, zu Sweas Erstaunen, nicht mehr von der Seite gewichen.

So ehrlich und aufrichtig kann Zuneigung sein. So schnell habe ich mich noch nie verliebt! Am liebsten würde ich Kluntje mitnehmen. Ich habe das Gefühl, dass Kluntje und ich uns schon seit Ewigkeiten kennen. Vielleicht war sie in einem anderen Leben mal meine große Liebe? Wer weiß das schon.

Auf der Dachterrasse stand eines von Sweas Kunstwerken. Ein großes, weiß lackiertes Stück Treibholz, auf das mit blauer Farbe »Meerblick« geschrieben war. Daneben ein Pfeil in Richtung Wattenmeer. Ich wollte es ihr abkaufen.

Liebstes Leben, wenn ich mir aussuchen könnte, wo ich irgendwann mal leben möchte, dann in einer Wohnung mit Meerblick. Was gibt es Schöneres, als jeden Tag aus dem Fenster zu schauen und das Meer zu sehen? Natürlich müsste Mona bei mir sein. Ob ich Kluntje einfach mitnehmen sollte? Sie würde mein Glück perfekt machen. Mit Mona und Kluntje in einem Haus am Meer leben. »Meerblick«, das ist mein schönstes Wort des Tages.

Deine Sophie

Ich klappe lächelnd das Buch zu. Der Traum, mit mir und einem geklauten Hund in einer Wohnung mit Meerblick zu leben, passt zu Sophie.

15.

Ich schaue am Wrack vorbei in Richtung Inselspitze und kann nicht glauben, was ich sehe. Ich kneife meine Augen ein wenig zusammen. Das sind doch nicht etwa … doch! Ganz eindeutig. Vorsichtig rüttle ich an Franzis Arm.

»He, aufwachen. Schnell, es lohnt sich!«, flüstere ich.

Franzi öffnet die Augen. »Ist etwas passiert?«

»Ja, aber nichts Schlimmes, etwas Schönes! Schau mal, da vorne!«

»Wo? Was denn?«, fragt Franzi irritiert und schaut mich verschlafen an.

»Seehunde!«, sage ich und zeige auf die Tiere, die sich faul an der Inselspitze sonnen. Sie müssen es sich auf der Sandbank gemütlich gemacht haben, als ich in Sophies Buch gelesen habe.

»Das gibt's doch nicht. Weißt du, wie lange ich darauf gewartet habe?« Franzi steht auf, läuft auf Zehenspitzen in Richtung der Tiere durch den Sand und geht dann vorsichtig in die Hocke. Der Bereich, in dem die Seehunde liegen, ist durch einen Zaun abgetrennt, um sie vor zu neugierigen Beobachtern und deren Hunden zu schützen.

Ich folge Franzi und setze mich neben sie in den Sand.

»Guck mal, wie süß die sind. Denen muss es richtig gut

gehen. Sie können einfach dick und faul in der Sonne liegen und müssen sich über nichts und niemanden Gedanken machen«, sagt Franzi, während sie ein paar Bilder mit ihrem Smartphone schießt. »Sophie hätte es bestimmt auch gefallen!«

»Ja, das hätte es«, stimme ich zu.

»Sag mal, Mona, warum möchtest du das Café hier auf der Insel eigentlich übernehmen? Gibt es einen bestimmten Grund dafür? Ich meine, klar, ein Café zu führen, war immer euer Traum, das weiß ich. Aber warum hier? Warum auf der Insel und nicht in der Nähe deiner Familie? Du müsstest dein Leben in Duisburg komplett aufgeben und nach Norderney ziehen. Warum möchtest du das machen?«

»Das ist eine gute Frage.«

Franzi zwinkert mir zu. »Ich weiß!«

»Darüber habe ich mir ehrlich gesagt gar keine Gedanken gemacht«, erkläre ich. »Es fühlt sich aber richtig an. Ich muss es einfach versuchen, auch wenn die Wahrscheinlichkeit eher gering ist, dass Ole ausgerechnet mich nimmt. Auf jeden Fall ist es aber so, dass es mir hier auf der Insel einfach besser geht, und das liegt nicht nur an der frischen Meeresbrise. Mir ging es seit Sophies Tod eigentlich die ganze Zeit nur schlecht. Bis ich auf die Insel kam, habe ich nichts auf die Reihe bekommen. Ich war wie gelähmt. Seitdem ich hier bin, hat sich das geändert. Ich sehe die Dinge viel klarer und traue mir auch wieder etwas zu. Nach dem Tod deiner Schwester hatte ich diese Eigenschaften komplett verloren. Ich habe mich selbst gar nicht mehr wiedererkannt, und das war ein schreckliches Gefühl. So langsam finde ich wieder zu mir selbst, das wäre in Duisburg wahrscheinlich nicht passiert. Zumindest glaube ich es nicht.«

»Verstehe«, sagt Franzi und nickt.

»Als ich das erste Mal von dem Café gehört habe, hat es mich überrumpelt, und ich habe innerlich abgeblockt. Je mehr ich jedoch darüber nachgedacht habe, umso mehr Sinn hat es irgendwie ergeben«, sage ich. »Ich will mir nicht vorwerfen, dass ich es nicht wenigstens versucht habe.«

Plötzlich fällt mir Sophies Brief ein, der in der Kiste lag. »Erinnerst du dich an den Brief aus der Kiste?«

»Natürlich!«

»Sophie hat mich darin aufgefordert, nach meinem Lichtblick zu suchen, und ich glaube, dass dieses Café vielleicht mein Lichtblick sein könnte. Mein Lichtblick mit Meerblick. So, wie Sophie es sich für mich und im Übrigen auch für dich gewünscht hat.«

»Also quasi das *Café Lichtblick*?«

»Ja, aber nur für mich. Für das Café würde mir ›Meerblick‹ besser gefallen – *Café Meerblick*, ja, so würde ich es nennen. Damit kann jeder gleich was anfangen. Den Lichtblick bekommt man dann, wenn man ein Stück meiner himmlischen Kuchen isst und weil man sich in meinem Café einfach wohlfühlt.«

»*Café Meerblick*, ganz klassisch. Das gefällt mir!« Franzi strahlt mich an. »Es klingt verdammt gut.«

Café Meerblick. Plötzlich ergibt alles einen Sinn. Das Konzept, nachdem ich gesucht habe, hat Sophie mir häppchenweise in den Schoß gelegt. Erst durch ihre kleine Schwester habe ich es erkannt. *Café Meerblick*, ein Café, das man mit einem guten Gefühl verlässt. Mit Kuchen, der nach Heimat schmeckt. Einer Atmosphäre, die das Herz erwärmt, und mit Begegnungen, die die Seele streicheln.

»Danke!«, sage ich und drücke Franzi einen Kuss auf die Wange.

»Wofür?«, fragt sie und lacht.

»Du hast mir geholfen, mein Konzept zu finden. Ich muss Caro unbedingt davon erzählen. Sie wird begeistert sein.«

»Und ich bin gespannt darauf, Caro endlich kennenzulernen. Wollen wir los?«

Wir laufen durch den Sand in Richtung Oase. Der Rückenwind macht die Strecke viel angenehmer, wir haben Glück. Ich breite meine Arme aus und lasse mich ein bisschen von den Böen anschubsen. Unter der Kraft des Windes fühle ich mich ganz leicht. Franzi lacht und macht es mir nach.

»Fühlt sich fast an, als würde ich fliegen!«, ruft sie und dreht sich im Kreis. Dabei sieht sie noch mehr als sonst aus wie eine kleine Elfe.

»Schon komisch, dass sich der Rückweg viel kürzer als der Hinweg anfühlt, oder?«, sage ich. »Wir haben schon fast die Hälfte der Strecke geschafft.«

»Echt irre, wenn man in den Urlaub fährt, ist es auch immer so. Der Hinweg fühlt sich viel länger an!«

»Vielleicht kommt es einem so vor, weil man auf dem Hinweg ein Ziel vor Augen hat, welches man unbedingt erreichen möchte. Man freut sich auf den Urlaubsort oder das Ausflugsziel und kann es kaum erwarten, da zu sein.«

»Gut möglich«, stimmt Franzi mir zu.

Eine gute Stunde später stehen wir vor unseren Fahrrädern und schließen sie auf. Bevor ich meinen Rucksack in den Fahrradkorb packe, schaue ich noch schnell auf mein Handy und entdecke eine Nachricht von Caro.

18 Uhr bei euch? Ich freue mich darauf, Franzi kennenzulernen.

Caro hatte anscheinend denselben Gedanken wie ich. *Gerne!*, tippe ich schnell in mein Handy.

Super, ich bringe Abendessen mit, antwortet Caro prompt.

Ich kurve mein Fahrrad zwischen den anderen Rädern hindurch zurück auf den Weg, wo Franzi schon auf mich wartet. »Wir haben heute Abend um sechs ein Date mit Caro. Sie kommt zum Essen zu uns. Ist das okay für dich?«

»Klar, auf jeden Fall. Apropos Essen, gibt es hier auf Ney noch die Eisdiele in der Nähe vom Kurplatz?«

»Du meinst das *Frieseneis*, oder?«

»Ja, genau! *Frieseneis*. Das leckerste Eis überhaupt! Gibt es sie noch?«

»Und wie es die Eisdiele noch gibt! Wollen wir auf dem Rückweg anhalten und uns eine Kugel holen?«

»Au ja!«

Wir fahren durch die Norderneyer Innenstadt und stellen unsere Räder vor der kleinen Eisdiele ab. Für mich gibt es hier mit Abstand das beste Eis der Welt. Die Auswahl ist nicht groß, hat es aber in sich. Man hat die Wahl zwischen den typischen Sorten wie Schoko, Vanille oder Erdbeere und ein paar ganz außergewöhnlichen Kreationen. Dazu kann man diverse Toppings wählen.

»Genau wie in meinen Erinnerungen!«, erklärt Franzi und steht mit großen Augen vor der Auslage mit dem Eis.

»Was nimmst du?«, frage ich sie.

»Puh, ich kann mich nicht entscheiden. Bestell du ruhig zuerst.«

»Ich hätte gern eine Kugel *Tee, Tied & Kokje* im Becher, mit Pflaumenkompott als Topping.«

»Hört sich gut an!«, sagt Franzi und lächelt mich an. »Für mich bitte eine Kugel *Knuspriger Inselkrokant* und salziges Karamell als Topping. Ach so, in der Waffel bitte.«

Wir nehmen unser Eis entgegen und setzen uns vor der Eisdiele auf zwei große Steine, die direkt nebeneinanderstehen. Löffel für Löffel verspeise ich die riesige Kugel, die nach schwarzem Tee mit viel Sahne, Kandiszucker und Kekskrümeln schmeckt. Mehr Ostfriesland geht fast gar nicht. Lecker!

»Das war unglaublich gut!«, erklärt Franzi. »Ich könnte jeden Tag eine Kugel verdrücken.«

»Das können wir gerne machen, aber dann werden wir wahrscheinlich zurück ins Ruhrgebiet rollen.«

»Quatsch! Ich esse jeden Tag einen Nachtisch. Eigentlich abends, nach dem Essen. Ich wäre aber durchaus bereit, die Reihenfolge für ein paar Tage zu tauschen.«

»Du isst jeden Tag einen Nachtisch? Im Ernst?«, frage ich und lache.

»Klar, eigentlich eher einen Joghurt oder mal einen Grießpudding. Aber ja, ohne Nachtisch geht bei mir nichts. Gut, dass ich nicht so gern backe. Sonst würde jeden Tag ein Kuchen bei mir auf dem Tisch stehen. Den würde ich innerhalb kürzester Zeit verdrücken.«

»Ach, das kannst du auch so haben. Wenn ich zurück in Duisburg bin, werde ich auf jeden Fall wieder regelmäßig den Backofen anwerfen.« Nicht nur Sophie fehlt mir, auch das Backen.

Nachdem wir aufgegessen haben, fahren wir wieder zum Damenpfad zurück. Erschöpft, aber zufrieden schließe ich die Tür zu der Ferienwohnung auf und lasse mich, so wie ich bin, auf das Bett fallen. Das tut gut! Bloß nicht wieder einschlafen, ermahne ich mich in Gedanken. Dass die Meeresluft aber auch immer so unglaublich müde macht … So geht es mir jedes Mal während der ersten Tage auf der Insel. Ich stehe schnell wieder auf, bevor ich doch noch schwach werde.

»Ich springe eben unter die Dusche«, rufe ich Franzi zu, die auf dem Balkon sitzt und mit einer ihrer Freundinnen Nachrichten hin und her schickt.

»Okay!«

Mir den Sand und das Salz von meinem Körper zu waschen tut unglaublich gut. Ich merke richtig, dass die Meeresluft nicht nur meinem Kopf zu frischen Gedanken verhilft, auch mein Körper, vor allem aber meine Haut bedankt sich.

Ich trockne mich ab, schlüpfe in eine kurze Stoffhose und ziehe ein weites Shirt von Chris darüber, dass ich mal bei ihm mitgehen lassen habe. Ein gemütlicheres Outfit für die eigenen vier Wände gibt es für mich nicht.

Ich puste meine Haare trocken und verlasse das Badezimmer. Da höre ich zwei Frauen lachen. Ich habe gar nicht mitbekommen, dass es schon so spät ist. Caro und Franzi sitzen gemeinsam mit einem Glas Rotwein in der Hand auf dem Balkon, unterhalten sich und lachen. Sie mögen sich. Das ist schön!

»He, Caro! Ich habe gar nicht mitbekommen, dass du schon da bist.«

»He, ich habe Franzi auf dem Balkon stehen sehen und ihr von unten zugerufen. Sie hat mich reingelassen«, sagt Caro und umarmt mich zur Begrüßung.

»Sehr gut, dann muss ich euch ja nicht mehr miteinander bekannt machen.«

»Den Teil haben wir schon erledigt«, erklärt Franzi.

Caro zeigt auf drei riesige Pizzakartons. »Ich hoffe, ihr habt Hunger.«

»Und wie!«, sage ich und gehe in die Küche, um auch mir ein Glas Wein einzuschenken. Pizza ist jetzt genau das Richtige.

»Nach der Wanderung kann ich ein paar Kalorien gut gebrauchen«, sagt Franzi und reibt sich langsam über ihren Bauch.

»Das habe ich mir schon gedacht«, sagt Caro.

Genüsslich verputzen wir die drei Pizzen. Dabei erzählen wir Caro von dem Plan mit dem Café, den wir auf unserer Wanderung ausgetüftelt haben.

»Wundervoll!«, platzt es aus Caro heraus. »*Café Meerblick,* das ist der Wahnsinn. Damit holst du alle ab. Junge und alte Leute. Insulaner und Urlauber. Ganz klassisch, nicht zu abstrakt. Ein Café, das die Gäste mit einem guten Gefühl wieder verlassen. Genial!«

»Findest du wirklich?«, frage ich.

»Ja, absolut! Man kann da vor allem noch so unglaublich viel draus machen. Wie wäre es zum Beispiel, wenn wir die Sprüche, die ich auf meine Steine male, auf Servietten drucken lassen?«

»Tolle Idee!«, stimme ich sofort zu. »Wir könnten sogar noch einen Schritt weiter gehen und die Sprüche auf die Ränder der Kuchenteller schreiben lassen. Oder auf die Kaffeetassen. Du hast recht, das Konzept gefällt mir immer mehr«, erkläre ich.

»Wie willst du das eigentlich alles schaffen? Möchtest du dich echt allein um alles kümmern? So ein Café ist doch bestimmt viel zu viel Arbeit für eine Person«, sagt Franzi da.

»Allein schaffe ich es nicht. Ich bräuchte jemanden für den Service. Das Backen und die Buchhaltung könnte ich übernehmen. Aber darum kümmere ich mich erst, wenn es so weit ist. Ich weiß ja nicht mal, ob es überhaupt was wird.«

»Genau, darüber können wir uns später Gedanken machen. Für den Service hätte ich da allerdings schon jemanden im Kopf«, erklärt Caro.

»Stimmt, du kennst ja jede Menge Leute auf der Insel. An wen hast du gedacht?«, frage ich.

Caro zeigt auf sich selbst und lächelt bis über beide Ohren.

»Du?«, frage ich. »Du würdest mir echt helfen?«

»Klar! Ich habe aktuell nur die beiden Ferienwohnungen, um die mich kümmern muss. Zeit habe ich.«

Ich stehe auf und drücke Caro vor Freude. »Das wäre ja großartig!«

»Mensch, das hört sich alles so schön an, am liebsten würde ich auch einfach hier auf der Insel bleiben«, erklärt Franzi.

»Ich hätte dich liebend gern bei mir, aber du wirst mal eine grandiose Ärztin! Wer weiß, vielleicht landest du ja trotzdem mal auf der Insel«, sage ich augenzwinkernd. »In deiner eigenen Praxis.«

»Ja, wer weiß«, sagt Franzi und seufzt. »Schauen wir mal, was die Zukunft noch bringt. Aber daran will ich momentan gar nicht denken. Ich bin froh, dass ich mich aktuell mal nicht mit meinem Studium befassen muss.«

Ich horche überrascht auf. Das hört sich gar nicht nach der Franzi an, die ich kenne. »Was ist los?«, frage ich. »Hast du Lernstress?«

Franzi zuckt mit den Schultern. »Auch. Aber wie gesagt, darüber möchte ich momentan nicht nachdenken.« Sie steht auf. »Und? Wer von euch trinkt noch ein Glas Wein?«

Caro hebt ihre Hand. »Hier!«

»Für mich auch, aber das Glas bitte nicht ganz voll. Sonst falle ich gleich komatös ins Bett. Sonne und Wein vertragen sich bei mir nicht so gut.«

Nachdenklich schaue ich Franzi hinterher. Auf das Studium muss ich sie unbedingt noch mal in Ruhe ansprechen. Sie war doch sonst immer so begeistert davon.

16.

Franzi kommt mit dem Wein auf einem Tablett zurück. Für mich hat sie zusätzlich noch eine Apfelschorle mitgebracht, die sie mir nun hinhält. »Bei zu viel Sonne solltest du genug Flüssigkeit zu dir nehmen. Am besten mit etwas Saft gemischt, wegen der Mineralstoffe.«

Ich greife lächelnd zu. »Danke.« Auch Sophie hat mir oft ungefragt etwas zu trinken gegeben. Sie wusste, dass ich tendenziell zu wenig Flüssigkeit zu mir nehme. Ein richtiges Durstgefühl habe ich selten. Manchmal vergeht ein halber Tag, bevor mir auffällt, dass ich wieder mal nichts getrunken habe.

Caro und Franzi stoßen mit dem Wein an und halten mir ihre Gläser entgegen. »Auf das *Café Meerblick.*«

Ich stoße mit ihnen an. »Ein Lichtblick durch den Meerblick!«

»Ich habe dir noch gar nicht gesagt, wen ich heute getroffen habe, Mona«, sagt Caro, nachdem wir getrunken haben. »Männlich, braune Haare, gut aussehend, riecht gut.«

»Riecht gut?«, fragt Franzi und lacht. »Nach was denn?«

Caro überlegt einen Moment. »Irgendwie frisch, wie eine Meeresbrise.«

Ich weiß genau, wen sie meint. »Tjark!«

»Ja. Er ist mir auf dem Fahrrad entgegengekommen und hat direkt nach dir gefragt«, erklärt Caro.

»Wer ist denn Tjark?«, fragt Franzi.

»Ein Insulaner, den Mona auf einer Party am Strand kennengelernt hat«, tut Caro kund. »Einer, der sich augenscheinlich für sie interessiert.«

»Wir haben uns nur ein bisschen unterhalten«, sage ich und merke überrascht, dass Hitze meinen Hals hochkrabbelt und ich tatsächlich rot werde.

Franzi zieht eine Augenbraue hoch und schaut mich an. »Nur unterhalten?«

»Sie haben ganz schön geflirtet«, sagt Caro. »Und jetzt hat er nach ihr gefragt.«

»Okay, das hast du jetzt schon zweimal betont, dass er nach mir gefragt hat. Verrätst du uns auch, was er wissen wollte?«, frage ich.

»Er hat mir seine Nummer gegeben«, verkündet Caro. »Ich soll sie an dich weiterleiten und dir ausrichten, dass er sich sehr darüber freuen würde, wenn du dich bei ihm meldest.«

Sie greift nach ihrem Handy. Kurz darauf kündigt mein Smartphone den Eingang einer Nachricht an.

»Nicht nur einspeichern, schreib ihm!«, fordert Franzi mich auf.

Caro nickt. »Ja!«

Ohne weiter darüber nachzudenken, tippe ich ein paar Zeilen für ihn und schicke sie los.

He, Tjark, Caro hat mir deine Nummer gegeben.

Ich habe mich sehr darüber gefreut! Ich hoffe, dir geht es gut, liebe Grüße, bis bald! Mona.

Ich lege mein Handy zurück auf den Balkontisch.

»Zufrieden?«, frage ich meine Freundinnen.

»Kommt drauf an. Was hast du denn geschrieben?«, fragt Franzi neugierig.

»Das würdest du wohl gern wissen.« Ich lächle schelmisch, halte ihr aber kurz darauf mein Smartphone hin. »Willst du es lesen? Die PIN ist 2407.«

Sie greift tatsächlich zu.

Kurz blitzt in mir Sophies Bild auf, die mal sehr wütend war, weil Franzi heimlich in ihrem Smartphone herumgeschnüffelt hatte. Manchmal hatten die beiden richtig Stress miteinander und haben lautstark gestritten. Ich habe mir immer eine Schwester wie Sophie gewünscht. Aber jetzt bin ich froh, dass sie meine Freundin war. Obwohl sich ihr Zimmer direkt neben Franzis befand, haben die beiden kaum etwas miteinander gemacht. Ich war Sophie näher, zumindest fühlt sich das gerade so für mich an.

»So, ihr beiden. Ich werde mich jetzt mal auf den Weg machen«, erklärt Caro, nachdem sie den letzten Schluck Wein aus ihrem Glas geleert hat.

»Bist du sicher? Du kannst auch hier schlafen. Ich lege mich auf die Couch, dann könnt ihr das Bett nehmen«, schlage ich vor.

»Nein, alles gut. Ich fahre beziehungsweise schiebe nach Hause.«

»Wie du meinst. Aber schreib mir, wenn du da bist, ja?«

»Versprochen!«, antwortet Caro.

Nur kurz darauf verschwindet sie durch die Tür.

Ich stehe neben Franzi auf dem Balkon und winke meiner neu gewonnenen Freundin.

»Sie ist sehr nett«, sagt Franzi.

»Finde ich auch!« Und ich werde sie vermissen, wenn ich wieder zurück in Duisburg bin. Ich streiche Franzi über den Arm. »Schön, dass du hier bist!«

Franzi war bereits im Badezimmer und liegt mit einem Buch im Bett. Ich lasse mich neben sie fallen. »Das war ein sehr schöner, aber auch anstrengender Tag!«

Franzi gähnt laut. »Heute werde ich gut schlafen. Sonne, Wein, das Meer, ein langer Spaziergang, nette Menschen. Das Leben kann so schön sein.«

»Das stimmt«, sage ich. Da piept mein Handy, das ich auf den Nachttisch gelegt habe. »Bestimmt Caro.«

Ich habe recht. Ihre Nachricht blinkt auf meinem Display auf.

Bin da, war schön mit euch!, lese ich vor.

Finden wir auch. Gute Nacht, schlaf schön,
antworte ich.

Gerade als ich es abgeschickt habe, kündigt mein Smartphone den Eingang einer neuen Nachricht an. Sie ist von Tjark.

He, Mona, ich hatte gehofft, dass du dich meldest. Seit der Party am Strand musste ich oft an dich denken. Hast du Zeit und Lust, mit mir essen zu gehen? Tjark

Seine Worte lassen mein Herz tatsächlich ein bisschen höherschlagen. Über seine Antwort freue ich mich mehr, als ich gedacht hätte. Besonders aber darüber, dass er oft an mich gedacht hat.

»Was hat sie geschrieben?«, fragt Franzi. »Du grinst ja so.«

»Nichts mehr«, erkläre ich und grinse noch breiter. »Die zweite Nachricht kam von Tjark.«

»Er hat geantwortet?«, fragt sie. »Was denn?«

»Er fragt, ob ich Lust hätte, mal mit ihm essen zu gehen.«

»Und, hast du?«

»Ich denke schon.«

»Du denkst? Aha.« Sie sieht mich streng an. »So was fühlt man, da denkt man doch nicht drüber nach.«

»Oh, Franzi.« Ich muss lachen. »Ich hoffe, du nimmst mir das nicht krumm. Ich weiß, dass du früher nicht gern mit Sophie verglichen worden bist. Aber der Spruch hätte auch echt von ihr kommen können.«

Sie dreht sich auf den Rücken und kreuzt ihre Arme unter dem Kopf. »Das ist ein schönes Kompliment. Ich habe Sophie immer sehr bewundert.«

»Und sie dich. Sie hat immer überall rumerzählt, wie stolz sie auf dich ist. Sie war überzeugt davon, dass aus dir mal eine sehr gute Ärztin wird, wenn nicht sogar eine berühmte Wissenschaftlerin, die irgendwann mal einen Preis verliehen bekommt. Sie hat nicht nur einmal gesagt, dass sie sich gern eine Scheibe von dir abschneiden würde, weil du nicht nur intelligent, sondern auch ehrgeizig bist.«

»Ehrgeizig hört sich aber nicht unbedingt sympathisch an«, sagt Franzi.

»Sophie hat das im absolut positiven Sinn gemeint«, erkläre ich. »Und ich sehe das auch so. Wir waren beide total begeistert davon, mit welcher Zielstrebigkeit du auf dein Medizinstudium hingearbeitet hast. Du wolltest unbedingt Ärztin werden. Und als du nicht gleich einen Studienplatz bekommen hast, hast du eben eine Ausbildung zur Physiotherapeutin gemacht und danach mit dem Studium angefangen, als du genügend Wartesemester zusammenhattest. Du setzt dich für die Dinge, die dir wichtig sind, ein.«

»Sophie war mir wichtig.« Franzi seufzt wehmütig. »Lass uns lieber wieder über die spannenden Dinge im Hier und Jetzt reden.« Sie lächelt schelmisch. »Tjark will mit dir essen gehen. Du musst nur noch zusagen.«

»Du hast recht.« Ich greife nach meinem Smartphone. »Was schreibe ich denn?«

»Das muss ich dir jetzt nicht wirklich diktieren, oder?«, fragt Franzi. »Du weißt, was dann dabei rauskommt. So etwas in der Art: Erst gehen wir essen, dann vernaschst du mich. Kuss, Mona.«

Ich fange an zu lachen. »Schlecht ist das nicht!«

Sie dreht sich grinsend zu mir. »Zehn Euro, wenn du das schreibst!«

Sehr gern. Wie wäre es mit morgen Abend?, tippe ich lächelnd und drücke auf Senden.

Franzi macht einen langen Hals. »Das hast du dich nicht getraut!«

»Bist du dir da so sicher?«, unke ich.

Da trifft Tjarks Antwort ein.

Perfekt! Kannst du um 18 Uhr am Kurplatz vor dem Badehaus sein?

Klar, ich bin da! Freue mich.

Und ich mich erst, bis morgen, Mona. Gute Nacht!

Guten Nacht, Tjark

Ich lege mein Handy zurück auf den Nachttisch.

Franzi richtet sich auf und schaut mich mit hochgezogenen Augenbrauen an. »Und? Muss ich dir jetzt alles aus der Nase ziehen, oder wie?«

»Wir treffen uns morgen um 18 Uhr am Badehaus«, erkläre ich. »Zum Essen, ohne Vernaschen.«

»Was nicht ist, kann ja noch werden«, sagt Franzi, lässt sich wieder auf den Rücken fallen und dreht sich auf die Seite. »Aber jetzt muss ich Augenpflege betreiben.« Kurz darauf höre ich sie tief atmen. Franzi ist eingeschlafen, und genau das werde ich jetzt auch versuchen.

»Guten Morgen, du Schlafmütze!«, sagt Franzi. Sie sitzt im Schneidersitz vor mir und hält mir eine dampfende Tasse

Kaffee unter die Nase. Ihre kurzen, braunen Haare stehen zottelig in alle Himmelsrichtungen ab. Lange scheint sie noch nicht wach zu sein. Ich muss grinsen, heute haben wir anscheinend die Rollen getauscht.

»Danke«, sage ich und greife nach der Tasse. »Kaffee im Bett, wie herrlich! Pass bloß auf, sonst gewöhne ich mich daran und möchte das jeden Tag so haben.«

»Kein Problem, ich bezweifle allerdings, dass ich auch in den nächsten Tagen vor dir aufwachen werde. Ich weiß echt nicht, was das heute war. Ich fühle mich sogar recht fit, und das, obwohl wir gestern Abend nicht nur ein Glas Wein getrunken haben.«

»Die Meeresluft tut dir bestimmt gut.«

»Das kann sein, was haben wir denn heute vor? Ist irgendetwas geplant?«

»Nicht direkt, ich müsste mich allerdings dringend um das Rezept für Ole kümmern. Dass wir ein Konzept haben, ist super, der Kuchen, der einen Bezug zur Insel hat, fehlt allerdings noch.«

»Hast du denn schon eine Idee?«

»Nein, leider ganz und gar nicht.«

»Das bekommen wir schon hin. Hilft Caro uns?«

Uns … Das hört sich gut an.

»Ich weiß gar nicht, ob sie heute Zeit hat, wir haben nichts besprochen«, erkläre ich.

»Gut, dann frage ich sie mal schnell«, erklärt Franzi.

Am frühen Morgen brauche ich manchmal ein bisschen länger. »Ach, habt ihr eure Nummern ausgetauscht?«

»Ja, Caro ist echt nett. Sie ist Sophie sehr ähnlich, aber das ist dir bestimmt auch schon aufgefallen.«

»Ja. Anfangs war das gar nicht so leicht für mich«, gebe ich zu.

»Vielleicht ist das aber auch der Grund dafür, dass wir sie beide auf Anhieb mochten. Irgendwie war da sofort etwas Vertrautes«, sagt Franzi nachdenklich.

»Ja, genau so ging es mir auch. Jetzt, wo ich Caro näher kennengelernt habe, sehe ich aber auch, wie unterschiedlich die beiden sind.«

»Das ist auch gut so. Alles andere wäre schon ein bisschen spooky.«

»Da gebe ich dir recht«, sage ich und lächle. »So, jetzt wird aber erst einmal gefrühstückt. Lust auf Sandwiches mit Erdnussbutter und Marmelade?«

»Und wie!«

Nach dem Frühstück auf dem Balkon verschwindet Franzi im Badezimmer. Während ich die Küche aufräume, schwirrt die ganze Zeit das Rezept in meinem Kopf herum. Was ist typisch für Norderney? Spontan fallen mir Sanddorn und schwarzer Tee ein. Aber sind die Zutaten nicht zu einfach? Es gibt doch mit Sicherheit schon etliche Rezepte damit. So wie das leckere Eis, das ich letztens gegessen habe. Ich beschließe, mich ein bisschen in die Sonne zu setzen, und nehme Sophies Buch mit auf den Balkon. Vielleicht hilft sie mir ja auch dieses Mal mit einem Hinweis.

24. Juni 2018
Blickfang/Himmelblau

Liebstes Leben,
ab ins Töwerland!

Ich bin verzaubert vom Zauberland. Wir haben es gewagt. Mona und ich sind auf die Fähre gestiegen, Norderneys kleine Schwesterinsel Juist hat nach uns gerufen. Töwerland wird sie liebevoll von den Einheimischen genannt. Zauberland bedeutet es, und es passt! Etwas Magisches hat dieses schöne Fleckchen Erde definitiv. Eine gefühlte Ewigkeit hat die Überfahrt gedauert. Über eine Stunde, und das, obwohl die Insel zum Greifen nah scheint. Schon oft habe ich überlegt, ob man einfach rüberschwimmen kann. Wohl eher nicht. Unmöglich würde ich jetzt sagen. Aber es hat sich gelohnt. Wir haben es genossen. Schon auf der Fähre hat Mona gestaunt und das Himmelblau bewundert.

Am Hafen sind wir direkt in eine Kutsche gestiegen. Autos gibt es auf Juist nicht. Dort fährt man kein Taxi, sondern Kutsche oder Fahrrad. Ein ganz bestimmter Grund hat uns nach Juist gelockt. Frisch gebackener Stuten, angeblich verdammt guter. Unser Ziel war die Domäne Bill, *die ganz im Westen am Inselende liegt. Hin mit der Kutsche, den Rückweg wollten wir zu Fuß bestreiten. Juist ist nicht groß. 500 Meter breit an der schmalsten Stelle. Dafür 17 Kilometer lang. Geradeaus laufen kann man gefühlt endlos. Geradeaus, durch feinen, warmen Sand. Mona hat sich unsterblich in die kleine Insel verliebt. Sie sagt, dass sie die Ruhe dort förmlich aufge-*

saugt hat. Auf Juist herrscht eine andere Stimmung als auf Norderney. Alles ist weniger und ruhiger, aber wunderschön. Entschleunigend, das ist das richtige Wort. Juist ist Entschleunigung pur. Stress gibt es dort nicht. Begleitet von Hufgeklapper, haben wir unsere Nasenspitzen in die Sonne gehalten. Der Stuten in der Domäne *war großartig! Eine dicke Scheibe frisches, noch lauwarmes Rosinenbrot mit Butter. Dazu eine Tasse schwarzer Tee mit Kandis und Sahne – mit Blick über die wundervolle Dünenlandschaft. Wir haben draußen gesessen und gegessen.*

Perfekt, ab sofort bitte jeden Sonntag!

Die Wanderung zurück durch den Sand tat gut und hat mich gleichzeitig unglaublich traurig gemacht. Morgen fahren wir zurück. Zurück ins Ruhrgebiet. Zurück in die Hektik der unzähligen Menschen und Autos. Der Stadtgeräusche und Abgase. Liebstes Leben, irgendwann ziehe ich an die Nordsee. Und Du kommst mit!

Auf der Fähre von Juist nach Ney hat Mona ein nettes Kompliment bekommen. Juist wird tidenabhängig angefahren. Das Schiff zurück durften wir nicht verpassen, sonst hätten wir festgesessen. Wahrscheinlich hätte es Schlimmeres gegeben. Aber dann hätte die alte Dame mit dem schneeweißen Haar und den unglaublich wachen, hellen grauen Augen Mona nicht so aus dem Nichts angesprochen. Sie hat Mona gesagt, dass sie ein wahrer Blickfang ist. So ein ehrliches Kompliment bekommt man selten. Mona war sehr gerührt, und ich auch. Die alte Dame hat recht. Mona ist ein Blickfang. Meine beste Freundin ist wunderschön, sie ist sich dessen aber nicht bewusst. Ich mag sie sehr. Heute bin ich etwas sentimental. Das liegt am Abschied – von Ney.

Unseren letzten Abend haben wir gemeinsam am Strand verbracht. Wir haben eine Flasche Wein und zwei Gläser mitgenommen. Der Sonnenuntergang hat sich noch einmal richtig Mühe für uns gegeben. Die Insel wurde in eine Mischung aus feurigem Orange, kräftigem Rot und warmem Gelb getaucht.

Ich wünschte, ich könnte die Zeit zurückdrehen, wann immer ich das möchte. Immer wieder auf den Anfang unseres Urlaubes. Wie eine Dauerschleife, die jeden Tag aufs Neue beginnt. Ich habe die Zeit hier so sehr genossen wie schon lange nichts mehr.

Ich habe Mona nach ihrem schönsten Wort des Tages gefragt. »Himmelblau«, hat sie gesagt. Und dass sie noch sehr oft an Juist zurückdenken wird. Mein schönstes Wort ist »Blickfang«, und ich denke dabei an Mona.

Deine Sophie

17

Ganz sentimental durch Sophies Zeilen, klappe ich das Notizbuch zu. Unser Ausflug nach Juist war wirklich schön. Auch an die alte Dame auf der Fähre erinnere ich mich sehr gut. In Sophies Gedanken zu lesen, lässt mich meine Freundin aus einer ganz anderen Perspektive sehen. Ich darf noch einmal Teil ihres Lebens sein. Es gibt Momente, die sie zu Lebzeiten nicht mit mir geteilt hat. Es ist schön, nun davon zu erfahren.

Bei der Suche nach dem richtigen Rezept hat mir Sophies Erinnerung dieses Mal allerdings nicht geholfen. Ich kann ja schlecht Rosinenstuten backen und ihn als Konkurrenz zu dem auf Juist verkaufen, denke ich schmunzelnd. Oder doch? Lauwarmer Rosinenstuten mit Butter, überlege ich. Und als Alternative ein paar leckere andere Fruchtaufstriche, Schokocreme, Nusscreme. Nein, das hat nichts mit Norderney zu tun!

Ich beschließe, das Internet ein wenig zu durchforsten, und klappe meinen Laptop auf. *Typische ostfriesische Lebensmittel* gebe ich in die Suchleiste ein. Neben Sanddorn, Tee und Buttermilchbrei spuckt sie nichts Brauchbares aus. Die nächsten Versuche:

Typische Lebensmittel Norderney. Nichts.

Traditionelles Gebäck Norderney. Nichts, nur ein paar Hinweise auf die Inselbäckereikette hier. Außerdem erfahre ich, dass der Stollenprüfer des Bäckereihandwerks von Norderney kommt und demnächst sein Silberjubiläum feiert. Ein Christstollen für Norderney? Nein, das passt auch nicht.

Kuchen Norderney. Nichts! Allerdings jede Menge Adressen von Cafés hier auf der Insel.

Ob ich die alle abklappern sollte, um auszukundschaften, was die Konkurrenz im Angebot hat? Das wäre vielleicht keine schlechte Idee. Das Internet hilft mir auf jeden Fall nicht weiter.

Frustriert klappe ich meinen Laptop zu und ziehe mich an. Das richtige Rezept zu finden, könnte sich schwerer gestalten als gedacht.

Da kommt Franzi, eingewickelt in ein Handtuch, aus dem Badezimmer. In der einen Hand hält sie ihr Smartphone, in der anderen ihre elektrische Zahnbürste.

»Gut siehst du aus!«

»Ja?«, fragt sie, stemmt eine Hand in ihre Hüfte und bewegt sich zum Takt der Musik, die aus dem Badezimmer schallt.

»Sexy.« Meine Laune bessert sich schlagartig.

»Caro hat geschrieben. Sie hat uns eine Adresse geschickt. Wir sollen in einer Stunde da sein, sie hat ein Treffen organisiert. Schaffen wir das?«

»Mit wem sollen wir uns denn treffen?«, frage ich.

»Keine Ahnung, aber es geht wohl um das Café«, erklärt Franzi. »Ich glaube, sie kennt jemanden. Der oder die dir helfen kann. Wer es ist, weiß ich aber nicht. Sie hat mir nur die

Adresse geschickt. Ich habe schon nachgeguckt, ist nicht weit von hier.«

»Okay.« Ich gehe an Franzi vorbei ins Bad – und weil ich barfuß bin, rutsche ich fast auf der Wasserlache aus, die sie auf den Fliesen hinterlassen hat.

»Pass auf, der Boden ist nass«, ruft sie prompt.

Ich schalte die Musik aus und die Dusche ein. Über das Chaos, das Franzi früher regelmäßig überall hinterlassen hat, hat Sophie sich oft aufgeregt. Und auch darüber, dass ihre kleine Schwester oft stundenlang das Badezimmer blockiert hat. Aber das vergesse ich ganz schnell wieder, als ich durch die Duschwand auf den beschlagenen Spiegel sehe, auf den Franzi ein großes Herz gemalt hat. Darunter steht: *Danke, Mona!*

Eine gute Dreiviertelstunde später sitzen Franzi und ich auf unseren Rädern und schauen auf dem Stadtplan im Smartphone noch einmal nach, wo wir hinmüssen. Das Haus liegt ganz in der Nähe der Deichstraße am Hafen.

Wir brauchen gerade mal fünf Minuten, bis wir da sind. Wir steigen von unseren Rädern und stehen vor einem wunderschönen, großen Haus. Die strahlend weiße Fassade wird von hellen Holzfenstern und einer riesigen alten Eingangstür perfekt untermalt. Eine Steintreppe führt zu der Tür hinauf. Rechts und links am Rande der Stufen stehen große Blumenkübel mit weißen Rosen. Über der Tür hängt ein cremefarbenes Schild mit schwarzer, verschnörkelter Schrift und einem kleinen pinken Herzen unten rechts in der Ecke.

»*Pension Herzschmerz*« lese ich und erinnere mich an Anna, die mir von der Pension und ihren Freundinnen erzählt hat.

»*Pension Herzschmerz*? Meinst du, dass wir hier richtig sind?«, fragt Franzi.

»Ja, ich denke schon. Eine der Betreiberinnen habe ich auf der Party kennengelernt, wo ich auch Tjark getroffen habe«, erkläre ich.

»Ah, okay. Na, dann bin ich ja mal gespannt.«

»Und ich erst!«

Franzi zeigt in Richtung Hafen. »Schau mal, da vorne kommt Caro!«

»Echt? Wo?«, sage ich. Franzi hatte schon als Kind Adleraugen. Sie war immer die Erste, die Dinge entdeckt hat. Bevor alle anderen auch nur Umrisse sehen konnten, war für sie schon immer alles ganz klar. Sie würde bestimmt eine verdammt gute Chirurgin abgeben, überlege ich. Franzi sollte natürlich recht behalten. Keine zwei Minuten später steht Caro vor uns und schließt ihr Rad ab.

»He, ihr beiden«, sagt sie und umarmt uns zur Begrüßung.

»He! Ist das die Pension, von der Anna erzählt hat?«, frage ich.

»Genau, mit ihr sind wir auch verabredet. Kommt, wir gehen direkt rein.«

Wir folgen Caro durch die alte, schwere Eingangstür und stehen gleich im Foyer der Pension.

»Wow! Es ist wunderschön hier.«

Der große helle Eingangsbereich wirkt freundlich und offen. Gleichzeitig ist er aber auch gemütlich und hat ein bisschen was von einem chic eingerichteten Wohnzimmer. Auf einer beigen Couch oder einem der hellbraunen Sitzsäcke kann man es sich gemütlich machen. In den zahlreichen Bücherregalen entdecke ich einige Titel, die mir bekannt vorkommen. Wer auf der Suche nach Aufmunterung ist, wird hier ganz bestimmt fündig. Auf einem kleinen Tisch neben der Couch steht eine große Keksdose aus Glas. Sie ist bis oben hin mit Gebäck gefüllt. Selbst gebacken! Das sehe ich sofort. Hier wurde mit viel Liebe zum Detail gearbeitet, die Inneneinrichtung gefällt mir wahnsinnig gut. Hinter einem hellen Holztresen steht eine Frau mit blonden Haaren, die sie zu einem Zopf zusammengebunden hat. Strahlend kommt sie auf uns zu.

»He, schön, dass ihr da seid. Ihr müsst Mona und Franzi sein, richtig? Ich bin Lou. Anna hat mir erzählt, dass ihr uns besuchen kommt.«

»He, ja genau, ich bin Mona«, erkläre ich und schüttle Lou die Hand. Ich finde, sie sieht sehr nett aus, sie strahlt etwas Sanftes aus.

Wir folgen Lou durch das Foyer und bleiben vor einer großen Flügeltür stehen. »Geht einfach durch, Anna ist hinten und bereitet den Kaffee für unsere Gäste vor.«

»Super, danke dir«, sagt Caro.

»Hier gibt es ein Café?«, frage ich mit großen Augen und schaue durch die Tür in den geräumigen Speisesaal. Er ist bestückt mit lauter runden, weißen Tischen mit verschnörkeltem Fuß. Solche, wie man sie eigentlich aus französischen Cafés kennt. Auf jedem der Tische steht eine kleine Vase mit einer weißen Rose darin. Im hinteren Bereich des Raumes findet sich ein langer, rustikaler Esstisch mit je einer großen Bank auf beiden Seiten. Hier kann man mit mehreren Personen zusammensitzen. Der Stilbruch zwischen dem Feinen, Verspielten und dem Rustikalen wurde auch hier wieder gekonnt genutzt. Das könnte ich mir auch für mein Café vorstellen, super!

»Anna?«, ruft Caro in den Raum hinein.

»Wie schön, ihr seid da!«, ruft eine Frau zurück und kommt aus der Küche auf uns zu, dabei wippen ihre roten Locken auf und ab. Sie grinst bis über beide Ohren, drückt erst Caro an sich, dann Franzi und schließlich auch mich. So, als würde sie uns schon ewig kennen.

»He, Anna«, sagt Caro. »Danke, dass du dir Zeit für uns nimmst.«

»Ach, klar! Kommt, setzt euch. Wollt ihr was trinken? Ich gebe euch einen Tipp. Mein Cappuccino ist grandios!«, sagt sie und zwinkert uns zu.

Caro, Franzi und ich schauen uns an. »Dann drei Cappuccino, würde ich sagen. Sollen wir dir helfen?«

»Beim Kaffeemachen? Quatsch«, winkt Anna ab und verschwindet hinter der Theke.

Wir hören den Vollautomaten zischen und Geschirr klappern. Es dauert nicht lange, bis vor jeder von uns eine große Tasse Cappuccino steht. Anna hat aus dem Milchschaum gekonnt ein Herz auf die Tassen gezaubert. Der Cappuccino ist fast zu schön, um ihn zu trinken. Neben den Tassen liegt je ein kleines Plätzchen. Natürlich auch in Herzform, hier ist einfach alles aufeinander abgestimmt.

»Danke«, sage ich und lächle Anna an.

Franzi nippt gleich an ihrem Kaffee und seufzt. »Wow! Der ist wirklich gut!«

Anna nickt. »Sag ich doch. Es liegt aber viel mehr an der vierprozentigen Milch und an der Kaffeesorte als an mir. Mona, wenn du den Zuschlag von Ole bekommst, verrate ich dir, was ich benutze.«

»Oh, du weißt also Bescheid?«, stelle ich fest.

»Caro hat es mir erzählt, und ich finde die Idee großartig. Es kann auf jeden Fall funktionieren. Die Geschichte von uns dreien und der Pension habe ich dir ja auf der Feier schon erzählt. Vor drei Jahren hätte wohl keine von uns gedacht, dass wir heute in unserer Pension auf Norderney sitzen und Cappuccino trinken. Caro hat mir auch von deinem Konzept erzählt, und ich finde es perfekt. Jetzt hapert's an dem Rezept für die Insulaner, oder?«

»Genau! Ich weiß einfach nicht, in welche Richtung ich überlegen soll.«

»Kim, Lou und ich mussten Fürsprecher für unseren Plan gewinnen, um Swantje von uns zu überzeugen. Die Insulaner sind schon merkwürdig, oder? Was haben sie nur alle mit ihren Aufgaben. Na ja, jedenfalls haben wir in dem Zuge echt viele von ihnen kennengelernt, und ich kann dir mit guten Gewissen empfehlen, dass du am besten recht einfach denken solltest. Für die Insulaner braucht es kein exklusives Tamtam. Es sind eher die Urlauber, die den Luxus hier auf der Insel suchen. Die Leute, die hier leben, sind ganz normal und herzensgut. Wie du und ich. Die meisten zumindest …«

»Ich verstehe«, sage ich. »Wie ist es denn hier bei dir im

Café? Gibt es einen bestimmten Kuchen, der am besten geht?«

»Ja, schon. Viele entscheiden sich für den klassischen Cheesecake. Ich habe aber keine Insulaner hier sitzen. In der Regel kommen unsere Gäste nicht von der Insel. Ich backe auch nicht selbst, wir bestellen den Kuchen in einer Bäckerei hier auf Ney. Das würde ich alles niemals schaffen, ich bin allein hier im Café. Lou kümmert sich um das Organisatorische, und Kim ist unsere Wellness-Fee.«

Plötzlich fängt es in meinem Kopf an zu rattern. Für die Insulaner braucht es kein exklusives Tamtam, Anna hat so recht. Ich brauche etwas Simples, etwas, das immer geht. Keine pompöse Torte oder besonders ausgefallene Zutaten. Ich muss an Sophie und ihren Limokuchen denken. Auch das war ein unglaublich einfaches Rezept, aber alle haben ihn geliebt. »Ich glaube du hast mir echt geholfen!«

»Das freut mich. Vielleicht kann ich den Kuchen dann ja bald bei dir bestellen. Das wäre grandios. Für uns dann also bitte etwas in Herzform. Aber für die Insulaner, wie gesagt, eher etwas Einfaches, das trotzdem verdammt gut schmeckt.«

»Ich lass mir etwas einfallen«, sage ich bestimmt und schaue mich noch mal im Raum um. »Ihr habt es echt schön! Vielleicht habe ich ja Glück, und Ole gefällt mein Konzept.«

»Wir haben damals auch den Zuschlag bekommen, obwohl wir nicht von der Insel sind. Swantje hatte sich eine hübsche Aufgabe für uns ausgedacht, aber das habe ich dir ja schon erzählt.«

»Swantje … Ich habe ein Buch mit einer hübschen Widmung für eine gewisse Swantje aus dem Bücherkasten mitgenommen.«

Anna lacht. »Das hat Caro mir schon erzählt. Gut, dass du es gefunden hast und nicht irgendein Insulaner. Swantje hat vor uns die Pension geführt. Als wir hier alles übernommen haben, sind die Bücher aus ihrem Arbeitszimmer erst einmal in den Keller gewandert. Letzte Woche hat sie dann beschlossen, alles in den Bücherkasten zu stellen, in der Hoffnung, dass sie neue Leserinnen und Leser finden. Anscheinend war ein Geschenk von Otto dazwischen. Otto war Swantjes große Liebe. Das hat sie mal erzählt. Allerdings hat er sie betrogen, als er auf Montage auf dem Festland war, daraufhin hat sie ihn verlassen. Und ihm bis heute nicht verziehen.«

»Oh, das kann ich verstehen«, sage ich. »Spannend, was man so alles in alten Büchern findet.«

»Absolut!«, sagt Anna und lächelt mich an.

»Wo ist Kim eigentlich?«, fragt Caro.

»Wahrscheinlich lackiert sie gerade Fußnägel oder massiert Rücken mit warmen Steinen!«, erklärt Anna und fängt an, die leeren Tassen abzuräumen.

»Schade, ich hätte sie gern mal wieder gesehen«, sagt Caro.

Anna seufzt wehmütig. »Seitdem wir eröffnet haben, machen wir drei eigentlich so gut wie gar nichts mehr gemeinsam. Das ist unglaublich schade, eine von uns ist immer in der Pension eingespannt.«

»Das kann ich mir gut vorstellen«, sage ich. »Gerade zu Anfang ist bestimmt eine Menge zu tun.«

»Ganz genau, und deswegen muss ich euch jetzt leider

auch rausschmeißen«, sagt Anna. »Ich würde gerne noch mit euch plaudern, aber dann bekommen meine Gäste heute Nachmittag nicht das, was ihnen versprochen wurde.«

»Wir gehen«, sagt Caro und lächelt Anna an. »Danke für deine Hilfe.«

»Ja, vielen Dank, Anna«, sage auch ich.

Da umarmt Anna mich plötzlich wieder und drückt mich fest an sich. »Ich würde mich freuen, wenn du die Zusage für das Café bekommst.« Sie hält mich immer noch fest, als sie zu Caro sagt: »Vielleicht machen wir demnächst mal wieder was. Abends, mit mehr Zeit?«

»Sehr gern!«, sagt Caro.

Anna lässt mich los. »Sagt mir unbedingt ganz schnell, wie es ausgegangen ist.«

Caro fängt an zu lachen. »Ich denke, das müssen wir gar nicht. Die Inselpost funktioniert hier doch von ganz alleine.«

»Stimmt auch wieder«, sagt Anna. »Also dann, bis bald!«

Wir verabschieden uns auch von Lou und stehen kurz darauf vor der Pension an unseren Rädern.

»Danke, dass du mit uns hergekommen bist, Caro. Ich glaube Anna hat mir wirklich geholfen«, sage ich.

»Das hatte ich gehofft. Hast du etwa eine Idee?«

Ich setze eine geheimnisvolle Miene auf. »Vielleicht, ja. Ich muss jetzt dringend einkaufen gehen. Ich gehe mal davon aus, dass ihr Lust auf Kuchen habt«, sage ich und schließe mein Fahrradschloss auf.

»Kuchen geht immer! Ehrlich gesagt, würde ich vorher aber gern ein paar Schritte am Strand gehen, habt ihr auch Lust?«, fragt Franzi.

»Gute Idee!«, sage ich, und auch Caro stimmt zu.

Nachdem wir uns eine ganze Weile die Beine vertreten haben, radeln wir zurück in Richtung Damenpfad und halten unterwegs an einem der zahlreichen Supermärkte an. In meinem Einkaufswagen landen neben den üblichen Backzutaten wie Mehl, Eiern, Butter, Zucker, Vanillezucker und Sahne noch ein paar ganz besondere Lebensmittel. In der Ferienwohnung angekommen, räume ich meinen Einkauf ein und setze mich erst einmal mit meinen beiden Freundinnen auf den Balkon.

»Hat Mona dir eigentlich erzählt, dass sie heute Abend mit Tjark verabredet ist, Caro?«, fragt Franzi frech.

»Echt jetzt?« Caro schaut mich mit offenem Mund an.

»Ja«, antworte ich. »Möchtet ihr was trinken? Maracujaschorle?« Ich stehe fluchtartig auf, um in die Küche zu gehen.

»Nix da, so schnell entwischst du mir nicht!«, erklärt Caro und folgt mir.

Während ich uns die Schorlen mische, erzähle ich Caro, dass wir zum Essen verabredet sind und uns um achtzehn Uhr am Kurplatz treffen wollen.

»Und du willst vorher noch Kuchen backen?«, fragt sie.

»Ja, wieso?«

»Na, es ist gleich halb vier. Du willst vor eurem Date doch bestimmt noch duschen, oder? Backen wird da eher eng, oder meinst du nicht?«

»Mist, du hast recht. Dann müssen wir das große Kuchenessen wohl auf morgen früh verschieben.«

»Ich muss morgen Vormittag in die Wohnungen. Ich würde dann einfach danach vorbeikommen, ist das okay?«

»Klar, du kannst immer kommen«, sage ich.

»Sag mal, Franzi, was hast du denn heute Abend vor?«, fragt Caro, als wir zurück auf den Balkon gehen.

»Nichts, bis jetzt auf jeden Fall«, antwortet Franzi. »Wollen wir auch was essen gehen?«

»Aber nicht, dass ihr plötzlich im selben Lokal wie Tjark und ich sitzt«, unke ich.

Caro lacht. »Schreib uns eine Nachricht, wenn du weißt, wo ihr essen geht, und wir machen uns einfach danach auf den Weg woandershin.«

»Gute Idee! Und jetzt springe ich wirklich ins Bad.«

18.

Nach einer ausgiebigen Dusche stehe ich vor meinem Kofferinhalt, den ich komplett auf dem Bett ausgebreitet habe.

»Kann ich dir helfen?«, fragt Franzi.

»Nein, alles gut. Ich weiß ganz genau, was ich anziehen möchte.«

Ich entscheide mich für eine lange, kakigrüne Hose und ein schwarzes Top mit V-Ausschnitt. Auch der Rücken ist ausgeschnitten. Das Top hat Sophie gehört. Ich hatte es mir vor Ewigkeiten ausgeliehen und vergessen, ihr zurückzugeben. Seitdem sie nicht mehr da ist, ziehe ich es nur noch zu besonderen Anlässen an.

»Wow, du siehst echt super aus, Mona!«, sagt Franzi.

»Danke schön, jetzt muss ich nur noch den Kram hier oben auf die Reihe bekommen«, erkläre ich und bilde mit meinen Händen einen Bilderrahmen um mein Gesicht.

Caro lacht. »Das kriegen wir hin. Sollen wir dir helfen?«

»Sehr gern.« Ich bin zwar in vielen Dingen durchaus penibel und liebe gerade Linien genauso, wie ich gerade Zahlen liebe, bin aber unfähig, gerade Linien zu ziehen. Mit dem Thema Lidstrich habe ich schon vor Ewigkeiten abgeschlossen.

Wir tragen einen Küchenstuhl rüber ins Badezimmer.

Caro und Franzi fangen gleichzeitig an, an mir herumzuwerkeln. Caro kümmert sich um meine Haare, Franzi ist für das Make-up zuständig. Eine gefühlte Ewigkeit später stehen die beiden vor mir und strahlen mich zufrieden an.

»Du siehst fantastisch aus!«

Ich schaue in den Spiegel. Sie haben recht. Meine beiden Freundinnen haben das Beste aus mir herausgeholt. Das Make-up ist zart und dezent. Ich sehe fast noch ungeschminkt, aber frisch aus. Caro hat sanfte Wellen in meine Haare gezaubert, ich fühle mich verdammt wohl. »Danke, ihr beiden, das sieht wirklich toll aus.«

Ich stelle mein Fahrrad an einem der zahlreichen Fahrradständer direkt neben dem *Conversationshaus* ab und gehe langsam auf das Badehaus zu. Tjark steht schon vor dem Eingang und wartet auf mich. Ich kann ihn schon von Weitem erkennen. Er sieht gut aus. Zu einer lässigen, blauen Jeanshose trägt er ein schickes, schwarzes Hemd und weiße Sneaker. Als Tjark mich sieht, lächelt er und kommt mir ein Stück entgegengelaufen.

»He, Mona, schön, dass du da bist«, sagt er und umarmt mich zur Begrüßung.

»He, ja, ich freue mich auch«, sage ich. Zum Glück hat er den Teil mit der Begrüßung übernommen, denke ich. Ich habe mir schon auf der Fahrt hierher den Kopf darüber zerbrochen.

»Ich hoffe, du bist hungrig. Ich habe uns einen Tisch in einem meiner Lieblingsrestaurants reserviert.«

»Und wie«, sage ich. Obwohl sich der Hunger aktuell den

Platz mit der Aufregung in meinem Magen teilt. »Wo gehen wir denn hin?«

»Es ist ein kleines, spanisches Restaurant. *La Buena Vida* heißt es. Warst du schon mal dort?«

»Nein, da war ich noch nie. Dann bin ich mal gespannt«, sage ich und lächle Tjark an.

Wir laufen durch die Norderneyer Innenstadt. Vorbei an einer ganzen Menge Restaurants und Horden von Feierwütigen, die von Lokal zu Lokal ziehen, bis wir an einer etwas ruhigeren Seitenstraße ankommen. Vor einem kleinen, weißen Haus bleiben wir stehen. Um den Eingang herum steht ein mit Efeu bewachsener Torbogen. Tjark geht vor und hält mir die Tür auf.

»Danke«, sage ich und gehe an ihm vorbei in das kleine Restaurant, wo wir gleich von einem der Kellner begrüßt werden.

»Hola, Tjark«, sagt er und gibt ihm die Hand. »Du hast reserviert, oder?«

»He, Carlos, genau. Ein Tisch für zwei. Das ist Mona.«

Ich gebe Carlos die Hand. »He!«

»He, Mona. Dann kommt mal mit, ihr beiden«, sagt Carlos und zwinkert uns zu.

Wir folgen ihm durch das gemütliche Restaurant nach draußen in den Hinterhof. Er führt uns zu einem kleinen, weißen Tisch aus Metall mit verschnörkeltem Bein. Wir bedanken uns und setzen uns.

»Wow!«, sage ich. »Es ist echt schön hier.«

Der Hinterhof, in dem außer unserem noch vier weitere Tische für je zwei Personen stehen, hat etwas Verwunschenes, und ein bisschen romantisch ist es auch. Er ist umgeben von mit Efeu bewachsenen Mauern. Über uns ranken Weinpflanzen an einem Gestell aus Holz und bilden so ein wunderschönes Blätterdach.

»Schön, dass es dir hier gefällt. Der Laden ist ein echter Geheimtipp. Nicht so überrannt von Touristen. Also nicht weitererzählen«, sagt Tjark und hält sich seinen Zeigefinger vor den Mund.

»Keine Sorge, ich behalte es für mich. Wenn ich Glück habe, gehöre ich bald auch zu den Bewohnern dieser wunderschönen Insel. Da hätte ich also nichts von«, erkläre ich, während ich in der Speisekarte nach einem für mich passenden Gericht suche.

»Ach, möchtest du auf die Insel ziehen? Das ist ja toll!«

Ich erzähle Tjark von Ole und dem Café. Gespannt hört er mir zu und lächelt mich an.

»Hast du denn schon ein Rezept?«, fragt er.

»Nein, leider nicht. Aber ich bin mir sicher, dass mir ganz bald etwas einfallen wird.«

»Ganz bestimmt! Und das Konzept? Steht das schon?«, fragt Tjark.

Gerade als ich antworten will, steht Carlos plötzlich vor uns. »Habt ihr etwas gefunden?«, fragt er.

»Ich hätte gerne den Fischteller und dazu bitte ein Glas Weißwein«, sage ich.

»Für mich bitte das Ragout und ein Glas Rotwein. Und eine große Flasche stilles Wasser mit zwei Gläsern bitte. Danke, Carlos.«

Kurze Zeit später stehen die Getränke vor uns.

»Auf einen schönen Abend«, sagt Tjark, bevor wir mit dem Wein anstoßen.

»Was machst du eigentlich beruflich?«, frage ich.

»Ich bin Koch in einem Hotel oben an der Strandpromenade.«

»Schön, vielleicht komme ich dann ja auch mal bei dir essen.«

»Sehr gerne. Oder ich koche beim nächsten Mal einfach bei mir zu Hause etwas für uns«, sagt er, grinst und nippt an seinem Rotwein.

Das ging ja schnell. »Oder so!«

»Weißt du eigentlich schon, wo du wohnen möchtest, wenn das mit dem Café klappen sollte?«

»Nein, ehrlich gesagt nicht. Aber wenn, dann habe ich ja noch eine ganze Menge Zeit, um das Drumherum zu planen. Ich müsste erst einmal meine Wohnung und meinen Job im Ruhrgebiet kündigen. Da würde einiges an Arbeit auf mich zukommen. Ist aber alles machbar, da bin ich mir sicher. Zum Glück habe ich ein bisschen was gespart. Ich könnte ein halbes Jahr gut überbrücken. Da mache ich mir keine Sorgen.«

»Machbar auf jeden Fall, und du scheinst ja mittlerweile auch einige Leute auf der Insel zu kennen. Zur Not ziehst du halt in der Pension Herzschmerz ein«, witzelt Tjark.

»Oje, zwischen all den liebeskranken Menschen? Lieber nicht. Zum Glück leide ich aktuell nicht an Herzschmerz, das kann ich gerade überhaupt nicht gebrauchen.«

»Ich glaube, das kann nie jemand gebrauchen.«

»Das stimmt allerdings!«

»Das sieht super aus, vielen Dank!«, sage ich und lächle Carlos an, der uns unser Abendessen serviert hat.

»¡Buen provecho!«, antwortet er freundlich.

Während wir essen, unterhalten wir uns ein bisschen über die Insel. Ich erzähle von meinem Job als medizinischer Fachangsteller und von meinem Chef, dem Arzt, der in der Notaufnahme mit seiner Gitarre im Behandlungsraum sitzt und übt, wenn keine Patienten da sind. Tjark erzählt mir von seinem Job im Hotel und schimpft ein bisschen über die Urlauber, die oft viel zu hohe Ansprüche stellen. Tjark hat einen kleinen Bruder und eine große Schwester. Seine Schwester ist der Liebe wegen von der Insel auf das Festland gezogen, sein Bruder lebt auch hier. Kurz nachdem wir aufgegessen haben, reißt ein Anruf, der bei Tjark eingeht, uns aus unserem Gespräch.

»Tut mir leid, da muss ich rangehen«, sagt er und geht ein paar Schritte vom Tisch weg. Ich kann nicht hören, was er sagt, er sieht allerdings nicht sehr begeistert aus. Im Gegenteil, er ist sogar ein bisschen blass um die Nase geworden. Hoffentlich ist nichts passiert, denke ich und nutze die Gelegenheit, um auch einen Blick auf mein Handy zu werfen. Vier Nachrichten von Caro und Franzi. Mist, ich habe vergessen, mich bei ihnen zu melden. In der letzten Nachricht steht: *Okay, wir kochen uns etwas in der Ferienwohnung. Sag nur irgendwann mal Bescheid, ob es dir gut geht.*

Schnell tippe ich eine Antwort: *Sorry, ich habe es total verschwitzt. Mir geht es gut, Tjark ist sehr nett. Bis später, macht euch einen schönen Abend.*

Ich drücke auf Senden, als Tjark zurück an den Tisch kommt und sich zu mir setzt.

»Du, Mona, mir tut es unendlich leid, aber ich muss dringend los.« Er seufzt. »Eicke, mein Bruder, steckt in Schwierigkeiten.«

»Mist. Was ist denn passiert? Ich habe mir schon gedacht, das etwas los ist. Du bist plötzlich so blass geworden. Kann ich euch helfen?«

»Ehrlich gesagt, weiß ich es selbst nicht so genau. Mein kleiner Bruder macht seit ein paar Jahren nur Probleme, und dieses Mal ist er eindeutig zu weit gegangen. Wenn du mir helfen möchtest, gerne. Ich möchte aber nicht, dass du einen falschen Eindruck von mir hast.«

»Quatsch, du bist doch nicht dein Bruder. Ich komme mit«, entscheide ich.

Wir bezahlen bei Carlos, entschuldigen uns auch bei ihm für unseren schnellen Aufbruch und laufen zügig durch die Stadt zu unseren Rädern.

»Weißt du denn, was dein Bruder ausgefressen hat?«, frage ich, während ich hinter Tjark herfahre.

»Ich befürchte, dass die Dumpfbacke in ein Haus eingestiegen ist und jetzt festsitzt.«

»Wie bitte?«, frage ich und merke, dass ich plötzlich einen Kloß im Hals sitzen habe. Mit so einer Aktion habe ich nicht gerechnet. Ich dachte eher, dass er erwischt wurde, als er durch das Naturschutzgebiet gelaufen ist oder so.

»Ich weiß nur, dass er in einem fremden Haus festsitzt. Wir sind gleich da, dann erfahren wir mehr.«

Was habe ich mir da nur eingebrockt? Ich habe ehrlich

gesagt wenig Lust darauf, Mittäterin zu werden. Bei meinem Glück werden wir direkt erwischt, egal wobei. So geht es mir immer, bei allem. Ich werde sogar mit knapp über dreißig geblitzt. Es reicht schon, wenn ich nur daran denke, bei einem Gesellschaftsspiel zu schummeln, man sieht es mir sofort an. Eine Karriere als Verbrecherin werde ich wohl nie einschlagen.

»Da vorne ist es. Ich würde sagen, dass wir unsere Räder hier schon parken und die letzten Meter zu Fuß gehen.«

»Ist gut«, sage ich und stelle mein Rad direkt neben Tjarks ab. Mir ist ganz schön mulmig zumute. Wir befinden uns in einer schicken Wohngegend mit Einfamilienhäusern. Hoffentlich ist das, was Tjarks Bruder ausgefressen hat, nicht ganz so schlimm, wie wir es uns vorstellen.

Tjark holt sein Handy aus seiner Hosentasche und hält es sich ans Ohr. »Jetzt erklär mir noch mal ganz genau, wo du bist … Ich glaube es nicht! Ja, ist gut, mache ich.«

»Und?«, frage ich gespannt.

»Siehst du das Haus da vorne?«, fragt Tjark und zeigt auf ein schmuckes, weißes Häuschen.

»Ja …«

»Das gehört Frau Wittmann, seiner alten Nachhilfelehrerin. Eicke wusste ganz genau, dass Frau Wittmann einen Pool im Keller hat. Als er vorhin mit einer Freundin unterwegs war, haben sie gesehen, dass Frau Wittmann mit dem Fahrrad losgefahren ist und die Terrassentür aufgelassen hat. Die beiden Pappnasen sind in ihren Pool gesprungen, haben aber nicht damit gerechnet, dass sie so früh zurück sein wird, und sitzen jetzt fest«, erklärt Tjark und kneift die Augen ein wenig zusammen.

Ich unterdrücke ein Lachen, denn ich merke, dass Tjark die Situation ganz und gar nicht lustig findet. Das ist doch eine typische Teenageraktion.

»Na, immerhin ist er nicht eingestiegen, um die Bude leer zu räumen«, sage ich, grinse und lege den Kopf schief. »Wie holen wir deinen Bruder jetzt da raus?«

»Gute Frage! Ein Fenster gibt es wohl nicht. Die beiden haben schon alles abgesucht. Ich denke, uns bleibt nichts anderes übrig, als zu klingeln und Frau Wittmann irgendwie abzulenken.«

»Okay. Hoffentlich ist die Terrassentür noch auf.«

»Du sagst es!«

Entschlossen laufen Tjark und ich auf das Häuschen zu und klingeln an der Haustür. Kurze Zeit später öffnet eine Frau mittleren Alters und schaut uns fragend an. Sie trägt eine Jogginghose, eine weißes Shirt und hat schulterlange braune Haare. Anscheinend wollte sie es sich gerade gemütlich machen.

»Hallo, Frau Wittmann. Ich hoffe, Sie erinnern sich an mich«, sagt Tjark.

Man kann richtig sehen, dass die Frau angestrengt nachdenkt. »Ach, du bist doch ein Sohn von den Bonnmanns«, sagt sie. »Ich habe deinen kleinen Bruder Eicke unterrichtet.«

»Genau«, sagt Tjark und lächelt sie strahlend an. »Frau Wittmann, ich wollte Sie etwas fragen. Meine Eltern konnten allerdings Ihre Kontaktdaten nicht mehr finden.«

»Na klar, wie kann ich dir denn helfen, Tjark? Du brauchst doch nicht etwa Nachhilfe?«, scherzt sie.

»Nein, im Gegenteil. Ich möchte Nachhilfe geben und mir ein bisschen Geld dazuverdienen«, erklärt Tjark. »Und ich dachte, Sie könnten mir vielleicht ein paar Tipps geben.«

Während die beiden sich über Nachhilfeportale und andere Möglichkeiten des Unterrichtens unterhalten, sehe ich im Hintergrund einen jungen Mann und ein Mädchen auf Zehenspitzen den Flur entlangschleichen.

19.

Mit großen Augen schauen die beiden mich an. Ich kann direkt durch den Flur in das Wohnzimmer sehen und beobachte sie, wie sie vorsichtig die Schiebetür der Terrasse ein bisschen weiter öffnen. Eicke stößt dabei leicht gegen eine Vase, die direkt neben der Tür steht und zu wackeln beginnt. Zum Glück fällt sie nicht um, Frau Wittmann scheint aber trotzdem etwas zu bemerken. Mist! Ich kann erkennen, dass sie sich instinktiv umdrehen möchte.

»Frau Wittmann, dürfte ich wohl mal Ihre Toilette benutzen?«, frage ich schnell.

»Aber natürlich. Die erste Tür rechts«, sagt sie freundlich.

Ich schiebe mich an Tjark und Frau Wittmann vorbei in Richtung des Gäste-WCs. Es hat geklappt. Etwas Besseres ist mir nicht eingefallen. Eicke und seine Freundin stehen wie versteinert vor der Schiebetür. Mit einer Handbewegung deute ich an, dass sie sich beeilen sollen.

Als ich wieder aus dem Bad komme, ist der Spalt der Tür ein wenig breiter. Die beiden sind nicht mehr zu sehen. Die Flucht scheint geglückt zu sein. Ich schaue noch einmal in das Wohnzimmer, um sicher zu sein, atme auf und gehe zurück durch den Flur zu Tjark und Frau Wittmann, wo ich die beiden unterbreche. Tjark demonstriert immer noch sein schauspielerisches Talent. Vielleicht sollte er tatsächlich über einen Jobwechsel nachdenken.

»Ich glaube, wir müssen leider gehen. Sonst schaffen wir es nicht rechtzeitig zu unserer Reservierung«, sage ich vorsichtig und lächle erst Tjark und dann Frau Wittmann an.

»Oh, du hast recht. Jetzt haben wir uns doch länger verquatscht, als ich dachte. Vielen Dank, dass Sie sich die Zeit genommen haben.«

Wir verabschieden uns höflich von Frau Wittmann und laufen in Richtung unserer Fahrräder. Dort angekommen, zückt Tjark sofort sein Handy und wählt die Nummer seines Bruders. Sein Gesicht, das Frau Wittmann eben noch so freundlich angelächelt hat, verfinstert sich augenblicklich.

»Wo bist du, Eicke?«, fragt er.

Mittlerweile ist es schon fast dunkel. Die Abenddämmerung setzt ein und verleiht dem sommerlichen Norderney eine ganz andere Stimmung. Als Tjark und ich am Weststrand ankommen, sehen wir Eicke auf einer Bank sitzen, direkt hinter dem großen Kinderspielplatz.

»Sag mal, spinnst du?«, fragt Tjark seinen Bruder.

Eicke lächelt uns schelmisch an. »Entspann dich, ist doch alles gut gegangen.«

»Ich soll mich entspannen? Was meinst du, was los gewesen wäre, wenn Frau Wittmann euch im Keller gefunden hätte? Wo ist eigentlich das Mädchen, und wer war das überhaupt?«

Eicke zuckt mit den Schultern. »Wer ist denn deine Freundin?«

»Ich bin Mona.« Mehr sage ich aber nicht. Ich möchte mich nicht in den Streit der Brüder einmischen.

»Coole Aktion von dir, danke, Mona. Also, das Ding mit der Toilette meine ich. Und dir danke ich natürlich auch, Bruderherz!«

»Ganz ehrlich, Eicke, das war das letzte Mal. Wenn du weiter so viel Scheiße baust, sag ich Mama und Papa, was hier los ist. Dann kannst du mit ihnen aufs Festland gehen. Ich habe es satt, dich immer zu retten. Du musst langsam mal erwachsen werden und dein Leben in den Griff bekommen.«

»Das ist doch nicht dein Ernst! Was bist du denn für ein Bruder?«, sagt Eicke mit erhobener Stimme, schnappt sich sein Fahrrad und braust davon, ohne uns auch nur noch eines Blickes zu würdigen.

»Die Frage solltest du dir auch mal stellen«, ruft Tjark ihm hinterher. »Tut mir leid!«, sagt er zu mir und lässt sich auf die Bank fallen.

Ich setze mich neben ihn und lege wie selbstverständlich meine Hand auf sein Knie. Das überrascht mich. So schnell körperliche Nähe zuzulassen, ist eigentlich nicht meine Art. »Du machst dir anscheinend große Sorgen um ihn, oder?«

»Absolut, ich habe Angst, dass er auf die schiefe Bahn gerät«, antwortet Tjark und greift mit seiner Hand nach meiner. »Ich weiß einfach nicht, wie ich ihm helfen soll. Aber das ist eigentlich kein Thema, über das ich heute mit dir sprechen wollte. Es tut mir echt wahnsinnig leid, dass der Abend sich so entwickelt hat.«

»Da kannst du doch nichts für, alles gut. Familie ist wichtig. Wollen wir vielleicht noch ein bisschen spazieren gehen?«

»Gute Idee!«

Hand in Hand laufen wir ein ganzes Stück den Deich entlang.

Tjark drückt meine Hand etwas fester. »Danke, Mona!«

»Wofür?«

»Dass du die Aktion heute ohne zu zögern mitgemacht hast und immer noch hier bist.«

»Das ist für mich selbstverständlich.«

»Für viele Menschen wäre es das aber nicht.«

»Seit wann dreht Eicke eigentlich so am Rad?«

»Ach, das ist jetzt schon eine ganze Weile so. Unsere Eltern sind beruflich viel auf dem Festland. So musste ich schon früh Verantwortung übernehmen. Ich glaube, dass Eicke nie richtig damit klargekommen ist, und jetzt rebelliert er eben. Wie gesagt, ich habe einfach Angst, dass es mehr wird und er völlig auf die schiefe Bahn gerät. Diese Insel ist wie ein Dorf, wenn die Insulaner einmal mitbekommen, dass mein Bruder Dreck am Stecken hat, spricht es sich rum wie ein Lauffeuer.«

»Zum Glück haben sie bis jetzt ja noch nichts mitbekommen, und vielleicht kannst du auch noch mal ganz in Ruhe mit Eicke sprechen. Ich bin mir sicher, dass er dir zuhören wird.«

Tjark grinst mich schief an. »Ich versuche es.«

»Finde ich gut.«

»Ich bringe dich nach Hause«, sagt Tjark, als wir wieder bei unseren Rädern ankommen.

»Danke!«, die Ferienwohnung ist zwar nur einen Katzensprung entfernt. Ich bin allerdings trotzdem nicht erpicht darauf, allein in der Dunkelheit über die Insel zu fahren.

Wir setzen uns auf unsere Räder und kommen wenige Augenblicke später auf dem Damenpfad an. Ich schließe mein Fahrrad an, Tjark schenkt mir mit seinem Handy ein wenig Licht.

Ich umarme ihn zur Verabschiedung.

»Danke für den schönen Abend, Mona«, sagt Tjark, löst sich ein Stück aus der Umarmung und schaut mir tief in die Augen.

»Weißt du, eigentlich habe ich noch gar keine Lust, nach Hause zu gehen«, sage ich, ohne nachzudenken. Warum nicht einfach mal spontan sein und Spaß haben?

»Ich auch nicht«, antwortet Tjark und lächelt mich an. »Hast du den schönsten Zirkus der Welt schon mal besucht?«

»Wie meinst du das? Wo soll der denn sein?«, frage ich.

»Na, hier auf Norderney natürlich«, antwortet Tjark.

»Ein Zirkus? Nein, davon habe ich ja noch nie gehört. Um diese Uhrzeit? Hat der denn noch geöffnet?«

»Dann zeige ich ihn dir, lass dich überraschen«, sagt Tjark und zwinkert mir zu.

Ich nicke und lächle Tjark an.

Ich folge ihm auf meinem Rad quer durch die Norderneyer Innenstadt und habe immer noch keine Ahnung, wo er mich hinführen möchte. Wir fahren durch die gesamte Stadt, bis wir auf der Deichstraße ankommen. Das ist die große Hauptstraße, die vom Hafen aus am Watt entlangläuft. Ein ganzes Stück fahren wir einfach nur geradeaus. Vorbei an der Surfschule und der Norderneyer Kläranlage, rein in die Natur. Zwischen den Dünen ist es wunderbar still. Nicht nur windstill! Neben dem Zirpen der Grillen stammt das einzige Geräusch, das ich wahrnehme, von unseren Dynamos an den Rädern.

»Sag mal, neulich auf der Party wolltest du doch gerade etwas erzählen, als Caro mit den Cocktails zurückkam, oder?«

»Ach, stimmt!«, sagt Tjark und bremst sein Rad ab. Auch ich bleibe stehen.

»Es ging um den Abend im *Pasadena*, richtig?«, sagt er.

»Genau, ich erinnere mich nämlich nicht mehr und würde zu gern wissen, in was für einer Situation wir uns das erste Mal begegnet sind.«

»Eigentlich war es nichts Spektakuläres, es ist auch schon einige Jahre her, und du erkennst mich bestimmt nicht, weil ich da noch ein bisschen anders aussah …«

»Ach, echt? Dann erzähl doch einfach mal«, schlage ich vor. »Vielleicht kann ich mich ja doch an den Abend erinnern.«

»Du und deine Freundin, ihr habt das ganze *Pasadena* eingenommen. Zumindest für mich wart ihr sehr präsent, vor allem du. Du hast mir schon damals wahnsinnig gut gefallen, Mona. Irgendwann stand ich an der Theke und habe mir ein gemischtes Bier aus der Flasche bestellt. Du kamst auch zur Theke und wolltest das Gleiche. Der Barkeeper hat deine Bestellung allerdings abgelehnt, weil er mir das letzte Bier gegeben hatte. Ich habe dir meins angeboten, du hast dich bedankt und bist zurück zu deiner Freundin auf die Tanzfläche gegangen. Ich habe mich nicht getraut, dich zu fragen, ob du mit mir tanzen möchtest, habe dich aber den ganzen Abend nicht aus den Augen gelassen«, erklärt Tjark und lächelt mich an, während wir unsere Räder zwischen den Dünen entlangschieben.

»Ich erinnere mich tatsächlich. Ich fand dich auch süß, du hattest etwas längere Haare und warst eher still. Ich fand es nett von dir, dass du mir dein Getränk überlassen hast. Wären meine Freundin und ich nicht zusammen dort gewesen, hätten wir bestimmt miteinander getanzt.«

»Na ja, so war es aber nicht, und dafür sind wir heute zusammen hier. Wer weiß, ob das dann nicht auch anders gelaufen wäre.«

»Das stimmt«, sage ich und lächle Tjark an. »Sag mal, ist es eigentlich noch weit bis zum Zirkus?«

»Nein, wir sind gleich da«, verspricht Tjark.

Wenn mich nicht alles täuscht, müsste gleich auf der linken Seite der Norderneyer Golfplatz kommen. Hier auf der Insel gibt es wahnsinnig viele Grünflächen, genug Platz für einen Zirkus wäre ja theoretisch überall, aber so weit hinten auf der Insel? Das macht irgendwie keinen Sinn. Was hat Tjark bloß mit mir vor?

Gleich nachdem wir den Campingplatz passiert haben, fahren wir am Golfplatz vorbei. Tjark macht immer noch keine

Anstalten anzuhalten, so strample ich geduldig neben ihm her.

»Hier vorne halten wir an«, sagt er plötzlich und bremst sein Rad ab. Wir stehen unten an der Straße, auf Höhe des Norderneyer Leuchtturmes, einen Zirkus kann ich allerdings nirgends entdecken. Tjark lehnt sein Fahrrad an einen Holzpfahl an. Ich mache es ihm nach und schaue ihn fragend an.

»Wo soll denn hier ein Zirkus sein?«

»Hab doch mal ein bisschen Geduld«, sagt Tjark und greift nach meiner Hand. »Komm.«

Hand in Hand gehen wir auf den Leuchtturm zu, und so langsam fühle ich mich ein wenig auf den Arm genommen. Hier soll ein Zirkus sein?

Unmittelbar neben dem Turm bleiben wir stehen. Tjark schaut mir wieder tief in die Augen, er macht mich fast ein bisschen verlegen.

»Weißt du, Mona, es ist nicht immer alles das, was es zu sein scheint. Aber manchmal steckt noch viel mehr dahinter, als man denkt. Oft lohnt es sich auch, nach den kleinen Dingen Ausschau zu halten. Ich habe dir doch gesagt, dass ich dir den schönsten Zirkus der Welt zeige, oder?«

Ich nicke.

»Dann schau mal nach oben«, sagt Tjark, legt einen Arm um meine Hüfte und zeigt mit der anderen Hand in den Himmel.

»Wow!«, platzt es aus mir heraus. »So etwas Schönes habe ich ja noch nie gesehen.«

Tjark lächelt mich an und zieht mich ein bisschen näher an sich.

Ich kann meinen Blick von dem, was ich da am Himmel sehe, kaum abwenden. Die Strahlen des Leuchtturmes sehen aus wie ein funkelndes Zirkuszelt am Himmel. Ein Spiel aus Licht und Dunkelheit, gepaart mit dem Norderneyer Sternenhimmel.

Ich schaue Tjark an. »Einen schöneren Zirkus kann ich mir nicht vorstellen. Danke, dass du ihn mir gezeigt hast«, sage ich und wende mich ihm zu.

»Danke, dass du mit mir hierhergekommen bist«, sagt er, legt eine Hand auf meine Wange, zieht mich mit der anderen Hand zu sich und küsst mich. Tief in mir explodiert ein kleines Feuerwerk. Ich lege meine Hände in seinen Nacken und erwidere den Kuss. Alles in mir kribbelt, es fühlt sich verdammt gut an. Unsere Lippen passen wie zwei Puzzleteile zueinander. Ich wünschte, dass dieser Moment niemals zu Ende geht. Wir lösen uns aus dem innigen Kuss und halten uns an den Händen.

»Ich mag dich sehr, Mona!«, flüstert Tjark.

»Ich dich auch!«, antworte ich. Mein Blick geht wieder nach oben. So gut habe ich mich schon lang nicht mehr gefühlt. Alles auf Norderney fühlt sich leicht und richtig an. Und irgendwie fast ein wenig zu schön, um wahr zu sein. Aber den Gedanken verscheuche ich schnell wieder, als Tjark mit dunkler Stimme fragt: »Auch wenn ich dich damit jetzt vielleicht überrumpele und es sehr direkt ist«, er hält kurz inne, »aber hast du vielleicht Lust, heute Nacht bei mir zu schlafen?«

»Ja«, antworte ich, ohne weiter darüber nachzudenken.

20.

Es ist Viertel vor sechs am Morgen. Tjark kommt aus dem Badezimmer.

»He, ich wollte dich nicht wecken«, sagt er mit sanfter Stimme und küsst mich auf die Stirn. »Tut mir leid, bleib ruhig liegen, ich muss jetzt leider arbeiten.«

»Ich werde mit dir gehen und lege mich dann in der Ferienwohnung noch ein bisschen hin«, entscheide ich.

»Bist du sicher? Du kannst ruhig hierbleiben, es ist wirklich kein Problem«, sagt Tjark, nimmt mein Gesicht in seine Hände und küsst mich auf den Mund.

»Das ist wirklich lieb von dir, aber ich komme mit.«

Zwanzig Minuten später stehen wir vor der Tür und verabschieden uns. Tjark drückt mich fest an sich und gibt mir noch einen Kuss. »Es war sehr schön mit dir, Mona«, sagt er, steigt auf sein Fahrrad und fährt los.

Einen kurzen Augenblick schaue ich ihm noch hinterher, dann muss ich grinsen. Habe ich das gestern wirklich gemacht? Oder habe ich geträumt? Ich kann es nicht fassen! Ich schließe mein Fahrradschloss auf und mache mich auf den Weg zur Ferienwohnung. Dort angekommen, stelle ich es ab und schleiche leise durch den Hausflur nach oben. Franzi schläft noch, jetzt bloß nicht laut sein, denke ich und laufe auf Zehenspitzen in Richtung der Balkontür. Leise schiebe ich sie auf und gehe nach draußen. Ich bin zu aufgewühlt, um mich jetzt wieder hinzulegen. Ich schaue über den Damenpfad und atme tief ein. Es ist Sonntag. Norderney und seine Urlauber scheinen noch zu schlafen. Es ist ganz still. So still, dass ich in der Ferne ganz leise eine Möwe rufen höre. Heute muss ich mich unbedingt um das Rezept kümmern. Ich habe auch schon eine Idee. Wenn auf Anhieb alles so klappt, wie ich es mir vorstelle, ist mein Plan genial. Aber jetzt werde ich erst noch ein bisschen in Sophies Buch lesen. Krach machen kann ich eh noch nicht, dafür ist es zu früh.

27. Juni 2018
Gemütlichkeit/Lichtspielhaus

Liebstes Leben,
wir hätten gern den Liebessessel!

Wir sind zurück, auf der Insel war es schöner. Jetzt müssen wir das Beste daraus machen. Mona hat in einer Schublade einen Gutschein gefunden. Kino für zwei Personen. Das machen wir! Geschaut, was läuft, haben wir nicht. Wir sind einfach gefahren. Die Überraschung zählt in solchen Momenten. Aktuelle Filme laufen dort eh nicht. Zumindest nicht alle. Es ist ein kleines Kino mit ausgewähltem Programm. Für uns genau das Richtige. Wir haben uns gleich nach dem Fund auf den Weg gemacht. Eingestiegen und losgefahren. Passend zur Abendvorstellung waren wir da. Lichtspielhaus heißt das Kino. Lichtspielhaus ist ein altes Wort für Filmtheater, und das wiederum ist ein Synonym für Kino. Ein Synonym ist ein sinngleiches Wort … Nur, falls Du das nicht weißt, liebstes Leben. Angekommen im Lichtspielhaus, war die Welt wieder in Ordnung. Die Stimmung hat uns eingehüllt. Eingehüllt und mitgerissen in eine vergangene Zeit. Das Kino ist sehr alt. Alles dort strömt Nostalgie aus. Wir sind eingetaucht und haben uns treiben lassen. Mona liebt Dinge mit Geschichte. Schon als Kind hat sie immer fasziniert vor der alten Popcornmaschine gestanden. Obwohl sie kein Popcorn mag und auch noch nie mochte, liebt sie den Geruch. Mona hat heute verdammt gut ausgesehen. Sieht sie immer, heute aber besonders. Die neuen Ohrringe stehen ihr ganz ausgezeichnet. An einem Ohr trägt sie einen kleinen Mond, am anderen einen Stern. Mona hat sich schon immer für den Weltraum interessiert. Für Planeten, Sonnensysteme, schwarze Löcher. Stunden kann sie mit dem Sammeln von Informationen verbringen. Sie huscht von einem Thema ins nächste und will immer alles wissen, das bewundere ich. Einmal ins All. Für viele ein Traum. Auch Mona würde es sofort machen. Ich nicht. Wir haben uns an der Abendkasse im Lichtspielhaus angestellt und die Gutscheine abgegeben. Wir haben erklärt, dass wir gerne den Loveseat hätten. Der Loveseat ist ein Liebessessel. Eigentlich für Paare, wir sitzen aber gern darin. Irgendwie sind wir ja auch so was wie ein Paar. Vielleicht ist unsere Verbindung sogar noch stärker. Die alte Dame an der Kasse hat uns ganz verwirrt angeschaut. Ist es denn so schwer vorstellbar, dass wir ein Pärchen sein könnten? Mona wurde sauer und hat mir zugeflüstert, dass sie sich fragt, in welchem Jahrhundert die Frau wohl lebt. In diesem jedenfalls nicht.

Den Loveseat haben wir bekommen. Wir sind in den Kinosaal gegangen und haben ihn direkt gefunden. Der alte Saal ist wunderschön. Und auch hier: alles pure Nostalgie. Die Sessel aus rotem Samt. Das verzierte Geländer am Rande der Treppe. Der Stuck an den Decken. Der schwere dicke Vorhang vor der Leinwand, der an einer Kordel von Hand aufgezogen werden muss. Ein Erlebnis für alle Sinne. Es strotzt nur so vor Gemütlichkeit. Wir haben uns in den Sitz gekuschelt und angelehnt. Mona hat uns zwei Gläser Wein organisiert. Nach Popcorn hat es zum Glück nicht mehr gerochen. Ich esse es, mag aber den Geruch nicht. Die Lichter sind ausgegangen, der Vorhang wurde aufgezogen, der Film hat endlich begonnen. Wir wussten immer noch nicht, was uns erwartet. Es hätte alles sein können. Außer ein Kinderfilm, dafür waren die Gäste nicht jung genug. Ob nur wir uns überraschen lassen haben? Der Film war wunderschön. Eine Liebesgeschichte. Ganz fein und zart erzählt. Ein stiller Film, der nicht viele Worte gebraucht hat. Das war unser zweiter Blindflug in das kleine Kino, und zweimal hatten wir Glück mit dem, was gezeigt wurde. Beim letzten Mal war es Monas Lieblingsfilm, als hätte das Kino sein Programm nur für uns ausgewählt.

Liebstes Leben, heute hatten wir einen schönen Abend, und schöne Worte hatten wir auch. »Lichtspielhaus« und »Gemütlichkeit«.

Deine Sophie

Franzi steht plötzlich vor mir. Auf der Stirn trägt sie ihre lilafarbene Schlafbrille aus Plüsch. Ohne kann sie nicht schlafen, auch zu Hause nicht. Diese Eigenart hat sie schon als Teenagerin entwickelt. Mit verschlafenen Augen schaut sie mich an und legt den Kopf schief. »Da bist du ja endlich!«

Ich lächle sie an. »Ich erzähle dir später alles, okay? Ich muss den Abend selbst erst mal ein bisschen sacken lassen.«

»Okay … Liest du gerade in dem Buch meiner Schwester?«

»Ja, ich habe es immer noch nicht komplett gelesen. Die Gedanken deiner Schwester vertrage ich nur häppchenweise. Mittlerweile freue ich mich aber immer richtig darauf. Sie beschreibt lauter schöne Momente, die wir gemeinsam erlebt haben.«

»Oh, okay«, sagt Franzi und setzt sich zu mir auf den Balkon.

»Glaubst du, dass du deine Schwester so richtig gut kanntest?«

»Nein, im Gegenteil. Wir haben ja kaum Zeit miteinander verbracht. Manchmal war ich sogar richtig eifersüchtig auf euch. Ihr wart unzertrennlich, so etwas habe ich mir auch immer gewünscht.«

»Das wusste ich nicht …«, sage ich.

»Ich habe mich so stark nach einer richtigen Freundschaft gesehnt. Irgendwie war ich schon immer eher eine Einzelgängerin. Na ja …«

»Für mich bist du eine Freundin! Bist du schon immer gewesen, und ich fände es sehr schön, wenn ich auch deine Freundin sein dürfte.«

»Danke, Mona!«, sagt sie und lächelt mich sanft an. »Hat Sophie auch etwas über mich in dem Buch geschrieben?«

»Nein, bis jetzt nicht. Es sind tatsächlich nur Momente, die wir geteilt haben. Bis auf einen. Deine Schwester hat anscheinend auch mir nicht alles erzählt.«

»Sophie war für mich immer ein riesiges Rätsel. Sie wirkte immer so mysteriös, und dafür habe ich sie irgendwie bewundert. Verrückt, oder? Sagst du es mir, wenn sie doch noch etwas über mich schreibt?«

»Klar!«, verspreche ich. »Aber jetzt trinken wir erst mal einen Kaffee, oder?«

»Gute Idee!«

Mit zwei dampfenden Tassen setzen wir uns zurück auf den Balkon. Wenn das mit dem Café nichts wird, tausche ich meinen Keramikfilter definitiv gegen eine vernünftige Kaffeemaschine ein. Ich habe mich schon richtig an den morgendlichen Knopfdruck gewöhnt.

Franzi nippt an ihrem Kaffee und grinst mich an.

Ich weiß genau, was sie von mir möchte. »Ist ja gut!«, sage ich und lache. »Du hast gewonnen. Wo fange ich denn am besten an …?«

»Ich möchte alles wissen, also solltest du mit eurem Besuch im Restaurant anfangen«, sagt sie und zwinkert mir zu.

Ich erzähle ihr also von unserem Essen, der Aktion mit Eicke und der Nachhilfelehrerin. Von dem schönsten Zirkuszelt der Welt und schließlich von der unglaublichen Nacht, die Tjark und ich miteinander verbracht haben.

Franzi schaut mich an wie ein verliebtes Schulmädchen. »Wow, das hört sich ja filmreif an.«

Ich muss lachen. »Du sagst es, ich bin auch noch ganz

durcheinander. Es war aber sehr, sehr schön, und ich hoffe, dass Tjark und ich uns bald wiedersehen.«

»Na, davon würde ich doch mal schwer ausgehen. Nach dem, was ihr da miteinander erlebt habt …«

Wir sitzen noch eine ganze Weile da, ehe Franzi im Badezimmer verschwindet.

Ich hole mein Handy, um meine Mails zu checken, und sehe, dass Tjark mir vor zwanzig Minuten eine Nachricht geschrieben hat.

Danke noch mal für den schönen Abend und die noch schönere Nacht. Ich würde dich verdammt gerne wiedersehen und hoffe, dass es dir da ähnlich geht!

Lächelnd tippe ich in das Feld, um eine Antwort einzugeben.

Ich fand es auch sehr schön! Und ja, ich würde dich auch gern wiedersehen. Hast du Lust auf einen Spaziergang? Vielleicht heute Abend um 18 Uhr? Oben am Deich? Ich würde mich freuen!

Ich gehe rein, lege mein Handy auf den Wohnzimmertisch und beginne, die Zutaten für die Kuchen bereitzulegen. Für jeden Kuchen richte ich eine eigene Ecke ein. Wobei es mich tatsächlich ein bisschen stört, dass ich mir drei und nicht vier oder zwei Rezepte in den Kopf gesetzt habe.

»Tjark scheint es dir ja echt angetan zu haben«, flötet Franzi, als sie aus dem Badezimmer kommt.

»Wieso?«

»Na, du grinst wie ein Honigkuchenpferd und tänzelst durch die Küche. Am frühen Morgen! Das ist nicht normal, Mona!«

Ich muss lachen. »He, du tust ja so, als ob ich sonst ein Morgenmuffel wäre.«

»Nein, so meinte ich das gar nicht. Ein Morgenmuffel bist du ganz sicher nicht. Aber da ist doch was im Busch. Hat er sich noch mal gemeldet?«

»Hm, keine Ahnung«, sage ich und zwinkere Sophies kleiner Schwester zu.

Franzi sitzt im Schneidersitz auf der Couch und löchert mich mit ihren Blicken. Es fühlt sich fast so an, als hätte ich ein Verbrechen begangen. Vielleicht ist eine Kommissarin an ihr verloren gegangen, denke ich. Erst letztens habe ich eine Serie geschaut, in der es um eine junge Kommissarin ging. Sie war Franzi tatsächlich sehr ähnlich. Nicht nur äußerlich.

»Ist ja gut!«, gebe ich nach. »Tjark hat mir geschrieben.«

»Ha! Wusste ich es doch«, unterbricht Franzi mich und lächelt verschmitzt. Sie sieht zufrieden aus, wie die Kommissarin!

»Er hat sich für den Abend bedankt, wir wollen uns wiedersehen.«

»Wie schön, das hört sich doch gut an. Habt ihr schon etwas ausgemacht?«

»Ich habe ihn gefragt, ob er heute Abend Zeit hat. Bis jetzt kam noch keine Antwort, ich warte jetzt einfach mal ab.«

»Das ist eine gute Idee. Er wird sich schon melden. Was

hast du denn heute vor? Wollen wir vielleicht ins Badehaus gehen?«

»Würde ich liebend gern. Aber ich muss mich heute echt um das Rezept kümmern.«

»Stimmt! Das hatte ich vergessen. Kann ich dir irgendwie helfen?«

»Ja, du kannst probieren«, sage ich und grinse Franzi an.

»Daran soll es nicht scheitern. Im Probieren bin ich gut! Aber weißt du was? Ich gehe ein bisschen an den Strand, dann kannst du in Ruhe in der Küche werkeln, und ich fühle mich nicht so überflüssig. Vielleicht kommt Caro ja auch, ich frage sie mal.«

»Das ist eine gute Idee. Ich melde mich, wenn die Kuchen fertig sind.«

Gut dreieinhalb Stunden und einen Unfall mit rohen Eiern später hole ich den dritten Kuchen aus dem Ofen. In der ganzen Wohnung duftet es wahnsinnig gut. Ich habe das Backen vermisst, das merke ich jetzt.

Ich stelle das Backblech auf dem Ceranfeld ab und beträufle den noch heißen Kuchen mit einem Gemisch aus Sahne und Butter. Das sieht großartig aus. Hoffentlich schmeckt er so gut, wie er riecht.

Bevor ich Franzi und Caro zum Testessen in die Ferienwohnung zitiere, entscheide ich mich dazu, noch schnell unter die Dusche zu springen.

Zwanzig Minuten später fühle ich mich wie ein neuer Mensch, und der Kuchen ist schon ein wenig abgekühlt. Perfekt. Ich schnappe mir mein Handy und gebe meinen beiden Freundinnen Bescheid.

Kuchen ist fertig!

Sind in fünfzehn Minuten da und haben großen Hunger!!!

Irgendwie bin ich fast ein bisschen aufgeregt. Ich schneide von jedem der drei Kuchen ein kleines Stückchen ab und lege es behutsam auf je einen Teller. Als es an der Tür klingelt, sprinte ich durch die Wohnung und drücke den Summer, um meine Freundinnen reinzulassen.

»Hier duftet es ja wie in einer Konditorei!«, sagt Caro und begrüßt mich strahlend.

»Mmh, wie ich das vermisst habe. Fast wie früher, wenn du und Sophie bei uns zu Hause gebacken habt.«

»Kommt rein, setzt euch«, sage ich und lächle die beiden an.

Franzi und Caro lassen sich auf die Stühle am Esstisch fallen und machen große Augen, als sie die Kuchen auf der Küchenzeile entdecken.

»Wow, Mona! Hier riecht es nicht nur wie in einer Konditorei, hier sieht es ganz eindeutig auch so aus. Hast du die jetzt wirklich alle in so kurzer Zeit gebacken?«, fragt Caro.

Ich muss lachen. »Ja, es waren ja keine aufwendigen Rezepte.«

»Ich hätte wahrscheinlich ewig dafür gebraucht, und dann hätten sie nicht im Entferntesten so gut ausgesehen wie das, was du hier gezaubert hast«, erklärt Caro und atmet tief ein. So, als würde sie den Kuchen über die Luft inhalieren wollen.

»Hört auf, ich werde gleich ganz rot. Außerdem muss er auch noch schmecken und zur Insel passen.«

»Na, dann lasst uns mal probieren, oder?«, schlägt Franzi vor.

»Unbedingt!« Ich hole die Teller und stelle meinen beiden Freundinnen und mir je ein Stück direkt vor die Nase. Kuchen Nummer eins ist ein einfacher Sandkuchen, überzogen mit Schokolade und einer leichten Cremeschicht im Inneren. Kuchen Nummer zwei ist eine abgewandelte Form von Sophies Limokuchen. Statt der Orangenlimonade habe ich eine Sanddornlimonade verwendet. Und Kuchen Nummer drei ist ein Buttermilchkuchen mit gesalzener Mandelkruste. Ich habe definitiv schon meinen heimlichen Favoriten, obwohl ich selbst noch nicht probiert habe. Meinen Freundinnen verrate ich jedoch nicht, was in dem Gebäck drinsteckt. Sie sollen ganz ohne Einfluss werten und eine Entscheidung treffen. »So, ich würde sagen, dass wir von links nach rechts probieren, und am Ende entscheidet sich jeder für einen, okay?«

»Gebongt!«, bestätigt Caro, und auch Franzi nickt.

»Wollen wir die Entscheidung vielleicht auf einen kleinen Zettel schreiben? Dann kann sich wirklich niemand von uns beeinflussen lassen.«

»Gute Idee«, sage ich und hole drei Stifte und ein Blatt Papier, welches ich in drei Teile zerreiße. »Links ist die eins, rechts die drei. Lasst es euch schmecken!«

Urplötzlich ist es still im Raum geworden. Zwischendurch höre ich ein »Mmh« oder sehe eine von den beiden nicken. Ich muss grinsen. Das ist doch irgendwie ein ulkiges Phänomen. Gib den Menschen etwas zu essen, was sie mögen, und keiner redet mehr ein Wort. Franzi ist die Erste, die ihre Kuchengabel ablegt und offensichtlich darüber nachdenkt, wie sie sich entscheiden soll. Ich war so damit beschäftigt, die beiden zu beobachten, dass ich selbst vergessen habe, den Kuchen zu probieren. Nacheinander teste ich mich durch meine drei eigenen Kreationen. Ich mag sie alle. Aber einer ist für mich perfekt. Damit hatte ich überhaupt nicht gerechnet. Aber ja, ganz eindeutig! Es ist der Buttermilchkuchen. Ich war fest davon überzeugt, dass ich mich für Sophies Limokuchen entscheiden werde, aber das hatte anscheinend andere Gründe.

Entschlossen schreibe ich eine große Drei auf meinen Zettel, falte ihn und lege ihn mitten auf den Tisch. Ich bin wahnsinnig gespannt, wofür Franzi und Caro sich entscheiden werden. Als die zwei auch ihre Zettel auf den Tisch gelegt haben, greife ich danach und grinse die beiden an. »Da bin ich ja mal gespannt«, sage ich.

»Meiner Meinung nach gab es nur eine richtige Entscheidung«, erklärt Caro.

»Sehe ich auch so«, stimmt Franzi zu. »Wobei alle drei Kuchen echt superlecker sind.«

Gespannt falte ich die Zettel auf. »Wir sind uns einig!«

Caro lacht. »Ich bin erleichtert. Ich hätte es nicht verkraftet, wenn ich in Zukunft nicht regelmäßig an diesen göttlichen Kuchen kommen würde.«

»Na, du hättest es bestimmt überlebt, ich bin aber froh,

dass wir uns alle gleich entschieden haben. So ist es eindeutig.«

»Ja, total! Ich finde, dass der Kuchen perfekt zu Norderney passt. Vor allem mit der leicht salzigen Note, die man nur ab und an ganz zart herausschmeckt.«

»Jetzt verrate uns doch mal, was du hier überhaupt alles gezaubert hast«, bittet mich Franzi.

Ich erkläre den beiden, was ich mir bei den Rezepten gedacht habe und wie froh ich darüber bin, dass sie das Meersalz in der Mandelkruste geschmeckt haben. Genau das war mein Ziel. Nicht aufdringlich, sondern einfach, ohne viel Schnickschnack. Überglücklich strahle ich meine Freundinnen an. »Wir haben ein Rezept, und das Konzept steht auch schon grob. Jetzt kann eigentlich nichts mehr passieren, die Entscheidung liegt bei Ole. Wenn er die Ideen nicht mag, ist es so. Allerdings habe jetzt auch ich endlich ein gutes Gefühl bei der Sache.«

Caro lächelt sanft und sagt: »Er wird es mögen! Da bin ich mir sicher. Und jetzt entspannst du dich mal ein bisschen. Franzi und ich räumen ab.«

»Das ist echt lieb von euch. Ich glaube, ich gehe auch noch eine Runde raus. Ein bisschen frische Luft tut mir bestimmt gut.«

»Mach das, den restlichen Kuchen kannst du Tjark ja später mitbringen«, sagt Caro und zwinkert mir zu. Franzi scheint ihr schon alles erzählt zu haben, aber das finde ich nicht schlimm.

Ich hänge mir meine Handtasche über die Schulter und stecke Sophies Buch ein. Vielleicht setze ich mich irgendwo an den Strand und lese ein wenig darin. Ein letzter Blick auf mein Smartphone verrät mir, dass Tjark mir immer noch nicht geantwortet hat. Ein bisschen enttäuscht stecke ich es zurück in meine Hosentasche und mache mich auf den Weg.

Am Deich angekommen, atme ich tief durch. Die frische Meeresluft so bewusst und intensiv einzuatmen, fühlt sich wie eine Extraportion schnelle Energie an. Energie-Fast-Food könnte man auch sagen. Ich entscheide mich, in Richtung des *Surfcafés* zu laufen. Vorbei an der *Milchbar* und der *Marienhöhe*, begegne ich vielen Menschen, die allesamt entspannt aussehen. Einige von ihnen sind mit großen Strandtaschen und Luftmatratzen bepackt. Direkt vor mir läuft ein kleiner Junge. Er steckt jetzt schon in einem großen, pinken Wasserring in Form eines Flamingos, der größer ist als er selbst. Hoffentlich legt er sich damit nicht auf die Nase, denke ich und lächle. Ein ganzes Stück gehe ich den Deich entlang. Auf einer Bank entdecke ich einen jungen Mann, der mir bekannt vorkommt. Eicke, Tjarks Bruder, schaut mich an und winkt mir zu.

»He, Eicke«, sage ich und setze mich zu ihm auf die Bank.

»He, Mona, wie geht's dir?«

»Mir geht's super und dir? Ich hoffe, dass du dich mit deinem Bruder vertragen hast.«

Eicke lächelt schelmisch und kratzt sich am Kopf. »Ähm, ja … Haben wir. Ich wollte mich auch noch mal bei dir entschuldigen. Ich wollte euch nicht den Abend vermiesen.«

»Ach, ist schon okay. Zum Glück ist alles gut gegangen.

Ich will nicht wissen, was los gewesen wäre, wenn Frau Wittmann euch erwischt hätte.«

Eicke lacht. »Hilfe, das will ich auch nicht wissen. Auf jeden Fall hätte sie es meinen Eltern gesteckt, und dann hätte ich vermutlich nichts mehr zu lachen gehabt.«

»Sag mal, weißt du, was dein Bruder heute macht? Wie lange arbeitet er?«

»Hm, er müsste noch im Haus meiner Eltern sein. Er wollte an seinem Rezept arbeiten und kommt bestimmt nicht vor heute Abend da raus«, sagt Eicke.

»Okay, an was für einem Rezept denn? Erfindet er etwas Neues für die Arbeit?«

»Nee, er arbeitet an dem Rezept für den Wettbewerb«, erklärt er.

»Für welchen Wettbewerb?«, hake ich nach. In mir macht sich ein ungutes Gefühl breit.

»Hat Tjark dir nichts erzählt? Er hat sich um das Café am Weststrand beworben. Der alte Ole sucht einen Nachfolger. Tjark ist schon lange scharf darauf.«

21.

Augenblicklich wird mir abwechselnd heiß und kalt. Hat er das eben echt gesagt? Unfähig, auch nur ein Wort zu sagen, schaue ich Eicke fassungslos mit großen Augen an.

»Anscheinend hat er wirklich nichts erzählt. Ups, nicht, dass ich mich verplappert habe.«

»Nein, alles in Ordnung. Gut, dass du es mir erzählt hast«, erkläre ich, nachdem ich meine Stimme wiedergefunden habe.

Eicke zuckt mit der Schulter. »Ich glaube, mein Bruder würde das Café super führen. Er hat das unternehmerische Talent von meinem Vater und das große Herz von meiner Mutter geerbt. Eigentlich die besten Voraussetzungen.«

Das große Herz, genau … Für mich hört sich die Sache nach allem an, aber ganz sicher nicht nach Tjarks angeblich ach so großem Herzen. Wie konnte er mich nur so ausnutzen? Ob das alles geplant war? Vielleicht hat er deswegen so interessiert nach meinem Rezept und dem Konzept gefragt. Zum Glück habe ich nichts verraten. Hätte Carlos unser Gespräch nicht unterbrochen, hätte ich Tjark mit Sicherheit von meinem Konzept erzählt. »Er will also Oles Café übernehmen«, wiederhole ich noch einmal, immer noch fassungslos.

»Na ja, ich würde echt gerne noch ein bisschen mit dir plaudern, Mona. Ich bin allerdings verabredet.«

»Du, alles gut, ich wollte ohnehin noch ein Stück gehen.«

»Bis dann mal.« Eicke steht auf.

»Und keine Scheiße mehr bauen. Versprochen?«, sage ich.

»Versprochen«, sagt Eicke. Aber ich bin mir sicher, dass es nicht so sein wird. Kurz darauf braust er auf seinem Fahrrad davon.

Als Eicke endlich außer Sichtweite ist, schießen mir wie auf Kommando Tränen in die Augen. Obwohl ich Tjark noch nicht lange kenne, verletzt mich die Tatsache, dass er mir verschwiegen hat, mein Konkurrent zu sein. Vor allem nach dieser Nacht. Gefühlt lag ich gerade eben noch mit ihm im Bett. Ich hätte mir vorstellen können, ihn auf einer anderen Ebene kennenzulernen. Aber das wäre ja auch alles zu schön gewesen, um wahr zu sein.

»He, ist alles in Ordnung bei dir?«, fragt mich plötzlich eine fremde Frau.

»Ähm, ja … danke!«, stammle ich und wische mir mit dem Handrücken meine Tränen aus dem Gesicht.

Die Frau lächelt mich mitleidig an und läuft weiter den Deich entlang.

Ich hänge mir meine Tasche wieder über die Schulter und beschließe, runter zum Strand zu gehen, bevor ich das Helfersyndrom von weiteren fremden Menschen animiere, mich anzusprechen. Unten angekommen, ziehe ich meine Schuhe aus, binde sie an den Schnürsenkeln zusammen und stopfe sie in meine Tasche. Ich laufe ein ganzes Stück die Meerschaumlinie entlang und lasse mir den Wind um die Ohren pusten. In der Ferne entdecke ich die Fischerboote, die auf der Strandparty zu Sitzgelegenheiten umfunktioniert wurden. Ich bleibe vor ihnen stehen und schaue auf das Boot, auf dem ich saß, als ich Tjark das erste Mal gesehen habe.

Wut macht sich in mir breit. Aber nicht auf Tjark, ich bin wütend auf mich selbst. Wie konnte ich ihm so blind vertrauen? Das ist doch sonst nicht meine Art. Eigentlich bin ich ein sehr vorsichtiger Mensch. Da verlasse ich ein Mal in meinem Leben meine Komfortzone, und direkt passiert so etwas. Ich setze mich in das Boot, in dem neulich Abend die Getränke gelagert wurden, und lehne mich zurück. Ob das mit der Bewerbung um das Café so eine gute Idee ist? Vielleicht ist die Sache mit Tjark und die Tatsache, dass seine miese Masche aufgeflogen ist, ein Zeichen? Prompt spukt Sophie durch meinen Kopf. Jetzt erst recht, würde sie sagen. Ich bin mir sicher, dass die Situation ihren Kampfgeist geweckt hätte … Sophie war immer schon eine kleine Rebellin. Wenn man ihr etwas verboten hat, hat sie zumindest noch einmal mehr darüber nachgedacht, es zu tun. Ich greife in meine Handtasche und fische Sophies Büchlein heraus. In den letzten Tagen hat es mir immer sehr gutgetan, mich in die Gedanken meiner Freundin zu flüchten. Eine schöne Erinnerung und ein bisschen Ablenkung könnte ich jetzt echt gut gebrauchen.

05. Juli 2018
Fernweh/Fingerspitzengefühl

Liebstes Leben,
mitten ins Gesicht!

Eigentlich wollte ich nur die schönen Momente festhalten. Eigentlich. Uneigentlich kommt manchmal aber alles ganz anders, als man denkt. Auf Norderney war es schön. Zu schön und leicht, um wahr zu sein. Alles war so unbeschwert und lebendig. Ohne Probleme, ohne ernste Gedanken. Dafür mit ganz viel Balsam für die Seele. Es tat so unglaublich gut. Eine Auszeit, in der ich alles zurücklassen konnte. Als Paket zusammengeschnürt und einfach abgelegt. Schon als wir die Fähre am Festland verlassen haben, hat mich das Fernweh wieder eingeholt. Für immer auf der Insel bleiben, ohne Paket. Das wär's! Wunschdenken kann auch schön sein, hilft aber nur bedingt. Und in meiner Situation vermutlich überhaupt nicht. Ich kann nur hoffen, ansonsten bleiben mir nicht viele Alternativen. Eigentlich überhaupt keine. Alle, die das sagen, lügen. Ich weiß, wie das ist! Schließlich ist es nicht meine erste Runde auf dem Karussell. Am Montag musste ich zur jährlichen Nachuntersuchung in die Klinik. Mona hat mich begleitet. Wäre ich mal allein gefahren, sie tut mir so leid. Ich habe meiner Ärztin sofort angesehen, dass etwas nicht stimmt. Wir kennen uns nun schon seit Jahren. Ich sehe sie öfter als manch einen Verwandten. Irgendwann lernt man, Mimik und Gestik zu deuten. Sie musste nichts sagen, ich wusste es schon. Ge-

sagt hat sie es trotzdem. »Sophie, dein Tumor ist wieder da, er ist gewachsen.« Das hat gesessen. Wie eine Backpfeife, mitten ins Gesicht! »Ich habe es geahnt«, habe ich geantwortet. Mona hat geweint, ich habe meine Ärztin angestarrt. Liebstes Leben, manchmal hasse ich Dich. Immer dann, wenn es gerade so richtig schön ist, kommst Du und entscheidest Dich dafür, die Richtung zu wechseln. Musste das denn wirklich sein? Oder warst Du es gar nicht? Hat das blöde Ding in meiner Brust so viel Kontrolle über Dich … Aber das allein reicht natürlich noch nicht. Es ist genau wie beim letzten Mal. Eine OP ist nicht möglich. Das Scheißteil sitzt zu nah am Herzen. Same procedure – different year. Herzlichen Glückwunsch an mich selbst. Was jetzt kommt, weiß ich ganz genau. Wie es mir gehen wird, auch, und daran, wie es meinen Herzensmenschen gehen wird, will ich gar nicht erst denken. Ich weiß, dass es meine Familie und Mona zerreißen wird. Ich weiß aber nicht, ob sie es noch mal durchstehen können, und das zerreißt mich. Vielleicht sogar mehr als die Tatsache, dass ich krank bin. Liebstes Leben, ich habe beschlossen, mich auch dieses Mal nicht unterkriegen zu lassen. Eigentlich sehe ich es gar nicht ein. Warum sollte ich mir von so einem kleinen Teil mein Leben und vor allem meine Lebensfreude nehmen lassen? Nicht mit mir! Mona findet, dass die Ärztin ein bisschen mehr Fingerspitzengefühl hätte haben können. Finde ich nicht, ich mag sie! Mona ist aber auch viel feinfühliger als ich. Mehr Fingerspitzengefühl, als sie es hat, geht vermutlich nicht. Heute entscheide ich mich für die zwei schönsten Worte, Mona würde sich wahrscheinlich eh weigern. »Fernweh« und »Fingerspitzengefühl«. Hört sich schön an, oder? Was meinst

Du, liebstes Leben? Beim nächsten Mal erzähle ich Dir wieder einen schönen Moment, darauf gebe ich Dir mein Wort. Eigentlich weiß ich auch gar nicht, wieso ich davon schreibe. Aber meine Gedanken festzuhalten, tat gut, und das ist doch die Hauptsache.

Deine Sophie

Dicke Tränen fallen auf die letzte Seite der Erinnerung und lassen ein paar der Worte verlaufen. Schnell tupfe ich die Seiten trocken und klappe das Buch zu. Mensch, Sophie. Ausgerechnet jetzt werde ich in diesen schrecklichen Moment katapultiert. Mitten ins Gesicht. Das passt, und zwar mit Anlauf. Ich erinnere mich noch ganz genau an den Gesichtsausdruck der Ärztin, an den von Sophie und daran, dass Sophie mich in den Arm genommen hat, um mich zu trösten. Noch Tage danach war ich sauer auf mich. Wie konnte ich nur so egoistisch sein und an mich denken. Nicht ich war diejenige mit der Diagnose, sondern meine beste Freundin. Ich hätte für sie da sein müssen, nicht andersherum. Zu gerne hätte ich einen Teil der Last auf mich genommen. Genau darüber habe ich irgendwann mal mit Sophie geredet. So bist du eben, hat sie gesagt und mir eine Haarsträhne aus dem Gesicht gestrichen. Und das stimmt. Ich fühle immer mit allem und jedem mit. Selbst in Filmen kann ich mich dermaßen in die Figuren und ihre Schicksale versetzen, als wäre es mein eigenes Leben. Aktuell gibt es nur eine Person, in die ich mich nicht hineinversetzen kann. Tjark. Als hätte das Schicksal meinen Gedanken belauscht, leuchtet prompt eine Nachricht von ihm auf meinem Display auf.

Hört sich super an. 18 Uhr passt. Hast du Hunger?

Pff! Das hätte er wohl gern. Ich glaube es nicht. Aber was mache ich denn jetzt? Ihn einfach zu ignorieren, ist nicht meine Art. Ob ich ihn mit dem Café konfrontieren soll? Vielleicht behalte ich es lieber für mich, wer weiß, wozu das noch gut ist.

Sorry, ich kann leider doch nicht, tippe ich als Antwort in mein Handy.

Schade, dann vielleicht morgen?

Ich überlege einen Moment, was ich antworten soll. Nichts? Das wäre eigentlich das Beste. Einfach ignorieren. Oder einfach Nein?

Da kann ich auch nicht, tippe ich schließlich. Das klingt vage. Soll er sich doch Gedanken machen …

Ich seufze und stecke mein Handy zurück in meine Hosentasche. Zumindest das wäre dann wohl erledigt. Und dann wundern die Menschen sich, warum es so viele beziehungsunfähige Leute auf der Welt gibt. Bei dem Mist ist das doch wirklich kein Wunder …

Ich krabble aus dem Fischerboot und klopfe mir den

Sand von meiner Hose. Ein dicker Kloß sitzt in meinem Hals. Ich beschließe, zurück in die Ferienwohnung zu gehen. Versunken in meine Gedanken, laufe ich den Deich entlang. Tjark, das Café und Sophie gehen mir nicht mehr aus dem Kopf. Was mache ich hier eigentlich? Zu Hause habe ich meine Familie, einen sicheren Job und meine gewohnte Umgebung. Und hier? Hier habe ich nichts. Klar, Caro ist toll, und die Freundschaft tut mir gut, aber wie soll ich bitte schön ein Café leiten, wenn sogar ein Mann, den ich gerade erst kennengelernt habe, es schafft, mich dermaßen aus der Bahn zu werfen? Über Angestellte will ich gar nicht erst nachdenken. Das funktioniert doch nie im Leben. Immer wieder schleichen sich Tränen in meine Augen. Dabei ist es nicht Tjark, der mich traurig macht. Er macht mich einfach nur wütend. Es sind Sophies Worte, die mich mitten ins Herz getroffen haben.

Der Rückweg zieht an mir vorbei wie ein schlechter Film. Auf dem Damenpfad angekommen, schleppe ich mich durch den Hausflur und lasse die Tür mit einem Rums einfach hinter mir ins Schloss fallen. Genervt schmeiße ich meine Handtasche aufs Bett und setze mich auf das Sofa. Franzi sitzt auf dem Balkon, Caro kann ich nirgends sehen, wahrscheinlich ist sie im Bad.

»He, was ist denn mit dir passiert?«, fragt Franzi, setzt sich zu mir und schaut mich besorgt an.

»Tjark hat mich verarscht«, sage ich.

»Hat er eine Freundin?«

»Nein, schlimmer! Wobei, wer weiß! Das würde mich

jetzt auch nicht mehr wundern, wahrscheinlich hat er auch eine Freundin«, erkläre ich.

»Was ist denn passiert?«

»Tjark ist mein Konkurrent.«

»Wie, dein Konkurrent? Ach … nee, das ist jetzt nicht dein Ernst.«

»Doch. Ich war auf dem Deich spazieren und habe Tjarks kleinen Bruder Eicke getroffen. Er hat mir erzählt, dass Tjark heute an seinem Rezept arbeitet.«

»Aber bist du denn sicher, dass es um ein Rezept für das Café ging? Ich meine, du hast doch erzählt, dass er Koch ist, oder?«

»Ja, ich habe natürlich direkt nachgehakt. Das war nämlich auch mein erster Gedanke. Er hat sich definitiv um das Café beworben. Eicke meinte sogar, dass Tjark schon seit langer Zeit scharf darauf ist.«

»Das gibt's doch nicht. Und jetzt? Hast du ihn zur Rede gestellt?«

»Nein, er hat mir vorhin sogar noch geschrieben und wollte mit mir spazieren gehen. Ich habe abgesagt, habe sonst aber nichts gesagt.«

»Krass, wie dreist ist der denn. Wie war das denn, als ihr im Restaurant wart? Habt ihr da über das Café geredet?«, fragt Franzi und legt eine Hand auf mein Knie.

»Ja, und das ärgert mich am meisten. Ich habe ihm vertraut. Zum Glück kam es nicht dazu, dass ich ihm Details verraten habe. Mein Konzept kennt er also nicht, und meine Gedanken zum Rezept habe ich auch nicht mit ihm geteilt.

Er wusste aber definitiv, dass ich mich um das Café beworben habe und dass wir somit Konkurrenten sind.«

»Meinst du, dass er sich nur deswegen mit dir verabredet hat?«

»Das wäre ja noch schöner, so weit habe ich noch gar nicht gedacht. Und ich renne noch mit ihm über die Insel und rette seinen kleinen Bruder vor einer Anzeige. Von dem Ausflug in sein Bett will ich gar nicht erst reden. Mona Rose, du bist ganz schön doof.«

»Nicht du bist doof, er ist doof!«

»Na ja, es ist, wie es ist. Ich muss mir einfach Gedanken darüber machen, ob ich das hier alles wirklich möchte. Vielleicht ist die Sache mit Tjark nicht ohne Grund passiert.«

»So ein Quatsch! Natürlich möchtest du das. Tjark ist ein Idiot, lass dir deinen Traum nicht kaputtmachen. Darüber würdest du dich irgendwann noch viel mehr ärgern. Versuch doch mal wie Sophie zu denken. Sie hätte …«

»Sich jetzt extra angestrengt und um das Café gekämpft«, beende ich den Satz. »Ich bin aber nicht Sophie!«

Plötzlich kündigt mein Handy eine Nachricht an.

Können wir reden?

22.

»Ist er es?«, fragt Franzi und schielt neugierig auf mein Handy.

»Und wie er das ist. Er fragt, ob wir reden können.«

»Und? Könnt ihr?«

»Auf keinen Fall!«

»Hm, aber vielleicht lässt sich die ganze Situation ja ganz einfach aufklären.«

»Da gibt es nichts aufzuklären. Wenn er es wirklich nicht wusste, hätte er mir spätestens im Restaurant sagen müssen, dass er hinter dem Café her ist.«

»Meinst du, sein Bruder hat ihm erzählt, dass du es weißt?«

»Wahrscheinlich. Ich wüsste nicht, warum er sonst mit mir reden will.«

Als mein Handy erneut brummt und eine weitere Nachricht von Tjark aufploppt, stelle ich genervt den Flugmodus ein und lege es weg.

Bitte, ich möchte dir gern etwas sagen. Es ist mir wichtig.

Das kann ich jetzt echt nicht gebrauchen. Mir wäre wichtig gewesen, dass Tjark einfach ehrlich zu mir ist. Ob ich mich doch mit ihm treffen soll? Ich würde ihm richtig gern die Meinung geigen. Aber das wäre wahrscheinlich die nächste schlechte Idee.

»Heute rede ich über gar nichts mehr, außerdem habe ich einen Bärenhunger. Wie sieht es aus? Sollen wir uns was Schönes kochen?«, frage ich und presse ein Lächeln heraus, obwohl mir eigentlich gar nicht danach ist.

»Oh ja, der Kuchen hat auf jeden Fall schon Platz für Nachschub gemacht. Was hältst du von Pasta? Wir müssten alles für eine frische Tomatensoße dahaben.«

»Gute Idee!«

Keine halbe Stunde später sitzen Franzi und ich mit je einer riesigen Schüssel Spaghetti auf dem Balkon. Das frische Basilikum, das wir auf die Pasta gestreut haben, duftet herrlich. Ich liebe den intensiven Geruch. Da könnte ich mich doch glatt reinlegen.

»Möchtest du auch ein Glas Wein?«, fragt Franzi.

»Nichts lieber als das!«, antworte ich und schaue zu, wie Franzi mir einen Schluck der bordeauxroten Flüssigkeit einschenkt.

»Auf uns«, sagt sie und streckt mir ihr Weinglas entgegen.

»Auf uns!«

»Schmeckt verdammt gut!«, sagt Franzi und wischt sich einen Klecks Tomatensoße aus dem Mundwinkel.

Ich rolle ein paar Spaghetti mithilfe einer Gabel und einem Löffel zu einem kleinen Nest zusammen. Sophie ist früher regelmäßig daran verzweifelt. Sie hat die widerspenstigen Nudeln irgendwann nur noch klein geschnitten und behauptet, dass sie ihr so viel besser schmecken würden.

Zumindest in meiner Gegenwart hat sie nie wieder einen Versuch mit Gabel und Löffel unternommen. Das Aufgeben sah ihr eigentlich gar nicht ähnlich. Vielleicht hat sie heimlich geübt, denke ich und muss grinsen. »Das freut mich!«

Plötzlich höre ich jemanden meinen Namen rufen. Ich schaue vom Balkon und traue meinen Augen kaum. Tjark steht auf dem Damenpfad und ruft nach mir.

»Was soll ich denn jetzt machen?«, flüstere ich Franzi zu und ducke mich hinter dem Geländer. Tjark hat mich allerdings schon längst gesehen, das ist mir klar.

»Wieso? Was ist denn?«

Ich deute mit meinem Kopf zur Straße. »Tjark steht da unten.«

»Im Ernst? Der hat ja echt die Ruhe weg … Na, entweder du redest mit ihm, oder du sagst ihm, dass er abhauen soll. Eine Alternative gibt es nicht, oder?«, fragt sie.

Mist, wie unangenehm. »Ich will nicht mit dir reden, Tjark«, rufe ich.

»Bitte, Mona. Es ist mir wichtig.«

»Nein, verschwinde!«

»Bitte!«

Franzi schaut mich mit großen Augen an. »Willst du dir nicht wenigstens anhören, was er zu sagen hat? Ihm scheint doch echt etwas daran zu liegen, sonst wäre er jetzt nicht hier.«

»Ich gehe nicht, ehe wir miteinander gesprochen haben«, ruft Tjark erneut.

»Siehst du!«, ermahnt Franzi mich.

»Ist ja gut, ich gehe zu ihm runter«, sage ich und funkle

Franzi böse an. Ich trinke schnell den letzten Schluck Wein aus meinem Glas, hänge mir meine Handtasche um und binde mir eine Strickjacke um die Hüfte.

»He, Mona, danke, dass du mir zuhörst«, sagt Tjark und schafft es dabei kaum, mir in die Augen zu schauen.

Ich hingegen schaue ihn ganz direkt an. »He!«, sage ich.

»Wollen wir ein Stück gehen?«

Ich nicke und gehe neben Tjark den Damenpfad entlang.

»Pass auf, ich weiß gar nicht, wo ich anfangen soll.«

»Wie wäre es mit dem Grund dafür, warum du mich hintergangen hast?«, fahre ich ihn an.

»Ich habe dich nicht hintergangen.«

»Ach, nein? Was war das denn? Warum hast du nichts gesagt, als ich erzählt habe, dass ich mich um das Café bewerbe? Warum hast du danach noch gezielt nach dem Konzept und dem Rezept gefragt?«

»Mona, bitte … lass es mich dir erklären.«

»Gut, ich bin gespannt.«

»Als wir uns auf der Party getroffen haben, hast du mich umgehauen. Ich konnte an nichts anderes mehr denken als an dich und war so unglaublich froh, als ich Caro über den Weg gelaufen bin. Ich habe so sehr gehofft, dass du dich meldest. Zu dem Zeitpunkt wusste ich aber noch nichts von dir und dem Café. Ehrlich nicht.«

»Hm«, mache ich und ziehe eine Augenbraue hoch. Kann ich ihm überhaupt noch irgendetwas glauben?

»Als wir dann im Restaurant saßen und du mir von deiner Bewerbung erzählt hast, war ich maßlos überfordert und vielleicht auch ein bisschen egoistisch. Ich wollte dir aber weder deine Rezeptidee stehlen, noch wollte ich dein Konzept zerschießen. Ich war neugierig und hatte riesige Angst, die Wahrheit zu sagen, weil ich das, was sich zwischen uns gerade zu entwickeln begonnen hat, nicht kaputtmachen wollte. Ich habe mich seit Ewigkeiten nicht mehr so wohl in der Nähe eines Menschen gefühlt wie mit dir, Mona.«

»Das hast du ja alles schön gesagt, aber was meinst du denn, wie das hätte weiterlaufen sollen? Am Entscheidungstag hättest du bei Ole vor mir gestanden, und dann? Überraschung? Und bis es so weit wäre, wärst du noch fröhlich mit mir in die Kiste gesprungen? Oder wolltest du noch rausfinden, was ich für einen Kuchen backe, bevor du die Bombe platzen lässt?«

»Quatsch, nein. Ich wollte es dir ja sagen.«

Ich lache kurz auf. »Es ist nicht das, wonach es aussieht, das klingt noch besser«, kontere ich bissig. Wenn ich Eicke nicht getroffen hätte, hätte ich es vermutlich erst am Entscheidungstag erfahren.

Mittlerweile sind wir am Kurplatz angekommen. Auf einer weißen Bank am Wegrand setzen wir uns. Meine Handtasche stelle ich zwischen uns ab.

»Ich wollte es dir wirklich sagen. Deswegen habe ich dir vorhin geschrieben und gefragt, ob wir uns sehen können. Da wusste ich noch nicht, dass du Eicke getroffen hast und er mir zuvorgekommen ist.«

»Dein Bruder kann nichts dafür! Du willst ihn doch jetzt nicht dafür verantwortlich machen.«

»Nein, natürlich nicht. Ich habe dieses Mal den Mist gebaut, nicht mein Bruder.«

»Du hast nicht nur Mist gebaut, das, was du gemacht hast, ist etwas ganz anderes. Ich habe dir vertraut, du hättest es mir sofort sagen müssen, nachdem ich dir von meiner Bewerbung erzählt habe. Du hast dich um das Café beworben? Was für ein Zufall! Ich nämlich auch. Es wäre so einfach gewesen, Tjark. Aber was machst du? Führst mich zu deinem blinkenden Zirkuszelt und fragst mich auch noch frech, ob ich mit zu dir komme. Spätestens da wäre der Moment gekommen, mir reinen Wein einzuschenken. He, hast du Lust mit deinem Konkurrenten ins Bett zu hüpfen, Mona? Das wäre ehrlich gewesen.«

»Ja, das hätte ich machen müssen. Und es tut mir wahnsinnig leid. Ich war in dem Moment so überrumpelt, und dann kam auch noch mein Bruder mit seiner hirnrissigen Aktion dazu. Ich habe es verbockt. Es tut mir leid. Etwas anderes kann ich nicht sagen. Aber ich schwöre dir, dass ich deine Teilnahme nicht behindern wollte.«

»Das ist alles schön und gut. Ändert aber nichts an der Situation«, erkläre ich, nun wieder ganz ruhig. »Wir haben keine Basis mehr, du hast mein Vertrauen missbraucht. Ist das alles, was du mir sagen wolltest?«

»Ja«, sagt Tjark und schaut geknickt auf den Boden. Prompt tut er mir leid. Aber ich lasse mich nicht noch mal um den Finger wickeln. Am besten ist es wohl, wenn ich jetzt gehe. Ich greife nach meiner Handtasche, dabei rutscht sie von der Bank und entleert sich komplett auf dem Fußweg. Schnell beginne ich, meine Sachen zusammenzusammeln und zurück in die Tasche zu räumen. Auch Tjark hebt ein paar Dinge auf und reicht sie mir.

»Danke«, sage ich. »Ich werde jetzt gehen.«

»Okay. Ich würde mich freuen, wenn wir uns bald noch mal sehen können.«

»Ich denke nicht, dass das eine gute Idee ist, Tjark.«

Erschöpft lasse ich mich neben Franzi in den Strandkorb fallen. Auch Caro ist mittlerweile wieder da. Franzi scheint Caro schon auf den neusten Stand gebracht zu haben. Die beiden schauen mich mit einer Mischung aus Mitleid und Neugierde an.

»Und? Was hat er gesagt?«

Ich erzähle den beiden von unserer Unterhaltung und von meiner Befürchtung, dass Tjark schon viel früher von meiner Bewerbung bei Ole wusste. »Vielleicht hat er mich nur deswegen auf der Party angesprochen«, werfe ich in den Raum.

»Das wäre echt krass!«, sagt Franzi.

Caro winkt ab. »Nee, das kann nicht sein.«

»Wieso?«, frage ich.

»Na, auf der Party wusstest du ja selbst noch nicht, dass du dich für das Café bewerben wirst.«

Ich muss lachen. Caro hat recht, da habe ich Tjark anscheinend unrecht getan. »Stimmt, aber das ist jetzt auch nicht mehr wichtig.«

»Richtig so! Konzentriere dich auf das Café, und vergiss den Typen. Die Insulaner taugen eh alle nichts.«

Franzi legt den Kopf schief. »Aber du bist doch selbst eine Insulanerin, oder?«

»Ja, schon. Aber die Männer hier auf der Insel kannst du echt vergessen. Glaube mir, ich spreche aus Erfahrung, die sind anscheinend alle gleich.«

»Ich weiß ehrlich gesagt nicht, ob das wirklich an der Insel liegt. Mit den Männern vom Festland kannst du genau so viel Pech haben«, wirft Franzi ein.

Caro zuckt mit den Schultern. Auf einmal sieht sie ziemlich traurig aus. Haben Franzi oder ich etwa etwas Falsches gesagt?

Plötzlich fällt mir auf, dass ich eigentlich überhaupt nicht viel über Caro weiß. Wir kennen uns noch nicht lange, es ging aber von Anfang an immer nur um mich. Immer war ich diejenige, die im Mittelpunkt stand. Ein schlechtes Gewissen macht sich in mir breit, ich hätte meiner neu gewonnenen Freundin definitiv mehr Aufmerksamkeit schenken sollen. Nicht, dass sie denkt, dass ich kein Interesse an ihr als Person habe. Das wäre schrecklich, denn es ist überhaupt nicht so. Im Gegenteil. Ich war einfach viel zu beschäftigt mit mir selbst. »Was stimmt denn mit den Insulanern nicht?«, frage ich vorsichtig.

»Das hast du doch gemerkt. Man kann ihnen nicht vertrauen. Die Männer hier sind alle gleich. Beziehungsweise alle gleich falsch. Sie lügen dir ins Gesicht, du verliebst dich, und dann lassen sie dich doch wieder fallen wie eine heiße Kartoffel. Wenn du mich fragst, bist du mit einem Partner, der nicht von der Insel kommt, viel besser dran.«

Wenn ich neue Leute kennenlerne, bekommen sie in der

Regel erst einmal einen Vertrauensvorschuss von mir. Ich finde es schwierig, Menschen für die Taten anderer verantwortlich zu machen. Ich möchte ja auch nicht, dass mir von jemandem böse Absichten unterstellt werden, und das nur, weil jemand anderes nicht gut mit der Person umgegangen ist. Habe ich jedoch von Anfang an Zweifel, was natürlich auch vorkommen kann, macht ein näheres Kennenlernen für mich keinen Sinn. Allerdings sollte man dann einfach ehrlich sein. Na ja, und dann kommt es im Endeffekt darauf an, was der Mensch mit dem Vorschuss anstellt. Tjark hat es versaut. So viel steht fest.

»Meine letzte Beziehung hat es mir mal wieder vor die Augen gehalten«, erzählt Caro. »Ich war so unglaublich verliebt, das könnt ihr euch nicht vorstellen. Er hat mir das Blaue vom Himmel versprochen, alles war perfekt. Nach einem halben Jahr Beziehung sind wir in eine gemeinsame Wohnung gezogen. Ich konnte mir meine Zukunft mit ihm an meiner Seite vorstellen. Ich habe ihm vertraut, ich hätte alles für ihn gemacht. Tja, bis er mir dann irgendwann eröffnet hat, dass er wegen eines Jobs die Insel verlässt. Und wisst ihr was? Er wusste es schon, als wir uns kennengelernt haben. Von Anfang an wusste er es und hat mir die perfekte Beziehung vorgespielt. Er redete von Kindern, einem Haus auf der Insel und vom Heiraten. Und was hatte ich am Ende? Ein gebrochenes Herz und eine viel zu große Wohnung, die ich allein unmöglich halten konnte. Da ich keine Familie mehr auf der Insel habe, musste ich ein paar Monate in einer der Ferienwohnungen leben. Finde hier mal bezahlbaren Wohnraum, das kannst du als Alleinstehende fast vergessen.«

»Shit!«, entfährt es Franzi.

»Mensch, Caro, das tut mir echt leid«, sage ich.

»Alles gut, es ist halt so. Du kannst den Leuten eben nur vor den Kopf gucken. Enttäuscht wurde ich jedenfalls schon mehr als einmal. Mit den Insulanern habe ich abgeschlossen. Also, was habe ich aus der Sache gelernt? Finger weg von den Insulanern, auch wenn sie dir noch so schöne Versprechungen machen, und konzentriere dich auf dich selbst. Das habe ich gemacht. Mit den Ferienwohnungen läuft es super, ich bin rundum glücklich. Und du solltest Tjark vergessen und dich auf das Café konzentrieren.«

»Vielleicht hast du recht«, sage ich und schaue in den Sternenhimmel. Vielleicht sollte ich mich wirklich auf das Wesentliche konzentrieren und einfach alles auf mich zukommen lassen.

»Aber was ist, wenn Tjark die Wahrheit gesagt hat? Vielleicht war er wirklich überfordert. Menschen machen manchmal dumme Sachen, wenn sie sich in die Ecke gedrängt fühlen«, wirft Franzi ein.

Super, jetzt habe ich hier einen guten und einen bösen Cop sitzen. »Eigentlich will ich gar nicht mehr über Tjark reden«, erkläre ich. »Es geht doch gar nicht darum, ob er die Wahrheit gesagt hat. Ich glaube ihm sogar, dass er überfordert war. Aber er war immer noch klar genug im Kopf, um mich zu verführen. Vertrauen kann ich ihm ganz sicher nicht mehr.« Ich schüttele den Kopf. »Ich verstehe einfach nicht, warum er mir nichts gesagt hat.«

23.

Ich flüchte mich ins Wohnzimmer und lasse die beiden mit ihrer Diskussion über die Insulaner allein. In meiner Handtasche wühle ich nach meinem Smartphone. Es müsste noch im Flugmodus sein, aber den brauche ich ja hoffentlich nicht mehr. Super, da ist es. Schnell schalte ich es wieder auf Vibrationsalarm und checke meine Mails. Müsste nicht eigentlich auch Sophies Notizbuch in meiner Tasche sein? Oder habe ich es rausgenommen, bevor ich mich mit Tjark getroffen habe? Mir rutscht mein Herz in die Hose. Ich durchsuche alle meine Taschen, meinen Rucksack, schaue unter der Couch, in der Küche, im Bett und auf dem Balkon. Nichts, das kann doch nicht wahr sein. Langsam werde ich panisch. Auch in der restlichen Wohnung gibt es keine Spur des Lederbuches.

»Ist alles okay?«, fragt Franzi.

»Hast du Sophies Notizbuch gesehen?«

»Nein, kannst du es nicht finden? Sonst schleppst du es doch immer mit dir herum wie einen Schatz.«

»Genau das macht mich auch so nervös, es ist nämlich weg.«

»Quatsch, es kann doch nicht einfach verschwinden. Hast du in deiner Handtasche nachgesehen?«

»Klar habe ich das. Ich habe überall nachgesehen.«

Auch Caro hat mittlerweile mitbekommen, dass etwas nicht in Ordnung ist. Meine beiden Freundinnen helfen mir, noch einmal alles abzusuchen. Wir stellen die ganze Wohnung auf den Kopf. Nachdem Franzi fast unter das Bett gekrochen ist, um auch dort in den letzten Winkel zu schauen, lässt sie sich erschöpft auf die Matratze fallen und seufzt. »Das gibt es doch nicht, wie kann ein Buch bitte einfach so verschwinden?«

Plötzlich kommt mir ein unguter Gedanke. »Du hast es nicht zufällig genommen? Wenn ja, dann ist es nicht schlimm. Ich könnte verstehen, dass du neugierig bist«, denke ich laut und bereue es sogleich wieder.

»Wie bitte?«, fragt Franzi forsch.

»Tut mir leid, so war das nicht gemeint!«

Franzi stemmt ihre Hände in die Hüfte. »Wie denn dann? Du glaubst doch nicht im Ernst, dass ich Sophies Buch nehmen würde. Klar, ich bin neugierig. Aber das würde ich niemals machen.«

»Tut mir leid, Franzi. Ich habe nicht nachgedacht, ich habe einfach Angst, dass es weg ist.«

»Ist ja gut«, lenkt sie ein. »Ich weiß doch, wie wichtig es dir ist, und das verstehe ich auch. War es denn ganz sicher in deiner Handtasche?«

»Auf jeden Fall!«

»Hattest du sie dabei, als du dich vorhin noch mal mit Tjark getroffen hast?«, fragt Caro, und da fällt es mir wie Schuppen von den Augen.

»Ja, hatte ich. Und wisst ihr was? Ich habe die Tasche zwischen uns auf einer Bank abgestellt. Quasi als Mauer. Als ich aufgestanden bin, habe ich sie aus Versehen runtergeschubst. Alles ist herausgefallen. Bestimmt liegt Sophies Buch noch unter der Bank, auf der wir saßen. Könnt ihr mit mir nachschauen gehen? Bitte, ich bin mir ziemlich sicher, dass es dort liegen wird.«

»Okay, von welcher Bank sprechen wir denn hier?«, fragt Caro.

»Wir waren am Kurplatz, ich finde sie auf jeden Fall wieder. Es gibt ja nicht so viele Bänke dort, wir saßen ziemlich am Anfang des Platzes.«

»Na, dann würde ich sagen, dass wir keine Zeit verlieren sollten. Lasst uns eine Nachtwanderung zum Kurplatz machen«, schlägt Franzi für mich fast ein bisschen zu euphorisch vor.

Kurze Zeit später stehen wir bewaffnet mit unseren Handytaschenlampen auf dem Damenpfad. Die Straßen sind zwar beleuchtet, allerdings werden wir sie spätestens brauchen, um rundum der Bank nach Sophies Buch zu suchen. Der Kurplatz ist zum Glück nur gute fünf Gehminuten von der Ferienwohnung entfernt. Auf den Straßen ist noch einiges los. Die Leute sind in Feierlaune. Wir laufen nicht nur einem betrunkenen Menschen über den Weg.

Was mache ich nur, wenn ich Sophies Buch nicht mehr finden sollte? Das wäre einfach schrecklich, ich habe doch noch gar nicht alles gelesen.

»Ich glaube, da vorne ist die Bank«, sage ich und sprinte los.

»He, warte«, sagt Caro und versucht, mich einzuholen.

An der Bank angekommen, schalte ich die Taschenlampe meines Handys ein und beginne den Bereich um die Bank abzusuchen. Sorgfältig gehe ich ihn in immer enger werdenden Kreisen ab. Franzi und Caro helfen mir. Sie laufen kreuz und quer durch die Gegend. So kann man nun wirklich nichts finden. Von Weitem sieht das, was wir hier machen, bestimmt echt merkwürdig aus.

»Habt ihr schon was gefunden?«, fragt Franzi.

»Außer ein paar leerer Bierflaschen und Zigarettenstummeln nichts, nein«, antwortet Caro.

»Ich auch nicht«, frustriert setze ich mich auf die Bank und gehe in Gedanken noch einmal das Szenario durch. Das Buch muss hier definitiv irgendwo liegen, es sei denn … »Tjark hat es!«

Franzi setzt sich neben mich. »Wie bitte?«

»Ja, es muss so sein. Die Tasche stand hier genau neben mir. Er hat mir beim Einräumen geholfen, er muss es haben.«

»Meinst du echt?«, hakt Franzi nach. »Vielleicht wurde es auch von einem Passanten gefunden.«

»Glaube ich nicht. Er saß ja noch da, als ich gegangen bin.«

»Und das wäre wieder so typisch«, bestätigt Caro mich. »Also wundern würde es mich jedenfalls nicht.«

»Mich ehrlich gesagt auch nicht. Ich fahre zu ihm«, entscheide ich.

»Was? Bist du dir sicher? Dann kommen wir aber mit«, sagt Franzi.

»Nein, das muss ich allein regeln. Lasst uns zurück zur Wohnung laufen, ich nehme dann das Fahrrad.«

Fest entschlossen setze ich mich auf mein Rad und fahre durch die Dunkelheit. Tjark wohnt in einer kleinen Siedlung in der Nähe des Hafens. In der Ecke kenne ich mich zum Glück gut aus und erkenne das rote Backsteinhaus, in dem er wohnt, gleich wieder. Mein Fahrrad lehne ich einfach an der Hauswand an. Um die Uhrzeit wird ja wohl niemand mehr vorbeikommen und es klauen. Nachdem ich zweimal vorsichtig auf die Klingel gedrückt habe und niemand die Tür öffnet, klingele ich rücksichtslos Sturm. Er kann mich nicht ignorieren, ich habe gesehen, dass Licht unterm Dach brennt. Bestimmt sitzt er auf seinem Sofa und liest in den Gedanken meiner besten Freundin. Die gehen ihn so was von nichts an. Die gehen niemanden etwas an außer mir. Ich weiß nicht, was ich mache, sollte Tjark das Buch wirklich mitgenommen haben. Unendlich viele verschiedene Möglichkeiten huschen mir durch den Kopf, während ich warte.

»He, wer ist da«, ruft Tjark aus dem Dachfenster. Er kann mich unter dem kleinen Vordach an der Haustür nicht sehen. Ich gehe ein paar Schritte zurück.

»Ich!«

Kurz darauf höre ich den Summer der Tür. Ich drücke die schwere Haustür auf und gehe zielstrebig durch den Hausflur nach oben.

»He, Mona, das ging ehrlich gesagt viel schneller, als ich dachte. Ich freue mich aber sehr darüber, dass du da bist.«

Noch freut er sich, denke ich und versuche mir vergebens die passenden Worte zurechtzulegen. »Hast du es?«, platzt es aus mir heraus.

Tjark schaut mich irritiert an. »Was habe ich?«

»Wenn ja, gib es mir bitte einfach zurück!«

»Wenn ich etwas von dir hätte, würde ich es dir sofort geben, Mona. Worum geht es hier überhaupt?«

Meine Stimme beginnt zu zittern, mir wird warm und gleichzeitig kalt. »Ein schwarzes Buch mit Ledereinband.«

»Tut mir leid, aber ich habe kein Buch von dir. Wo soll ich es denn herhaben?«

»Es ist mir vorhin aus der Tasche gefallen, als sie von der Bank gefallen ist.«

»Ich bin kurz nach dir gegangen. Da lag nichts mehr, zumindest ist mir nichts aufgefallen«, sagt Tjark.

Prompt kommt wieder Panik in mir auf. Tränen laufen mir über meine Wangen. Verzweifelt lehne ich mich an die Wand und halte mir meine Hände vors Gesicht.

»He«, sagt Tjark und legt mir eine Hand auf die Schulter. »Vielleicht kann ich dir ja helfen, wo hast du das Buch denn zuletzt gesehen? Stehen deine Rezepte darin? Oder warum ist es dir so wichtig?«

Meine Verzweiflung wird von einem Anflug aus Wut überschattet. Als ob ich wegen ein paar Rezepten so traurig wäre. Ich schaue ihn ganz direkt an. »Hier geht es nicht um Rezepte. Es geht um ein Notizbuch meiner besten Freundin.«

»Okay, meinst du, dass sie so sauer ist, wenn es wirklich verschwunden wäre?«

»Sie ist tot! Sie kann nicht mehr sauer sein, und dieses Buch ist alles, was mir von ihr geblieben ist«, sage ich mit matter Stimme.

Offenbar unfähig, etwas zu sagen, schaut Tjark mich mit

großen Augen an. »Die Freundin, mit der du damals in der Disco warst?«

Ich nicke. »Wegen ihr bin ich hier. Sie hat mir einen Brief hinterlassen, der mich nach Norderney geführt hat. Und auch zum Café.«

»Was meinst du damit?«, fragt er zögerlich.

»Wir haben schon immer von einem gemeinsamen Café geträumt. Daraus wurde nie etwas, und dann ist sie gestorben, ohne je auch nur eine Chance bekommen zu haben, ihren Traum zu verwirklichen. Ich mache das alles auch für sie. In dem Brief hat sie mich aufgefordert, meinen Lichtblick im Leben zu finden.« Ich weiß nicht, wieso ich Tjark, wenn auch in Kurzfassung, die Geschichte von Sophie erzähle. Auf einmal wird mir das alles zu viel. »Ich geh jetzt lieber.«

»Warte, lass uns doch bitte …«, sagt Tjark. Aber ich höre ihm nicht zu.

Ich laufe schnell durch den Hausflur nach unten, schwinge mich auf mein Fahrrad und trete in die Pedale. Kurz bevor ich wieder an der Wohnung ankomme, spüre ich das Vibrieren meines Handys. Franzi ruft an. Ich nehme das Gespräch an und versichere ihr, dass alles gut ist. Noch während ich mit ihr telefoniere, stelle ich mein Fahrrad ab und schließe die Tür auf. Vor der Haustür bleibe ich stehen und wische mir mit einem Finger die verlaufene Schminke unter meinen Augen weg. Wahrscheinlich sehe ich aus wie ein Pandabär. So viel geweint wie heute habe ich echt schon lange nicht mehr. Toller Tag, denke ich.

»Und?«, fragt Caro, kurz nachdem ich die Tür hinter mir zugezogen habe.

»Er hat es nicht.«

»Und da bist du dir ganz sicher?«, hakt sie nach.

»Ja, er hat es nicht.«

»Wollen wir vielleicht noch mal an der Bank schauen gehen? Oder wir durchsuchen die Wohnung ein zweites Mal«, schlägt Franzi vor.

»Das bringt jetzt alles nichts mehr, vielleicht sollten wir einfach schlafen gehen. Dann schauen wir morgen ganz in Ruhe, wenn es wieder hell ist«, sage ich. »Ich bin unbeschreiblich müde.«

24.

Wow, was ein Abend. Es ist morgens, ich liege im Bett und fühle mich, als hätte ich noch gar nicht geschlafen. Auf den schlimmen Tag gestern folgte ein noch schlimmerer Abend und eine mindestens genauso schlimme Nacht. Ich habe kaum ein Auge zugemacht. Franzi hat geschnarcht, Caro hat im Traum gesprochen, und draußen sind am laufenden Band irgendwelche betrunkenen, grölenden Menschen über den Damenpfad getorkelt. Gerädert wie nach zwei durchfeierten Nächten, krabble ich aus dem Bett.

»Guten Morgen«, flüstert Caro.

»Morgen.«

»Ihr braucht nicht zu flüstern, ich bin eh schon wach«, meldet Franzi sich.

»Kaffee?«, frage ich in die Runde.

»Unbedingt!«

»Hast du heute etwas vor?«, fragt Caro.

»Nicht direkt, nach dem Schock gestern wollte ich mir allerdings mal ein bisschen Zeit für mich nehmen und eventuell noch etwas an dem Konzept feilen«, erkläre ich.

»Ich kann immer noch nicht fassen, dass Sophies Buch weg ist«, sagt Franzi.

»Frag mich mal. Ich werde später noch mal an der Bank

vorbeigehen, es fühlt sich aber nicht danach an, als würde ich es noch mal wiedersehen. Und das ist verdammt schade. Ich hätte wirklich gerne noch die letzten Einträge gelesen. Ich meine, selbst dann wäre es schlimm gewesen, wenn das Buch verschwindet, aber so … Ich war einfach noch nicht fertig und habe Angst, dass deine Schwester mir auf den letzten Seiten noch etwas Wichtiges sagen wollte. Jetzt werde ich es nie erfahren …«

»Darf ich fragen, was es mit dem Buch eigentlich auf sich hat? Ich steige irgendwie gar nicht mehr durch«, sagt Caro da. Stimmt, Caro hat sich die ganze Zeit über zurückgenommen. Sie hat die Situation einfach so angenommen, wie sie ist, und mich unterstützt. Das rechne ich ihr verdammt hoch an.

Während Franzi Caro erklärt, warum das Buch so wichtig ist, gehe ich ins Bad und springe unter die Dusche. Vielleicht weckt mich das Wasser ein wenig auf. Zumindest muss ich mich dann nicht wieder mit dem Thema auseinandersetzen. Die Dusche tut gut, der gewünschte Effekt bleibt allerdings aus. Während ich mich abtrockne, beschließe ich, mich heute um die Sprüche zu kümmern, die ich in das Café mit einbinden möchte. Ein paar habe ich zwar schon von Caros Steinen, einige fehlen aber noch. Wenn ich die Sprüche wirklich auf Servietten und das Geschirr drucken lassen möchte, müssen es schon ein paar verschiedene Versionen werden. Sonst wird es langweilig. Ich föhne mir die Haare und schlüpfe in meine Anziehsachen.

»Willst du gleich schon los?«, fragt Franzi.

»Was heißt schon? Es ist gleich zwölf Uhr«, sage ich und lache.

»Was? Das ist schlecht. Ich habe um eins einen Termin«, sagt Caro hektisch. So schnell, wie unsere Freundin sich umgezogen hat, kann man gar nicht gucken. Wir verabschieden uns von ihr, und auch ich mache mich auf den Weg. Franzi bleibt in der Wohnung und macht ein paar Dinge führ ihr Studium. Das ist super, so muss ich kein schlechtes Gewissen haben.

Mit dabei habe ich meinen Laptop. Ich war schon lange nicht mehr dort. Sophie mochte das Restaurant, welches ziemlich einsam gelegen ist, nicht so gern. Die *Weisse Düne* liegt im hinteren Teil der Insel. Noch vorbei am *Surfcafé*, in Richtung des Wracks. Ich schnappe mir mein Fahrrad und mache mich auf den Weg zur *Weissen Düne*.

Nachdem ich den Deich hinter mir gelassen habe, fahre ich ein kleines Stück durch ein Wohngebiet, parallel zum Meer. Ich nehme eine Linkskurve, um auf einen der befestigten Dünenwege zu kommen, der mich direkt zur *Weissen Düne* führt. Vor mir entfaltet sich die ganze Schönheit der Insel. Der angelegte Weg führt mich durch eine Welt aus Sand. Weit und breit Natur pur. Lediglich ein paar aufgestellte Schilder, die das Betreten der Dünen verbieten, stören den Blick ein bisschen. Die durch Wind entstandenen Erhebungen aus Sand türmen sich majestätisch vor mir auf. Hier wird mir immer wieder bewusst, welche Wunder die Natur vollbringen kann.

Ich fahre ein ganzes Stück zwischen den Dünen entlang. Immer geradeaus. In der Ferne sehe ich bereits eine Weggabelung, auf die ich zufahre, ich bin gleich da. Rechts von der Gabelung liegt ein großer Abstellplatz für Fahrräder, links davon die *Weisse Düne*. Ich muss lächeln und freue mich wahnsinnig darüber, hier hergekommen zu sein. Ich schließe die Augen und fahre ein paar Meter im Blindflug den Weg entlang. Am Fahrradabstellplatz angekommen, stelle ich mein Rad zwischen den zahlreichen anderen Rädern ab. Hoffentlich finde ich es später wieder, neben meinem scheinen noch ein paar andere Kunden des Fahrradverleihs hier zu sein. Ich laufe die Straße entlang, bis ich vor der *Weissen Düne* stehe. Vor dem Gebäude erstreckt sich eine schmale Holzterrasse. Sie ist bestückt mit etlichen Strandkörben, die immer heiß begehrt sind, und einer ganzen Reihe von Bänken. Gerade als ich in den Laden gehen möchte, um nach einem Tisch zu fragen, winkt ein Pärchen mir zu.

»Hey, möchtest du unseren Strandkorb haben? Wir haben gerade gezahlt und gehen jetzt«, sagt die sympathische rothaarige Frau und lächelt mich an.

»Oh ja, das ist supernett von euch, vielen Dank!«

Nachdem die beiden den Platz geräumt haben, lasse ich mich in den Strandkorb sinken und lehne mich zurück. Sie hat mich ein bisschen an Anna aus der Pension erinnert. Ob sie vielleicht verwandt sind?, überlege ich.

Herrlich! Meinen Laptop lege ich neben mir ab. Ich bestelle einen großen Milchkaffee und eine Schüssel Grießbrei mit heißen Kirschen dazu.

Zufrieden verdrücke ich die süße Köstlichkeit. Grießbrei und Milchreis. Das sind zwei Speisen, die ich komischerweise nur auf Norderney esse. Immer wenn ich auf der Insel bin, bekomme ich wahnsinnig große Lust darauf. Zu Hause würde ich wiederum nie auf die Idee kommen, mir eines von beidem zuzubereiten. Wobei, manchmal wenn es mir schlecht geht, entwickle ich auch ein Verlangen danach. Das Zeug ist eben richtiges Soulfood.

Ich lehne mich im Strandkorb zurück, stelle mir meinen Laptop auf den Schoß und schalte ihn ein. Die Sprüche sollen richtig sitzen, ich muss sie mit Bedacht auswählen. Sie sollen etwas aussagen, die Menschen aufbauen und vielleicht auch ein bisschen zum Nachdenken anregen. Sie dürfen aber auf keinen Fall traurig machen oder Wunden aufreißen. Schließlich sollen die Menschen das *Café Meerblick* mit einem guten Gefühl verlassen können. Ich durchforste das Internet und stoße auf so unglaublich viele schöne Sprüche, dass ich mich kaum entscheiden kann. Ich lege ein Dokument an, in das ich die Sprüche einfügen kann. *Konzept – Café Meerblick* nenne ich es und speichere die Datei auf meinem Desktop, bevor ich die Sprüche nach und nach einpflege.

Sprüche Café Meerblick:

1. *Liebe. Das ist wie Heimat.*
2. *Sei jemand, der dich glücklich macht.*
3. *Make time for things you love.*
4. *Glück ist die Summe schöner Momente.*
5. *Du bist einzigartig!*
6. *Das Leben ist zu kurz für irgendwann.*
7. *Du bist es wert!*
8. *Du kannst!*
9. *Zu Hause ist ein Gefühl.*
10. *Du bist stark, schön und mutig!*

Ich klicke mich durch das Internet und stoße auf eine Seite, auf der lauter Sprüche über das Meer gesammelt wurden. Ich bin schockverliebt. *Man sitzt insgesamt viel zu wenig am Meer,* wandert als Nummer elf mit auf meine Liste. Plötzlich stoße ich auf einen Spruch, der meinen Atem stocken lässt.

Ein Schiff ist sicherer, wenn es im Hafen liegt. Doch dafür werden Schiffe nicht gebaut. – Paulo Coelho

Bei dem Wort Schiff wird mir alles klar. Wie konnte ich nur so blöd sein. Hektisch fahre ich meinen Laptop runter, packe meine Sachen zusammen und stürme in die *Weisse Düne,* um zu bezahlen. Wenn ich recht habe, war der ganze Stress umsonst.

So schnell ich kann, laufe ich zu meinem Rad, schwinge mich auf den Sattel und fahre los in die Richtung, aus der ich gekommen bin. Ich blende alles um mich herum aus, die Natur, von der ich eben noch so begeistert war, nehme ich kaum wahr. Ich fühle mich wie in einem Tunnel, in meinem Kopf gibt es gerade nur ein einziges Ziel. Das Fischerboot. Ich strample, was das Zeug hält, und fliege förmlich den Deich entlang. Als ich von oben den Ort der Strandparty entdecke, stelle ich mein Rad ab und laufe eine kleine Treppe zum Strand hinunter. Bitte, bitte, bitte, lass es da sein, denke ich, während ich durch den Sand laufe. Vor dem Fischerboot, in dem ich es mir neulich noch bequem gemacht hatte, bleibe ich stehen. Mein Herz pumpt, ich kann es richtig in meiner Brust schlagen spüren. Ich bin schon lange nicht mehr so schnell gerannt. Voller Erwartungen schaue ich in das kleine Boot hinein.

Nichts. Enttäuschung macht sich in mir breit. Mit gesenktem Blick klettere ich in das Boot, setze mich hin und atme tief durch. Das wäre ja auch zu einfach gewesen. Ich schaue auf das Meer hinaus. Die Sonne lässt das Wasser glitzern und verleiht dem Meer einen magischen Touch. Es sieht aus wie ein Filter, den man über ein Foto legen kann. Meine Gedanken wandern zu dem Spruch mit dem Schiff im Hafen. Mit meinen Zehenspitzen schiebe ich den Sand, der sich im Boot angesammelt hat, hin und her. Da sehe ich rechts im Boot unter der Sitzbank vor mir etwas Dunkles unter einer dünnen Sandschicht schimmern. Ich knie mich hin und greife vorsichtig unter die Bank.

Ich kann es nicht fassen. Tränen laufen mir über die Wangen. Nicht, weil ich traurig bin, sondern aus Erleichterung. Gleichzeitig muss ich lachen. Ich traue meinen Augen kaum und schüttle den Kopf.

Ich setze mich zurück auf die Bank und drücke Sophies Buch ganz fest an mich. Es fühlt sich fast so an, als würde ich einen alten Freund wiedersehen, den ich wahnsinnig doll vermisst habe. Ich wische mit meiner Hand den Sand vom Einband des Buches und schlage es auf. Es hat ein bisschen Feuchtigkeit abbekommen, mehr scheint aber nicht passiert zu sein.

»Danke«, flüstere ich, ohne zu wissen, bei wem ich mich eigentlich bedanken wollte, und blättere durch Sophies Notizbuch, bis ich an der Erinnerung ankomme, die ich zuletzt gelesen habe. Ich seufze und schlage die nächste Seite auf.

13. Januar 2019
Schneeflocke/Morgentau

Liebstes Leben,
ich bin zurück!

Du hast mich wieder, mir geht es gut. Zumindest, soweit man meinen Zustand als gut bezeichnen kann. ABER und ja, das ABER schreibe ich extra in Großbuchstaben! Die Behandlung hat angeschlagen, wieder! Der Tumor ist noch da, wie beim letzten Mal, aber er ist kleiner geworden, wie beim letzten Mal. Jetzt wollen wir hoffen, dass es dieses Mal auch so bleibt. So viel dazu, damit Du Dir keine Sorgen um mich machst, ich fühle mich nämlich so frisch wie der Morgentau im Sommer, liebstes Leben. Aber jetzt zu gestern, es hat nämlich geschneit. Es war einer dieser magischen Momente. Wobei ich mir nicht sicher bin, ob Mona vielleicht eine Hexe der Neuzeit ist. Ein bisschen verrückt war es schon, und solch ein Erlebnis hatte ich nicht zum ersten Mal mit meiner Freundin. Mona hat von vorgestern auf gestern bei mir geschlafen. Das hat sie schon ewig nicht mehr gemacht, weil ich immer so müde war und allein sein wollte. Das ist jetzt anders. Allein sein möchte ich nicht mehr, und ich möchte so viel Zeit wie möglich mit meinen Liebsten verbringen. Wir haben Filme angeschaut und geredet, viel geredet. Von den Filmen haben wir ehrlich gesagt so gut wie nichts mitbekommen, so viel hatten wir uns zu erzählen. Mona hat gesagt, dass sie große Angst um mich hatte und dachte, dass ich es nicht schaffe. So ehrlich war sie noch nie zu mir. Das tat weh, hat aber auch gutgetan. Vor allem ihr, glaube ich. Ich habe schon gewusst, was sie denkt. Für mich hätte sie es nicht in Worten verpacken müssen, ich konnte es an ihren Blicken sehen. Mona kann ihre Emotionen schlecht verbergen, zumindest nicht vor mir. Auch wenn sie denkt, dass sie es kann. Für sie war es aber wichtig, also war es das auch für mich. Mona ist mein Lieblingsmensch, ich bin so froh, sie zu haben, liebstes Leben. Jeder sollte eine Mona haben, aber nicht meine, die teile ich nicht. Außer irgendwann mit einem Mann, oder einer Frau? Je nachdem, das ist auch völlig egal. Mona hat es verdient, ihre große Liebe endlich zu finden. Kannst Du ihr da nicht ein bisschen helfen, liebstes Leben? Nach den Filmen, die wir verquatscht haben, sind wir einfach eingeschlafen. Mitten in der Nacht ist Mona aufgewacht. Verschlafen hat sie an mir gerüttelt und meinte, dass es nach Schnee riechen würde und dass ich mich anziehen soll. Das war der Moment, in dem ich meine beste Freundin offiziell für verrückt erklärt habe. Ich hatte jedoch keine Chance. Mona hat nicht lockergelassen. Sie liebt Schnee. Ein paar Minuten später haben wir auf der Straße gestanden. In dicken Jacken, Jeans, mit Mütze und Moonboots. Wir standen da, unter einer Laterne und haben in den Himmel geschaut. Alles schwarz, aber glasklar und voll mit funkelnden Sternen. Beim Atmen haben sich kleine Rauchwolken vor unseren Mündern gebildet, so eisig war es. Plötzlich habe ich etwas in meinem Gesicht gespürt. Ich habe in das Licht der Straßenlaterne geschaut und gesehen, dass lauter kleine, zarte Schneeflocken langsam auf die Erde rieseln. Mona hatte recht. Unglaublich! Vielleicht sollten wir sie als Wetter-Mona in ein Glas setzen. Sie würde den Fröschen in nichts nachstehen. Mona hat ge-

strahlt wie ein Honigkuchenpferd. »Es schneit!«, hat sie gerufen und fing an, wie ein Reh über die Straße zu hüpfen. Es war schön, zu sehen, wie glücklich sie das gemacht hat. Mit geschlossenen Augen habe ich dagestanden und einfach gespürt. Gespürt, wie die zarten Flocken auf meiner Haut landen und im Bruchteil einer Sekunde zu einem Tropfen werden. Allein die Vorstellung ist schon der Wahnsinn, oder? Kleine, wunderschöne Kristalle, so filigran und fein. In großen Mengen hingegen mit gewaltiger Kraft und Vorsicht zu genießen. Die Natur ist beeindruckend, aber auch beeindruckend gefährlich. In der Nacht schien allerdings nichts gefährlich zu sein. Mona und ich, wir waren zusammen, haben Schneeflocken mit unseren Mündern gefangen und waren das erste Mal seit einer gefühlten Ewigkeit wieder sorglos miteinander. Erst als meine Mutter mitbekommen hat, dass wir die Nacht unsicher machen, war der Spaß vorbei. Sie hat nämlich sehr wohl etwas Gefährliches daran gesehen. Sie hat uns eine große Kanne Tee gekocht, Handtücher rausgelegt und jeder von uns ein Stück Stuten mit Butter und Honig auf den Küchentisch gestellt. Danach haben wir uns wieder ins Bett gekuschelt. Liebstes Leben, das war die schönste Nacht seit Langem. Ich möchte noch viel mehr solcher Nächte erleben. Mit Mona, mit Franzi, meinen Eltern. Mit meinem zukünftigen Partner, meinen Kindern, ich bin bereit zu leben. Unsere schönsten Worte sind »Morgentau« und »Schneeflocke«, liebstes Leben.
Deine Sophie

25.

Behutsam wickle ich Sophies Buch in meine Sweatshirtjacke und stecke es zu meinem Laptop in den Rucksack. Ich bin so unglaublich froh, dass ich es wiedergefunden habe. Ich laufe die kleine Treppe zurück zum Deich und steige auf mein Rad. In diesem Jahr war ich noch gar nicht in der Innenstadt. Die kleinen Geschäfte mochte ich eigentlich immer sehr, und so beschließe ich, einen kleinen Abstecher dorthin zu machen, bevor ich zurück in die Wohnung fahre. Vielleicht kaufe ich dann auch gleich noch ein, damit ich alle Zutaten für den Kuchen morgen dahabe. Bei dem Gedanken daran, meinen Kuchen zu Ole zu bringen, graut es mir. Hoffentlich laufe ich Tjark dort nicht über den Weg, ich kann nämlich nicht dafür garantieren, dass mein Kuchen dann nicht rein zufällig in seinem Gesicht landet. Das wäre schade. Um den Kuchen.

Ich steige auf mein Rad und biege hinter der *Milchbar* in Richtung Innenstadt ab. Am Kurplatz parke ich und schlendere am *Conversationshaus* entlang. Auf dem großen Platz ist viel los. In der Konzertmuschel, die das ganze Jahr steht, spielt eine Jazzband. Vor der Bühne wurden zahlreiche Liegestühle aufgestellt, in denen es sich Interessierte mit einem Getränk gemütlich gemacht haben.

Vorbei an zahlreichen Souvenirshops, Restaurants und

Klamottenläden steuere ich zielsicher auf die *Norderneyer Buchhandlung* zu. Ich liebe den kleinen, schnuckeligen Laden. Eigentlich war ein Besuch hier immer Pflicht. Ich gehe hinein und schaue mich um. Ich kann keine Buchhandlung verlassen, ohne mindestens ein Buch gekauft zu haben. Es dauert keine zehn Minuten, da habe ich bereits zwei Bücher gefunden, die ich mitnehmen möchte. Ich habe mir einen Krimi und eine Liebesgeschichte ausgesucht. Vor einem Stapel Notizbücher bleibe ich stehen. Gut, dass ich Sophies Buch wiedergefunden habe, sonst würde mich der Tisch bestimmt in eine ganz andere Stimmung versetzen. Zufrieden bezahle ich meine neuen Schätze und verlasse die Buchhandlung wieder. Ich beschließe, noch ein bisschen durch die Stadt zu bummeln. Durch den Gehweg aus roten Steinen und die teilweise sehr alten Gebäude versprüht die Norderneyer Innenstadt einen unglaublichen Charme. Schon bei meinem ersten Besuch als Kind habe ich mich verliebt. In die Stadt, den Strand, die ganze Insel.

Auf einer freien Bank am Straßenrand mache ich eine kleine Pause. Ich setze mich hin und hole mein Handy aus dem Rucksack. Chris hat mir geschrieben.

Hey, Mona, wie lauft es mit dem Café? Gibt es schon was Neues? Melde dich doch mal.

Ich freue mich sehr über die Nachricht meines besten Freundes. Wenn das mit dem Café wirklich klappen sollte, ist er eine der Personen, die ich am meisten vermissen werde. Chris wird dann über seinen Schatten springen müssen und wohl doch ab und an mal auf die Insel kommen, überlege ich und grinse. Ich gebe meinem Freund ein kleines Update via Sprachnachricht und stecke das Handy in meine Hosentasche. Gerade als ich weitergehen möchte, fällt mein Blick auf einen kleinen Laden, schräg gegenüber von mir. *Sweartiv* steht in bunten Buchstaben auf einem Stück Treibholz, welches als Schild umfunktioniert über dem Eingang des Ladens hängt. Das wird doch wohl nicht … Ich gehe ein Stückchen näher heran und schaue in das Schaufenster. Doch! Ganz eindeutig. Im Schaufenster stehen lauter kleine Kunstwerke, hergestellt aus Strandgut. Der Laden gehört Swea, der Künstlerin, die Sophie und ich am Strand kennengelernt haben. Sie hatte so einen tollen Hund, Kluntje, Sophie wollte ihn am liebsten mitnehmen.

Ich betrete den Laden, zu sehen ist allerdings niemand. »Hallo? Swea?«, rufe ich zögerlich in Richtung einer offenen Tür, die zu den privaten Räumen des Ladens zu führen scheint.

Swea kommt aus dem privaten Bereich auf mich zu und strahlt. Sie sieht genauso aus wie früher, als wir sie kennengelernt haben. Sie ist relativ klein, hat kurze, braune Haare und verdammt viele Ohrringe an ihrem linken Ohr. Ihr rechtes hingegen ist komplett frei von Löchern. Sie ist ganz in Schwarz gekleidet, um die Hüften trägt sie eine dunkelbraune Schürze, die voll mit Farbklecksen in den verschiedensten Tönen ist. »He! Das gibt's doch nicht. Mona, richtig?«

»He, ja, genau!«, sage ich und lächle Swea an.

»Schön, dass du da bist. Ich habe echt nicht damit gerechnet, dass wir uns noch mal sehen. Eigentlich wollten du und

Sophie doch ein Jahr, nachdem wir uns kennengelernt haben, wiederkommen, oder?«

»Ja, so war es geplant. Leider ist dann doch alles ganz anders gekommen.«

»Manchmal ist das so, aber schön, dass du jetzt hier bist. Ich habe noch Besuch von einem Freund, magst du mit uns einen Kaffee trinken?«, fragt Swea und deutet mit ihrem Kopf auf die Tür zum privaten Bereich.

»Total gerne, wenn ich nicht störe …«

»Quatsch, komm mit! Aber sag mal, wo ist eigentlich Sophie? Euch gab es doch sonst nur im Doppelpack.«

Ich erzähle Swea von Sophies Krankheit und auch, dass Sophie im letzten Jahr von uns gegangen ist. Swea und Sophie mochten sich, es ist mir wichtig, hier ehrlich zu sein, auch wenn ich wirklich kein Mitleid mehr gebrauchen kann.

Swea legt mir eine Hand auf die Schulter. »Mona, du kannst dir nicht vorstellen, wie leid mir das tut.«

»Danke, Swea.« Ich folge ihr hinter den Verkaufstresen. Gemeinsam gehen wir in einen großen Raum, der ihr Atelier zu sein scheint. An den Wänden stehen zwei große Werkbänke und einige Regale. Sie sind alle voll mit Farbe, Strandgut und Werkzeugen. Es riecht nach einer Mischung aus Holz und Farbe. Im hinteren Bereich des Ateliers steht ein runder Holztisch. Ein blonder, gut aussehender Mann sitzt daneben auf einem Stuhl und lächelt freundlich, als ich auf ihn zugehe.

»He, ich bin Nick«, sagt er, steht auf und gibt mir die Hand.

»Mona«, sage ich, greife nach seiner Hand, lächle ebenfalls und setze mich zu ihm an den Tisch.

»Magst du auch einen Kaffee haben, Mona?«, fragt Swea.

»Unbedingt!«

Moment, hat er sich eben echt als Nick vorgestellt? Nick? Wie der Typ aus Sophies Erinnerung! Blonde Haare, Surfertyp, lässig, aber chic, die Beschreibung passt wie die Faust aufs Auge. Ob ich ihn darauf ansprechen soll? Aber was, wenn er es nicht ist? Hat Sophie nicht geschrieben, dass er vom Festland kommt? Oder irre ich mich? Wo der Nick, der mir gegenübersitzt, wohl lebt … Ich bin viel zu neugierig, denke ich und versuche den Gedanken abzuschütteln. Sophie hat mir nichts von Nick erzählt, sie hat sich bewusst dagegen entschieden, und das sollte ich akzeptieren. Es gibt Geheimnisse, die Geheimnisse bleiben dürfen.

Gute zwei Stunden bleibe ich bei Swea und rede mit den beiden über Sweas Laden, Oles Café und mein Konzept. Swea ist von meiner Idee Feuer und Flamme. Sie bietet mir an, sich um ein Türschild und auch um ein wenig Deko für mich zu kümmern. Das passt perfekt. Sweas Kunstwerke kann ich mir supergut im Café vorstellen. Ich zeige ihr die Sprüche, die ich ausgewählt habe, sie will versuchen, den einen oder anderen in ihre Skulpturen einzuarbeiten. Sollte Ole mir den Zuschlag geben, fängt sie sofort an.

»Danke, Swea! Ich freue mich riesig auf die Umsetzung«, sage ich, während ich in der Tür stehe. »Aber sag mal, wo ist eigentlich Kluntje? Das wollte ich dich eigentlich schon längst gefragt haben.«

Swea lacht. »Kluntje ist zu Hause und liegt wahrscheinlich faul auf der Dachterrasse herum.«

»Ah, okay«, sage ich und lächle Swea an.

»Na ja, bis bald Mona, du meldest dich, ja?«

»Mach ich«, sage ich und drücke Swea zum Abschied.

Zurück in der Ferienwohnung, hole ich gleich Sophies Notizbuch aus meinem Rucksack und lege es auf den Wohnzimmertisch, damit es ja nicht wieder verschwindet. »Du bleibst schön hier«, sage ich zu dem Buch und muss augenblicklich lachen. Habe ich gerade wirklich mit einem Buch gesprochen? So langsam drehe ich wohl durch. Die Lebensmittel, die ich nach meinem Besuch bei Swea noch für den Kuchen besorgt habe, verstaue ich in der Küche und setze mich anschließend auf die Couch.

Auf dem Wohnzimmertisch entdecke ich einen Zettel. Franzis Sauklaue erkenne ich sofort.

Bin am Strand, vielleicht hast Du ja auch Lust zu kommen? Ich habe mein Handy dabei.

Das ist eigentlich keine schlechte Idee. Durch das Café habe ich bis jetzt viel zu selten das gemacht, wofür ich eigentlich hierhergekommen bin.

Wo am Strand bist du?, tippe ich in mein Handy und schicke die Nachricht an Franzi. Kurz darauf leuchtet mein Display auch schon wieder auf.

Weststrand. Unterhalb deines Cafés.

Super! Ich gehe ins Badezimmer, tausche meine Unterwäsche gegen einen Bikini und ziehe ein luftiges Kleid darüber an. Ich stecke noch schnell ein Handtuch und ein Buch in meine Strandtasche und mache mich direkt auf den Weg.

Ich erkenne Franzi sofort. Sie trägt einen Bikini in einem sonnigen Gelb und einen viel zu großen Schlapphut auf dem Kopf.

»Hey«, sage ich und lasse mich neben ihr auf das riesige, pinke Strandtuch fallen.

»Hey, das ging aber schnell«, sagt sie und blinzelt mit einem Auge unter ihrem Hut hervor.

»Ich habe mich direkt umgezogen und auf den Weg gemacht. Das Wetter ist so schön, ich habe mich den ganzen Urlaub über eigentlich noch nicht richtig entspannt.«

»Das ist mir auch schon aufgefallen. Wärst du jetzt nicht freiwillig zu mir gekommen, hätte ich mit dir geschimpft!«, erklärt Franzi und lacht.

»Wie lief es denn mit den Vorbereitungen für die Uni? Bist du klargekommen? Nicht, dass dir deine Abwesenheit auf die Füße fällt.«

»Quatsch, alles gut!«, winkt Franzi ab. »Geht's dir denn gut? Hast du den Tjark-Schock schon ein bisschen verdauen können?«

»Hör bloß auf, ich bin immer noch verdammt wütend, das kannst du mir glauben. Aber … du kannst dir nicht vorstellen, was passiert ist.«

»Noch etwas ist passiert?«

Ich muss lachen, Franzi schaut mich plötzlich an wie ein aufgeschrecktes Kaninchen. Mit ihrem riesigen Hut auf dem Kopf kann ich sie irgendwie nicht ernst nehmen.

»Nichts Schlimmes, keine Panik! Etwas Schönes. Ich habe Sophies Buch gefunden.«

»Echt? Das ist ja großartig«, sagt Franzi, strahlt mich an und setzt sich im Schneidersitz vor mich.

»Ja, oder? Ich kann es auch noch nicht fassen.«

»Warst du noch mal bei der Bank? In der Dunkelheit gestern haben wir es bestimmt einfach übersehen.«

»Nein, da war ich nicht, und es hätte sich auch nicht gelohnt, das Buch war nämlich ganz woanders. Ich saß in der *Weissen Düne* und habe mich um die Sprüche für das *Café Meerblick* gekümmert. Plötzlich bin ich auf einen Spruch gestoßen, in dem es um ein Schiff ging, und dann ist mir alles klar geworden. Ich hatte das Buch schon nicht mehr, als ich mit Tjark geredet habe. Ich habe es vorher am Strand liegen gelassen, als ich in einem Fischerboot darin gelesen habe.«

»Okay, das ist ja der Hammer. Ist es denn noch ganz? Wie gut, dass es niemand eingesteckt hat.«

»Es hat ein bisschen Feuchtigkeit abbekommen, sonst ist alles in Ordnung«, erkläre ich.

»Oh, Mona, ich freue mich wahnsinnig für dich!«

Ich lächle Franzi an und ziehe am vorderen Rand ihres Hutes, sodass er ihr ins Gesicht rutscht und ihr die Sicht versperrt.

»He!«

»Was ist, gehen wir jetzt ins Wasser? Kannst du mittlerweile eigentlich den Seestern?«, foppe ich sie.

»Na, warte!«, sagt Franzi, lacht und springt auf.

Ich renne vor ihr her, geradewegs auf das Meer zu. Erst als ich den Boden unter den Füßen verliere, drehe ich mich um.

Franzi ist direkt hinter mir. »Das Wasser ist herrlich, oder?«

»Und wie! Ich stelle jedes Mal aufs Neue fest, wie gut es mir tut, im Meer zu schwimmen.«

»Liegt am Salz!«, erklärt sie.

»Ich weiß«, sage ich, lächle und drehe mich auf den Rücken.

»Das werde ich wohl nie lernen«, sagt Franzi lachend und versucht, es mir nachzumachen. Dabei scheitert sie kläglich. Erst sackt ihr Hintern ab, und anschließend zieht es ihren Kopf nach unten, keine Chance!

»Wie früher!«, stimme ich ihr zu und schließe die Augen. Die Sonne wärmt meinen Körper durch die Wasserschicht hindurch. Eine leichte Brise kitzelt mein Gesicht. Ich könnte ewig hier liegen bleiben.

»Hast du für morgen eigentlich schon alles vorbereitet?«

»Ja, so gut wie ... Ich war vorhin schon einkaufen, und das Konzept habe ich gestern am Laptop aufgeschrieben. Ich wollte es für Ole noch per Hand abschreiben, und den Kuchen muss ich natürlich noch backen. Sonst steht alles!«, erkläre ich.

»Das hört sich doch super an. Weißt du eigentlich, wer die anderen Konkurrenten sind?«

»Nein, das hat Ole nicht erzählt.« Ich habe aber auch nicht

danach gefragt, ehrlich gesagt ist es mir auch ganz egal. Was hätte ich denn davon? Na ja, wobei ich einen Konkurrenten nur zu gut kenne. Und darüber bin ich mehr als froh.

26.

Gerade als wir aus dem Wasser kommen, sehe ich einen Jungen an der Meerschaumlinie sitzen. Sein Fuß blutet, und er sieht aus, als würde er Schmerzen haben.

»Siehst du das? Schau mal, da braucht jemand Hilfe. Lass uns mal gucken gehen!«, sage ich schnell zu Franzi und gehe sofort auf den Jungen zu. Auf halbem Wege drehe ich mich um und stelle fest, dass Franzi wie angewurzelt stehen geblieben ist und plötzlich kreidebleich aussieht.

Mit einer Handbewegung deute ich an, dass sie mir nachkommen soll. Sie bewegt sich allerdings keinen Zentimeter in meine Richtung. Im Gegenteil, plötzlich dreht sie sich weg und läuft zu unserem Strandlager. Vielleicht hat sie Verbandsmaterial dabei, das sie holen will. Als angehende Ärztin ist das ja gar nicht so unwahrscheinlich, denke ich und gehe zu dem Jungen, der im Sand sitzt.

»He, was hast du denn gemacht?«, frage ich und hocke mich zu ihm auf den Boden. Sein Fuß blutet heftig, das sieht gar nicht gut aus.

»Ich bin im Wasser in etwas Scharfes getreten«, sagt er und schluchzt.

Ein bisschen Unterstützung könnte ich jetzt echt gut gebrauchen. Wo steckt Franzi nur? Noch einmal schaue ich mich um. Meine Freundin kann ich nirgendwo sehen, na super. Ich weiß zwar theoretisch, wie man eine Wunde versorgt, mir fehlt es aber an Arbeitsmaterialien. Ohne etwas Desinfektionsmittel, eine Kompresse und ein bisschen Verband kann ich nicht viel ausrichten.

»Weißt du was? Das kriegen wir schon hin. Bist du mit deinen Eltern hier?«, frage ich den Jungen, nachdem ich seinen Fuß genauer inspiziert habe.

»Nein, mit zwei Freunden, sie sind irgendwo dahinten«, sagt der Junge und zeigt in Richtung des Spielplatzes.

»Gut, ich würde sagen, dass wir jetzt erst mal zum Rettungsschwimmer gehen, der soll sich deinen Fuß mal ganz genau anschauen. Das war bestimmt eine scharfe Muschel, da muss unbedingt jemand draufschauen.«

»Ist gut«, sagt er.

Ich helfe dem Jungen beim Aufstehen und stütze ihn so, dass er mit dem blutenden Fuß nicht auftreten muss. Wir wollen ja nicht, dass er sich auch noch Sand in die Wunde läuft, das könnte nämlich unschön werden.

Nachdem ich den Jungen bei den Rettungsschwimmern abgeliefert habe und sichergegangen bin, dass nichts Schlimmeres mit seinem Fuß passiert ist, laufe ich zu Franzi und meinem Strandlager. Besser gesagt zu dem, was davon noch übrig ist. Von Franzi fehlt jede Spur, auch ihre Sachen sind weg. Was war bloß plötzlich los mit ihr? Habe ich vielleicht etwas Falsches gesagt? Ich verstehe es nicht. Echt merkwürdig, denke ich und setze mich auf mein Strandtuch. Aus meiner Strandtasche krame ich mein Handy heraus und versuche, sie anzurufen. Mailbox. Jetzt mache ich mir Sorgen, das sieht Franzi nicht ähnlich, und ihr Verhalten ergibt in meinen Augen überhaupt keinen Sinn. Kurz bevor ich den Jungen entdeckt habe, war im Wasser noch alles in Ordnung. Vielleicht ging es ihr wirklich nicht gut, so bleich, wie sie auf einmal war.

Ich trockne mich ab, packe meine Sachen zusammen und mache mich auf den Weg zurück in die Ferienunterkunft.

»Franzi?«, rufe ich, noch während ich die Tür zur Wohnung aufschließe.

»Ja!«, antwortet sie.

Mir fällt ein Stein vom Herzen. Ich schließe hinter mir die Tür und gehe in den Wohnraum. Franzi liegt auf dem Sofa und starrt an die Decke.

»He, was ist denn passiert?«, frage ich.

»Ich möchte nicht darüber reden«, sagt sie und rollt sich auf die Seite.

»Okay. Aber wenn ich etwas Falsches gesagt oder getan habe, dann verrate es mir bitte. Sonst kann ich es beim nächsten Mal nicht richtig machen.«

Franzi seufzt und rollt sich zurück auf den Rücken. Plötzlich fängt sie bitterlich an zu weinen.

»Franzi, sag mir doch bitte, was los ist, ich mache mir wirklich große Sorgen um dich.«

»Ich kann da nicht mehr hingehen.«

»Was meinst du? Wo kannst du nicht mehr hingehen?«

»Zur Uni!«

Ich setze mich zu Franzi auf das Bett und lege meine

Hand auf ihre Schulter. »Warum kannst du denn nicht mehr zur Uni gehen? Ist etwas passiert? Du warst doch immer so glücklich damit.«

»Das Medizinstudium war ein Fehler. Vorhin, als ich den verletzten Jungen gesehen habe, ist es mir mal wieder ganz deutlich geworden. Ich hätte das Studium nie beginnen sollen.«

»Okay, ich verstehe. Aber war das nicht immer dein großer Traum? Du hast doch so lange auf den Studienplatz gewartet.«

»Ja, das habe ich. Aber aus den falschen Beweggründen. Ich habe mich nicht für das Studium entschieden, weil ich unbedingt Ärztin werden wollte und die Medizin meine Leidenschaft ist, so wie es bei vielen anderen meiner Mitstudierenden der Fall ist. Ich dachte immer, dass es so wäre, aber da habe ich mir wohl etwas vorgemacht …«

»Warum hast du dich denn dann für das Studium entschieden?«

»Wahrscheinlich habe ich das alles nur wegen Sophie gemacht. Ich glaube, ich wollte ihr einfach helfen. Jetzt bin ich im vierten Semester, aber meine Schwester ist tot. Sie ist einfach gestorben, noch bevor ich die Chance bekommen habe, ihr auch nur annähernd helfen zu können. Wenn ich früher einen Studienplatz bekommen hätte, hätte ich vielleicht etwas ändern können«, schluchzt Franzi, während ihr dicke Tränen über das Gesicht laufen.

»Mensch, Franzi, das wusste ich ja überhaupt nicht. Aber glaube mir, das, was mit Sophie passiert ist, ist nicht deine Schuld. Und du hättest daran auch nichts ändern können.

Auch nicht, wenn du dein Studium schon längst abgeschlossen hättest.«

»Ich weiß das doch eigentlich auch. Ich fühle mich aber irgendwie trotzdem so schuldig. Ach, ich kann es nicht erklären. Im Moment erscheint mir einfach alles so sinnlos. Warum sollte ich Ärztin werden, wenn wir die Menschen trotzdem nicht retten können.«

»Du musst dich für gar nichts schuldig fühlen. Wirklich nicht, du hättest nichts ändern können. Es gibt Dinge, die einfach passieren, und dann kannst weder du noch ich noch sonst jemand etwas dafür.«

»Wahrscheinlich hast du recht …«

»In dem Fall habe ich definitiv recht!«, sage ich und lächle sie sanft an. »Du warst für deine Schwester da, und das ist das, was zählt.«

»Ja …«, sagt Franzi und wischt sich die Tränen aus dem Gesicht.

»Gibt es denn vielleicht etwas, wofür du dich schon immer brennend interessiert hast? Ich meine, vor dem Studium hast du eine Ausbildung zur Physiotherapeutin gemacht, hattest du daran denn Spaß?«

»Ja … schon. Ich glaube allerdings, dass ich einen völlig anderen Weg eingeschlagen hätte, wenn Sophies Krankheit nicht gewesen wäre. Ich interessiere mich sehr für Osteopathie. Ich fand die Zusammenhänge im Körper schon immer wahnsinnig spannend, außerdem bin ich ein großer Fan alternativer Heilmethoden. Ich kann mir echt gut vorstellen, Osteopathin zu werden, vielleicht sogar mit eigener Praxis …«

»Wie spannend! Aber siehst du, also gibt es doch etwas. Osteopathie ist doch auch ein medizinischer Bereich. Kannst du da nicht einfach den Studiengang wechseln?«

»Wenn das mal so einfach wäre … Außerdem habe ich eh schon ein unglaublich schlechtes Gewissen meinen Eltern gegenüber.«

»Darf ich fragen, warum?«, frage ich vorsichtig.

»Meine Eltern haben schon so viel Geld in mich investiert. Die Ausbildung zur Physiotherapeutin hat Geld gekostet, ich wohne immer noch zu Hause, und arbeiten konnte ich bis jetzt nur in den Semesterferien. Ich bin 25 und liege meinen Eltern auf der Tasche. Das fühlt sich echt nicht gut an. Ich habe finanziell immer Unterstützung bekommen. Manchmal hat es sich so angefühlt, als würde die fehlende Aufmerksamkeit in Geld bei mir abgeladen werden. Ich mache meinen Eltern keinen Vorwurf, nicht falsch verstehen, für sie war auch alles sehr schwer.«

»Das verstehe ich«, sage ich. »Ich glaube aber nicht, dass das die Intention deiner Eltern war. Und du meinst nicht, dass sie Verständnis dafür hätten, wenn du ihnen deine Situation erklärst und anschließend den Studiengang wechselst? Ich glaube, dass deine Eltern sich nichts mehr wünschen, als dass du glücklich bist mit dem, was du machst.«

»Verständnis hätten sie bestimmt. Da gibt es nur ein großes Problem. Der Studiengang wird überwiegend an privaten Hochschulen angeboten, und das ist sehr teuer. In den Niederlanden oder in Belgien hätte ich bestimmt bessere Chancen, und die Anatomiescheine würden mir bestimmt auch anerkannt werden. Dann müsste ich aber für ein paar Jahre wegziehen. Und das kostet auch wieder Geld. Außerdem wird es meiner Mutter gar nicht gefallen. Erst geht Sophie … und dann ich.«

Gerade, als ich etwas dazu sagen will, erklärt sie: »Den letzten Satz vergiss einfach. Das kann man natürlich nicht vergleichen.«

»Das stimmt. Aber ich verstehe deine Situation. Du willst deinen Eltern nicht weiter auf der Tasche liegen.«

»Du sagst es … Als du mir letztens am Wrack von der Sache mit dem Lichtblick erzählt hast, ist mir aber einiges klar geworden. Ich war die ganze Zeit unzufrieden. Ich bin zwar zu allen Kursen gegangen und hatte auch nie Probleme mit dem Lernpensum oder dem Stoff im Allgemeinen. Mir hat aber immer etwas gefehlt. Mein persönlicher Lichtblick, den gab es nicht. Zumindest nicht im Medizinstudium, und den werde ich dort auch nicht finden. Wenn ich wieder zu Hause bin, muss ich dringend mit meinen Eltern reden und eine Lösung für die Situation finden. Denn sonst werde ich unglücklich, das weiß ich jetzt.«

»Das solltest du unbedingt machen. Schau mal, ich habe mich ähnlich gelähmt gefühlt, als ich auf die Insel gekommen bin. Deine Schwester war diejenige, die mich durch ihren Brief und das Notizbuch dazu bewegt hat, endlich mal wieder an mich zu denken.«

»Und dafür bewundere ich dich, seit ich hier bin. Du bist so mutig und hast das mit dem Café einfach in die Hand genommen.«

Ich muss lachen. »Du kannst dir nicht vorstellen, wie groß meine Zweifel sind. Angst habe ich auch, und zwar nicht gerade wenig. Manchmal muss man sich tatsächlich einfach etwas trauen, sonst findet man nie heraus, was aus der Sache geworden wäre. Der Plan, mit deinen Eltern zu sprechen, klingt aber vernünftig. Wenn du keine Ärztin werden möchtest, möchtest du eben keine Ärztin werden. Es gibt Menschen, die machen noch kurz vor ihrer Rente eine neue Ausbildung. Alles ist möglich, Franzi! Und du bist noch jung, dir stehen alle Türen offen. Außerdem passt der Beruf der Osteopathin richtig gut zu dir. Ich kann gut verstehen, dass du darin eine Art Lichtblick siehst.«

Franzi lächelt mich an, setzt sich auf dem Sofa auf und drückt mich. »Danke, Mona! Wirklich, danke, das ist das erste Mal, dass ich so direkt darüber gesprochen habe, und es tut wahnsinnig gut.«

»Quatsch, nicht dafür! Und du kannst über alles mit mir reden, das weißt du hoffentlich.«

Franzi grinst und legt ihren Kopf schief. »Hast du dem Jungen eigentlich helfen können? Tut mir wahnsinnig leid, dass ich dich mit der Situation allein gelassen habe, aber ich habe echt Panik bekommen und musste einfach weg.«

»Alles gut. Sein Fuß ist noch dran, er ist im Wasser vermutlich auf eine scharfe Muschel getreten. Einer der Rettungsschwimmer hat ihn dann versorgt.«

»Ah, das ist super! Hoffentlich entzündet sich die Wunde nicht.«

Ich muss lachen. »Eine kleine Ärztin bist du aber irgendwie schon.«

»Klar, ich nehme das Studium ja auch durchaus ernst. Ich kann mir nur nicht vorstellen zu praktizieren.«

Franzi ist vor Erschöpfung eingeschlafen. Sie liegt zusammengerollt auf der Seite und atmet friedlich ein und aus. Ich wusste nicht, dass die Arme so viele Päckchen mit sich herumträgt. Als würde es noch nicht reichen, dass ihre Schwester gestorben ist und sie sich während eines Großteils ihrer Kindheit Gedanken um Dinge machen musste, um die sich ein Kind eigentlich keine Gedanken machen sollte. Behutsam steige ich aus dem Bett, um sie ja nicht zu wecken. Ein bisschen Erholung tut ihr sicher gut. Ich nehme eine leichte Decke von der Couch und decke Franzi zu. Dabei entdecke ich Sophies Notizbuch auf dem Wohnzimmertisch. Ich nehme es mit auf den Balkon und setze mich in den Strandkorb. Viele Erinnerungen dürften nicht mehr offen sein. Zumindest gibt es nur noch zwei offene Punkte auf der Liste der schönen Worte. Der Gedanke daran, dass ich bald alle Erinnerungen meiner Freundin kenne, macht mich ein bisschen traurig. Jedes Mal, wenn ich in ihrem Buch lese, fühlt es sich ein Stück weit so an, als wäre Sophie noch da. Manchmal denke ich, dass sie gleich zur Tür reinkommt und mir von einem ihrer verrückten, neuen Pläne berichtet. Aber das wird nicht passieren, und so langsam finde ich meinen Frieden damit. Ich lächle in mich hinein und öffne das Buch.

27.

20. Juni 2019
Pusteblume/Schmollmund

Liebstes Leben,
einen Weg gibt es immer!

Hallo, Schönheit, mit den Worten hat ein gut aussehender Mann heute meine beste Freundin angesprochen. Da sind wir wieder beim Thema, habe ich nicht letztens schon erwähnt, wie schön Mona ist? Ihren Schmollmund würde ich nehmen, ohne zu zögern. Sie hat ihn von ihrem Vater, nur das Beste von beiden Elternteilen ist bei ihr gelandet. Eigentlich wären wir jetzt auf Norderney, den Urlaub haben wir abgesagt, stattdessen gab es einen Ausflug in die Niederlande. Dort ist das Meer auch schön. Kein Vergleich zu Ney, so habe ich zur Abwechslung aber wenigstens mal wieder etwas anderes gesehen. Das Inselfeeling hat gefehlt, und es fehlt mir noch immer. Sehnsucht ist vielleicht das richtige Wort. Sehnsucht nach Norderney. Na ja, nächstes Jahr hat die Insel mich ganz sicher wieder. Heute Morgen sind wir mit dem Auto losgefahren. Mona hat uns sicher nach Noordwijk gebracht. Zurück musste ich dann fahren, so war der Deal. Wir haben ei-

nen Parkplatz gefunden, direkt an der Strandpromenade. Das ist uns vorher noch nie gelungen. Wir sind ausgestiegen und standen direkt am Meer. Herrlich! Sofort hat uns eine frische Brise erwischt. Der Wind hat unser Haar zerzaust, wie sehr habe ich das vermisst. Wir sind gleich an den Strand gegangen und haben uns zwei Liegen und einen Sonnenschirm gemietet. Eigentlich sind wir eher Team Strandtuch, heute war uns aber nach ein bisschen Luxus. Wir haben unser Lager aufgebaut und uns auf die Liegen gelegt. Mona hat ihre Nase direkt in ein Buch gesteckt. Sie liest viel im Moment. Das finde ich gut, Lesen ist wichtig, ich sollte auch mehr lesen. Packt mich ein Buch, bin ich drin. Ich lasse mich aufsaugen in eine andere Welt. Tauche ein in die Emotionen, spüre, was die Figuren spüren, und sehe, was meine Fantasie mir zu sehen erlaubt. Ich muss nur einen Anfang finden. Den Anfang zu finden, ist bekanntlich immer am schwersten, egal, worum es geht. Heute musste ich keinen Anfang finden, ich habe den Tag einfach genossen. Ich habe auf das Meer hinausgeschaut und eine Person beim Kitesurfen beobachtet. Ganz leicht sah sie aus, wie sie über das Wasser und durch die Luft geglitten ist. Wie eine einzelne Polle einer Pusteblume. Ganz leicht und mühelos. Wenn es mir wieder gut geht, ich meine so richtig gut, mit einer robusten Schale, möchte ich das auch mal ausprobieren. Am liebsten auf Norderney. Das wäre ganz wunderbar. Ich muss nur einen Weg finden, wieder ein dickeres Fell zu bekommen, aber einen Weg gibt es immer, nicht wahr, liebstes Leben? Schöne Wörter gibt es auch. »Pusteblume« und »Schmollmund« haben wir ausgewählt. Der Schmoll-

mund war meine Entscheidung, Mona weiß nicht, wie ich darauf gekommen bin, also pssst! Nichts verraten.

Deine Sophie

Es tut gut, zu lesen, was Sophie über mich gedacht hat. Ich klappe das Buch zu. Eine letzte Erinnerung wartet noch auf mich.

Ich schaue durch die Balkontür ins Wohnzimmer. Franzi schläft immer noch. So langsam macht sich ein großes Loch in meinem Magen breit. Ich habe Hunger, und zwar richtig großen. Ich beschließe, in der Stadt zwei große Pizzen für Franzi und mich zu organisieren, und bestelle telefonisch vor. Eine Pizza mit Brokkoli und Knoblauch für Franzi, eine mit Tomaten, Pesto und Mozzarella für mich. Wenn ich meine Lieblingspizza bestelle, werde ich oft mit einem großen Fragezeichen im Gesicht angeschaut. Pesto auf Pizza, das schmeckt? Und wie!

Eine gute halbe Stunde später stehe ich mit zwei großen Pizzakartons beladen in der Wohnung. Franzi sitzt auf dem Balkon. Gut, dass sie wach ist, ich hätte sie nur ungern geweckt.

»Mona, du bist ein Engel!«, sagt sie strahlend, als sie mich, vor allem aber, als sie die Pizzakartons in meinen Händen entdeckt.

»Das dachte ich mir schon«, sage ich und lache. »Schön, dass du wieder wach bist. Ich hatte schon die Befürchtung, dass du heute nicht mehr aufstehst.«

»Ganz ehrlich, ich bin so k. o., ich könnte jetzt etwas essen und danach direkt wieder schlafen.«

»Vielleicht machen wir das auch einfach. Der Tag morgen wird anstrengend für mich. Da ist früh ins Bett zu gehen bestimmt keine schlechte Idee.«

»Stimmt, ja!«, sagt Franzi, während sie sich hungrig das erste Stück ihrer Pizza in den Mund schiebt. »Bist du schon aufgeregt?«

»Ein bisschen«, gebe ich zu. »Ich habe Angst, dass ich den Kuchen nicht vernünftig hinbekomme.«

»Quark! Da mache ich mir bei dir überhaupt keine Sorgen. Ole wird deinen Kuchen lieben, und wenn nicht, leidet er definitiv unter Geschmacksverkalkung! Ach, Caro kommt übrigens morgen früh vorbei und begleitet dich dann zu Ole. Als seelischen Beistand, meinte sie.«

»Das ist gut, den brauch ich auch. Du kommst doch auch mit, oder?

»Na, klar!«

»Dann schreibe ich jetzt das Konzept auf.«

Geschafft! Zufrieden halte ich das Blatt mit meinem Konzept in die Luft und strahle. Meine Idee schwarz auf weiß vor mir zu sehen, macht es noch viel realer. Ich kann es nicht fassen, morgen ist es endlich so weit. Die Tage hier auf Norderney sind so unglaublich schnell an mir vorbeigezogen, bald geht es schon wieder nach Hause.

Ich hole mein Handy aus der Küche, knipse ein Foto von meinem Konzept und schicke es an Chris. Kurz darauf leuchtet eine Nachricht auf meinem Handy auf.

Wow, Mona! Ich bin so stolz auf dich. Ich drücke dir für morgen ganz fest die Daumen! Du schaffst das!

Das liebe ich an unserer Freundschaft. Es ist immer alles so herrlich unkompliziert. Zwischen uns kann ein ganzes Meer liegen, wir sind uns trotzdem nah.

»Guten Morgen, Frau Rose, aufstehen bitte. Heute ist Ihr großer Tag«, höre ich Franzi flöten.

Ich blinzle verschlafen. Franzi sitzt im Schneidersitz vor mir im Bett und wedelt mir mit ihrem Handrücken den Duft von frischem Kaffee zu.

Ich grinse und setze mich auf. »Guten Morgen, der Trick funktioniert vielleicht bei dir, bei mir hast du da allerdings schlechte Karten.«

»Das habe ich gemerkt, ich sitze schon seit fünf Minuten hier«, sagt sie und lacht. »Kaffee?«

»Unbedingt! Wie spät ist es eigentlich?«

»Acht Uhr, es ist noch früh.«

»Und du bist schon wach?«

»Ich turne schon seit sechs Uhr hier rum und pendle zwischen Balkon und Couch. Gestern habe ich eindeutig zu viel geschlafen.«

»Offensichtlich«, sage ich und lache. »Aber gut, dass wir jetzt schon wach sind. So kann ich gleich ganz in Ruhe den Kuchen backen und habe keinen Stress.«

»Das hört sich gut an. Ich würde sagen, du stehst jetzt erst einmal auf, und ich gehe los und organisiere uns etwas zum Frühstücken?«

»Deal!«, sage ich und lächle Franzi an. Sie scheint Hummeln im Hintern zu haben, der viele Schlaf tut ihr gut. Wie ein kleiner Wirbelwind flitzt sie durch die Wohnung, zwinkert mir zu und verschwindet im Hausflur.

Ich steige aus dem Bett, gehe auf den Balkon und strecke mich. Das tut gut! Ich atme tief ein und wieder aus. Eigentlich kann ich schon mit den Vorbereitungen für den Kuchen beginnen, überlege ich und gehe in die Küche.

Im ersten Step kümmere ich mich um die Zutaten für den Teig und stelle ein Paket Mehl, Backpulver, Zucker, Vanillezucker, Buttermilch, Eier und Butter zur Seite. In eine andere Ecke stelle ich die Mandelblättchen, Butter, Schlagsahne und Salz zusammen. Es ist besser, wenn die gekühlten Lebensmittel schon ein wenig Zeit bekommen, um sich zu temperieren. Aus einem der oberen Küchenschränke hole ich eine große Rührschüssel, einen Schneebesen und eine Küchenwaage. Sieht gut aus, ich dürfte eigentlich alles beisammenhaben.

Als hätte sie es abgepasst, höre ich kurz darauf die Tür ins Schloss fallen.

»Ich bin wieder da! Und ich habe unterwegs jemanden gefunden!«, ruft Franzi.

»Was hast du denn mit der gemacht?«

Caros Stimme erkenne ich sofort. »Sie hat ausreichend geschlafen, kommt nicht wieder vor, dafür sorge ich«, antworte ich und lache.

Ich hole drei Teller und Besteck aus einem der Schränke, bringe alles auf den Balkon und setze mich.

»Na«, sagt Caro und grinst.

»Naa!«

»Bist du schon aufgeregt?«

»Und wie, ich habe gerade schon alle Zutaten rausgesucht, damit ich nach dem Frühstück direkt anfangen kann zu backen.«

»Klingt vernünftig! Sag mal, hast du eigentlich noch mal etwas von Tjark gehört?«

»Hör bloß auf«, winke ich ab. »Zum Glück nicht, er scheint begriffen zu haben, dass es sinnlos gewesen wäre, sich zu melden.«

»Okay. Na, Hauptsache, dir geht es gut mit der Situation.«

»Mir würde es besser gehen, wenn der Tag heute schon vorbei wäre«, scherze ich.

»Jetzt wird aber erst mal gefrühstückt!«, mischt Franzi sich ein und stellt einen Korb mit lauter Köstlichkeiten von einer kleinen Bäckerei auf den Tisch.

»Mmh, das duftet aber gut«, sage ich.

»Ja, oder? Die Croissants sind noch ganz warm. Der Kuchen sah auch gut aus, aber ich dachte, darauf verzichten wir mal«, sagt Franzi und zwinkert mir zu.

»Dann lasst es euch schmecken!«

»Guten Appetit!«, sage ich und greife nach einem der Croissants.

Nachdem ich die trockenen Zutaten miteinander vermischt habe, füge ich die Eier und die Buttermilch hinzu und verrühre alles zu einem glatten Teig. Das Backblech habe ich bereits eingefettet. Nun gebe ich den Teig hinein und setze ein Gemisch aus Mandelblättchen, Zucker und Salz darauf.

Es duftet gut. Mein Handywecker hat das Ende der Backzeit eingeläutet. Ich nehme mir einen Ofenhandschuh und hole das Backblech heraus. Während der Kuchen im Ofen war, habe ich Sahne mit ein wenig Butter aufgekocht. Ich träufle das kalorienhaltige Gemisch auf den heißen Kuchen und atme tief ein. Das riecht wunderbar! Jetzt bloß nicht stolpern, denke ich, während ich den Kuchen zum Auskühlen auf den Balkon trage. Ich stelle ihn in den Schatten auf den Boden, darüber baue ich ein Fliegennetz auf. Geschafft! Wenn er schmeckt, wie er riecht, ist alles gut.

»Oh, Mona, das sieht wieder großartig aus«, sagt Caro und strahlt mich an.

Ich habe den Buttermilchkuchen in Quadrate geschnitten und auf einem Teller drapiert. Das Konzept habe ich wie eine Schriftrolle eingedreht und mit einer Kordel zusammengebunden.

»Fertig?«, fragt Franzi und lächelt mich an.

»Fertig!«, sage ich und straffe die Schultern.

»Wir gehen aber zu Fuß, oder? Nicht, dass da noch ein Unglück passiert«, sagt Caro und zeigt auf den Kuchen.

»Unbedingt!«, das wäre aber auch typisch.

Wir laufen den Deich entlang in Richtung des Weststrandes. Mit jedem Schritt steigt die Aufregung. Vermutlich auch weil ich hoffe, Tjark nicht zu begegnen.

Ein paar Minuten später stehen wir vor Oles Café, jetzt gibt es kein Zurück mehr.

Caro nickt mir aufmunternd zu, und Franzi legt mir eine Hand auf die Schulter.

»Du schaffst das«, flüstert sie.

Ich atme tief ein und öffne die Tür zum Café. Ole steht hinter dem Tresen und lächelt mich an, als er mich sieht. Vor ihm stehen zwei Torten. Beide sehen super aus. Eine Käse-Sahne-Torte und eine dreistöckige Torte, die mit Ganache überzogen ist. Jede Ebene hat eine andere Farbe und ist mit kunstvoll gestalteten Möwen, Blumen und Fischen versehen. Wow, da hat sich jemand echt viel Mühe gegeben. Vorsichtig lasse ich meinen Blick durch das Café schweifen. Tjark ist nirgends zu sehen. Glück gehabt. Erleichterung macht sich in mir breit.

Ich lächle und gehe auf Ole zu. »He«, begrüße ich ihn.

»He, Mona! Schön, dass du da bist. Stell deinen Kuchen ruhig zu den anderen beiden. Das sieht ja großartig aus.«

Ich nicke und stelle meinen Buttermilchkuchen gleich neben die Käsetorte. Von den anderen beiden Kreationen bin ich optisch doch ein bisschen eingeschüchtert. Wobei, es muss ja nichts heißen. Letztendlich kommt es wie so oft im Leben auf die inneren Werte an. Welche wohl von Tjark ist, überlege ich und schüttle den Gedanken gleich wieder ab.

»Möchtest du mir noch etwas zu deinen Ideen erzählen?«, fragt Ole.

28.

Der alte Mann hat eine beruhigende Wirkung auf mich. Wenn er lächelt, bilden sich noch mehr kleine, freundliche Fältchen um seine Augen herum, als er sie eh schon hat. Sein ganzes Gesicht scheint sich am Lachen zu beteiligen. Es wirkt regelrecht ansteckend auf mich.

Ich erzähle ihm von meinem Konzept und erkläre die Idee hinter meinem Kuchen. Ole nickt und lächelt, aber das macht er sonst auch. Wie er mein Vorhaben findet, kann ich überhaupt nicht einschätzen, und das verunsichert mich sehr. Hätte er nicht wenigstens ein bisschen was dazu sagen können?

Geschafft! Schweißgebadet verlasse ich das Café und gehe auf meine Freundinnen zu, die geduldig auf mich gewartet haben.

»Und?«, fragt Franzi prompt und schaut mich voller Erwartungen an.

»Puh, ich habe keine Ahnung«, gebe ich zu. »Ich konnte überhaupt keine Tendenz erkennen und muss mich wohl oder übel überraschen lassen.«

»Hat er denn gar nichts gesagt?«, fragt Franzi.

»Nee, leider nicht …«

»Hmm, okay. Was machen wir denn jetzt bis sechzehn Uhr?«, fragt Caro.

»Ich werde wahrscheinlich eh nichts auf die Reihe bekommen«, sage ich. »Wir können uns aber gern in ein Café setzen und etwas trinken«, schlage ich vor.

Mittlerweile ist es kurz nach halb vier. Caro, Franzi und ich sitzen draußen vor dem *Café Extrablatt* direkt am Kurplatz. Ich habe keinen Bissen herunterbekommen. Vor lauter Aufregung fühlt sich mein Magen ganz flau an.

»Geht's dir gut, Mona?«, fragt Franzi. »Du siehst ziemlich mitgenommen aus.«

»Hör auf, so fühle ich mich auch. Die letzten Stunden sind so unglaublich langsam vorbeigegangen. Wenn ich noch länger warten muss, falle ich wahrscheinlich in Ohnmacht«, sage ich und verdrehe die Augen.

Franzi lacht. »Gleich hast du es ja geschafft. Ich gehe mal rein und zahle. Dann können wir uns langsam auf den Weg machen.«

Kurze Zeit später laufen wir den Deich entlang. Mit jedem Schritt, den wir näher in Richtung Oles Café gehen, steigt meine Aufregung. Mein Puls geht immer schneller, und ich spüre mein Herz ganz deutlich in meiner Brust schlagen. Kurz davor bleiben wir stehen. Ich entdecke Tjarks Fahrrad, das in einem Fahrradständer direkt neben dem Café steht, und muss schlucken. Ich wusste ja, dass ich ihm hier begegnen werde. Jetzt, wo es so weit ist, fühlt sich die Sache allerdings noch mal ganz anders an.

»Du schaffst das«, sagt Franzi und legt mir eine Hand auf die Schulter.

»Kommt ihr mit rein?«, frage ich meine beiden Freundinnen und schaue sie flehend an. »Ich hätte euch gerne dabei.«

»Klar! Dürfen wir denn? Hat Ole dir da vorhin etwas gesagt?«, fragt Franzi.

»Keine Ahnung, aber ich würde mich besser fühlen, wenn ihr dabei wärt.«

Caro lächelt mich an. »Wir sind definitiv dabei.«

Gerade, als wir die Tür zu Oles Café öffnen wollen, kommt uns ein großer, gut gekleideter Mann entgegen. Er sieht zornig aus. Mit einem Rums lässt er die Tür hinter sich ins Schloss fallen, würdigt uns keines Blickes und rauscht an uns vorbei.

»Wer war das denn?«, fragt Franzi und schaut ihm hinterher.

»Das wird doch wohl nicht mein Konkurrent gewesen sein …«, werfe ich in den Raum.

Auch Caro zuckt fragend die Schultern.

Etwas zaghaft gehe ich einen Schritt näher und öffne die Tür. »He!«, sage ich und schaue in die Runde. Eine mir unbekannte ältere Dame steht mit drei anderen Leuten hinter Oles Tresen. Tjark steht etwas abseits von ihnen neben Ole.

»He, Mona«, sagt Tjark, kurz nachdem mich auch die anderen beiden begrüßt haben. Ich schaffe es kaum, ihm in die Augen zu sehen. Es fühlt sich an, als würde mein Herz, das eben noch gerast hat, stehen bleiben, wenn ich ihn anschaue. Wie kann es bloß sein, dass er immer noch so eine Wirkung auf mich hat? Reiß dich zusammen, Mona!

»Ich hoffe, es ist okay, dass ich mir ein bisschen seelische Unterstützung mitgebracht habe«, sage ich.

»Auf jeden Fall«, sagt Ole und hebt die Hand, um Franzi und Caro aus der Ferne zu begrüßen.

Ich gehe zu ihm an den Tresen und stelle mich dazu. Franzi und Caro setzen sich an einen der Tische im Café. Die Begleitung der Frau macht es ihnen gleich. Sie wird dann wohl die andere Konkurrentin sein. Tjark und die unbekannte Frau scheinen schon ein paar Minuten länger hier zu sein.

»So, ihr Lieben, ihr seid bestimmt schon gespannt, wie ich mich entschieden habe«, sagt Ole in die Runde und geht dabei einen Schritt nach vorne.

Die Dame und ich nicken beide zustimmend, nur Tjark steht fast emotionslos neben Ole und zeigt keine Regung. Irgendetwas stimmt hier ganz gewaltig nicht, da bin ich mir zu einhundert Prozent sicher. Ob das was mit dem Mann zu tun hat, der uns eben entgegengekommen ist?

»Ihr habt es mir wirklich nicht leicht gemacht. Und ich würde euch allen mein Café anvertrauen. Meine Entscheidung sagt nichts über die Qualität eures Kuchens oder des Konzeptes aus. Ich habe frei aus meinem Herzen heraus entschieden und wirklich lange überlegt, wen ich hier auf der Insel langfristig in meinem Laden sehe. Ich finde es sehr schade, dass du, Tjark, so kurz vor der Entscheidung noch beschlossen hast, deine Teilnahme zurückzuziehen. Ich möchte an der Stelle aber betonen, dass die Tatsache meine Entscheidung in keiner Weise beeinflusst hat. Und ich kann deinen Beweggrund mehr als gut verstehen, Tjark.«

Wie bitte? Habe ich mich verhört? Ich kämpfe mit mir, halte es aber schließlich nicht länger aus, Tjark weiter zu ignorieren. Ich drehe mich zu ihm. Sein Blick trifft mich mitten ins Herz. Er sieht traurig aus. Was da wohl passiert ist?

»Liebe Doris, liebe Mona, ich habe mich dazu entschieden, dass ich dir …«, sagt Ole und legt eine Pause ein.

Jetzt weiß ich endlich, wie sich die Leute in den Fernsehshows kurz vor der Bekanntgabe des Gewinners fühlen müssen. Es ist ein ganz unangenehmes Gefühl. Nichts Halbes und nichts Ganzes, kaum zu ertragen.

»Dir, liebe Mona, mein Café gern übergeben möchte. Natürlich nur, wenn du noch willst.«

Was? Ich bin so überrascht, dass mir die Worte fehlen.

»Mona?«, fragt Ole. Und lacht. »Alles in Ordnung?«

»Natürlich möchte ich es noch«, sage ich und kann es kaum glauben. Mit einem Schlag fällt die gesamte Anspannung von mir ab. Erleichterung macht sich in mir breit, und ich merke, dass sich Tränen in meinen Augen sammeln. Die Leute im Café beginnen zu klatschen, selbst meine Konkurrentin scheint sich für mich zu freuen. Es dauert nur einen kurzen Augenblick, da stehen Franzi und Caro hinter mir und fallen mir in die Arme.

»Ich wusste, dass du es schaffst«, sagt Caro und drückt mich.

Franzi bringt lediglich ein Quietschen hervor, aber auch sie hat Tränen in den Augen, und das rührt mich fast noch mehr, als jedes Wort es könnte.

Die beiden freuen sich aufrichtig für mich, und das merke ich gerade ganz deutlich.

Plötzlich steht Ole vor mir. In seinen Händen hält er einen großen Blumenstrauß. »Herzlichen Glückwunsch, Mona, ich bin wirklich froh, dass Caro dich mir vorgestellt hat. Ich finde, dass du mit deinem Konzept ganz wunderbar auf die Insel passt, und dein Kuchen spiegelt die Insel und seine Bewohner komplett wider. Genauso habe ich es mir vorgestellt und freue mich, dich mit einem guten Gewissen als meine Nachfolgerin bekannt zu geben.«

»Vielen Dank, Ole. Du kannst dir nicht vorstellen, wie glücklich ich gerade bin. Du gibst meinem Leben eine ganz neue Ausrichtung und irgendwie auch wieder einen Sinn. Es fühlt sich einfach richtig an.«

»Genau so soll es auch sein. Ich bin mir zu einhundert Prozent sicher, dass du die Richtige für den Job bist. Natürlich unterstütze ich dich, wo ich kann, und solltest du Hilfe brauchen, bin ich da.«

Ich lächle Ole an und drücke ihn. Ich kann nicht glauben, dass er mir die Chance wirklich gibt.

Nachdem mir meine Konkurrentin und auch die anderen Gäste gratuliert haben, schaue ich mich im Café um. Ich kann Tjark nirgends sehen, er scheint nicht mehr hier zu sein. Noch eine ganze Weile sitzen Franzi, Caro und ich mit Ole im Café und feiern die Übernahme mit einem Gläschen Sekt. Nachdem ich mich bei meiner Mutter und bei Chris gemeldet habe und sie via Videoanruf einmal mit durch das Café genommen habe, machen meine Freundinnen und ich uns auf den Weg nach Hause.

»Ist alles okay?«, fragt Franzi.

»Ja, eigentlich schon. Ich freue mich wahnsinnig über Oles Entscheidung und kann es kaum abwarten, meinen Umzug auf die Insel zu planen.«

»Aber …?«, fragt Caro.

»Ich muss die ganze Zeit an Tjark denken. Ich meine, er hat seine Bewerbung zurückgezogen. Wieso hätte er das tun sollen?«

»Vielleicht hat es etwas mit dem wütenden Mann zu tun?«, fragt Franzi.

»Daran habe ich auch schon gedacht. Wenn wir nur wüssten, wer das war …«

Plötzlich bleibt Caro stehen und greift nach meiner Hand. »Ich weiß, wer der Mann ist!«, sagt sie und streicht sich eine Haarsträhne hinters Ohr.

»Erzähl!«, fordere ich sie auf.

»Ich habe ihn schon lange nicht mehr gesehen und konnte ihn nicht zuordnen. Mädels, das war Tjarks Vater!«

»Ach was!«, schnaubt Franzi.

»Klar, das macht auch Sinn. Er war bestimmt überhaupt nicht begeistert davon, dass sein Sohn sich die Chance durch die Lappen gehen lässt«, erkläre ich.

»Ganz genau, er ist Geschäftsmann und hatte schon immer sehr hohe Anforderungen an seine Kinder«, sagt Caro.

»Na ja, eigentlich sollte ich mir darüber keine Gedanken mehr machen. Denn wisst ihr was? Ich bin bald Inhaberin eines Cafés, und kein Tjark auf dieser Welt kann daran noch etwas ändern.«

»Das ist genau die richtige Einstellung«, sagt Caro und lächelt mich an.

In der Ferienwohnung angekommen, setzen wir uns mit einem kühlen Glas Weißwein auf den Balkon und stoßen noch einmal an.

»Auf das *Café Meerblick*«, sagt Franzi.

»Auf das *Café Meerblick*«, stimmen Caro und ich mit ein.

Wie auf Kommando fangen meine Freundinnen und ich an zu lachen. Mein Magen knurrt so unglaublich laut, dass es wahrscheinlich selbst die Nachbarn gehört haben.

»Ich glaube, ich habe ziemlich großen Hunger«, sage ich.

»Kein Wunder, du hast ja auch seit dem Frühstück nichts gegessen.«

»Weißt du was? Franzi und ich gehen los und organisieren uns etwas zu essen. Worauf hast du denn Lust?«, fragt Caro.

»Ganz ehrlich, ich könnte einen riesigen Burger verdrücken«, sage ich und reibe mir mit meiner Handfläche über den Bauch.

Franzi lacht. »Na komm, Caro, dann lass uns mal zusehen, dass wir schnell einen Burger für das Raubtier auftreiben.«

Kurz nachdem sich meine Freundinnen auf den Weg gemacht haben, gehe ich ins Wohnzimmer und lasse mich auf die Couch fallen. Der Tag heute hat mich ganz schön geschafft. Ich bin fix und fertig und gleichzeitig unglaublich glücklich. Ich habe lauter wundervolle Menschen um mich, die sich für mich freuen und mich unterstützen, was will ich eigentlich mehr? Nur eine fehlt, denke ich und lasse meine Gedanken zu Sophie schweifen. Ich bin mir sicher, dass auch sie verdammt stolz auf mich wäre. Da fällt mir ein, dass noch genau eine Erinnerung in Sophies Notizbuch übrig ist, und ich finde, dass jetzt genau der richtige Moment ist, um sie zu lesen. Ich greife nach dem kleinen Buch und schlage es auf.

Lichtblick

Liebste Mona,
jetzt bist Du dran!

Das ist mein letzter Eintrag, dieses Mal an Dich gerichtet. Mein liebstes Leben und ich, wir haben in letzter Zeit oft genug miteinander gestritten. Ich rede also lieber mit Dir. Mit Dir rede ich eh am liebsten, aber das weißt Du ja. Ich hoffe so sehr, dass es Dir gut geht und dass du wieder die Schönheit des Lebens für Dich entdeckt hast. Ich musste heute ganz oft an Dich denken und daran, dass Du, wenn Du diese Zeilen liest, Deinen Lichtblick vielleicht bereits gefunden hast. Ich kann mir nichts Schöneres vorstellen. Ich wünsche mir von Herzen nichts sehnlicher, als dass Du glücklich bist, Mona. Hast Du meine Schwester eigentlich mal wiedergesehen? Ich hoffe es sehr! Meine liebe Mona, »Lichtblick« ist mein schönstes, letztes Wort des Tages, und jetzt bist Du dran. Wie wäre es, wenn Du losgehst und Dir ein Notizbuch besorgst? Halte die schönen Momente Deines Lebens fest, Du wirst dadurch vieles mehr zu schätzen wissen als vorher, da bin ich mir sicher. Beschäftige Dich mit Dir und mit Deinen Gedanken. Du wirst überrascht sein. Und vielleicht hast Du ja auch Lust,

Dir Deine ganz persönlichen, schönsten Worte des Tages aufzuschreiben, so wie ich es gemacht habe.

Jetzt bist Du dran, liebste Mona. Sei schlau, mutig und lebe!

Irgendwann sehen wir uns wieder.

In Liebe,
Deine Sophie

Ein Jahr später …

25. Juni 2022
Seelenglück

Mein lieber Lichtblick,
es ist so weit!

Ich bin Mona, und das wird mein erster Eintrag. Ich habe auf meine Freundin gehört, wegen ihr habe ich Dich gekauft. Auch wenn seitdem ein Jahr vergangen ist, heute ist es endlich an der Zeit, meine Gedanken mit Dir zu teilen. Seitdem ich Dich gekauft habe, ist viel passiert. Vor zwei Wochen habe ich mein Café eröffnet. Ich habe es auf den Namen Café Meerblick *getauft. Es ist wunderschön geworden. Ich bin ganz verliebt in die massiven Möbel aus Eichenholz und die Dekoration, die Swea extra für mich aus Treibholz, Papier und Draht angefertigt hat. Es gibt aber eine Sache, die mein Herz jedes Mal aufs Neue berührt, wenn ich in den Laden komme. Hinter dem Tresen hängt eine große Holztafel. Auf ihr lächeln mich Tag für Tag Sophies und meine »Schönen Worte des Tages« an. Ich habe unsere Liste verewigt, auf Holz. Sophie ist immer bei mir. Ich bin unglaublich glücklich darüber, dass ich unseren gemeinsamen Traum leben darf. Die Eröffnung war ein voller Erfolg. All meine Lieblingsmenschen sind gekommen, um mit mir zu feiern. Sogar meine Eltern waren da und auch mein bester Freund Chris, der die Insel nicht leiden kann (das werde ich ihm schon noch abgewöhnen). Die Unterstützung ist pures Seelenglück. Liebster Lichtblick, vor einem Jahr, als Ole die Entscheidung treffen musste, wer sein Café übernehmen darf, hat Tjark etwas für mich getan, was ich ihm nie vergessen werde. Er hat für mich verzichtet. Er hat seinen Traum für mein Glück aufgegeben, in der Hoffnung, dass ich dadurch hierbleibe.*

»Hallo, schöne Frau«, sagt Tjark und küsst mich.

Ich blicke von meinem Schreibtisch auf, lege den Kugelschreiber zur Seite und klappe das braune Notizbuch, das ich mir vor ziemlich genau einem Jahr in der Buchhandlung hier auf Norderney gekauft habe, zu.

»He«, sage ich, lächle ihn liebevoll an und drücke ihn an mich. »Kommt ihr gut voran?«

»Und wie. Jonte und ich haben gerade die letzten Möbel aus meiner Wohnung geholt und in unsere ersten gemeinsamen vier Wände gebracht.«

»Das hört sich super an. Ich mache mich auch gleich auf den Weg zur Wohnung. Caro hat gesagt, dass sie den Rest hier im Café heute allein schafft.«

»Das hört sich fantastisch an, dann können wir es uns später richtig gemütlich machen!«

»Genau«, stimme ich zu.

»Ich habe noch etwas für dich«, sagt Tjark, verschwindet

kurz im Verkaufsraum und steht kurz danach mit hinter dem Rücken verschränkten Händen vor mir.

»Es ist nur eine Kleinigkeit«, sagt Tjark und zaubert ein Schild aus Holz hinter seinem Rücken hervor. Es ist aus massiver Eiche, so wie die Möbel in meinem Café. In geschwungener, schwarzer Schrift steht *Café Meerblick* darauf, und unten rechts in der Ecke leuchtet eine filigran gezeichnete Welle in einem kräftigen Blauton.

»Wow! Das sieht wunderschön aus, danke!«, sage ich und schmiege mich an Tjarks Schulter.

»Ich habe heute nachgedacht«, sagt Tjark plötzlich.

»Ach ja, über was denn?«

»Über den Grund deiner Bewerbung für das Café, von dem du mir vor einem Jahr erzählt hast. Erinnerst du dich?«

»Klar, erinnere ich mich. Wie könnte ich Sophie jemals vergessen?«

Tjark geht ein Stück von mir zurück, schaut mir in die Augen und nimmt mein Gesicht in seine warmen Hände. »Mona, du bist, warst und bleibst mein Lichtblick!«

Eine Träne läuft mir über meine Wange. Tjark wischt sie vorsichtig mit seiner Hand weg und küsst mich. Der Kuss schmeckt nach einer Mischung aus Heimat, Limokuchen und Zukunftsmusik.

Monas Buttermilchkuchen mit gesalzener Mandelkruste

Für den Teig brauchst Du:

350 Gramm Mehl
1 Päckchen Backpulver
150 Gramm Zucker
1 Päckchen Vanillezucker
200 Milliliter Buttermilch
3 Eier
Etwas Butter für das Backblech

Für die gesalzene Mandelkruste brauchst Du:

200 Gramm Mandelblättchen
30 Gramm Zucker
100 Gramm Butter
200 Milliliter Schlagsahne
Eine gute Prise Meersalz

Außerdem:

Eine Rührschüssel
Ein Handrührgerät oder Schneebesen
Ein Backblech

So geht's:

Heize den Backofen auf 200 Grad (180 Grad Umluft) vor.
Fette das Backblech mit Butter (wahlweise Margarine) ein.

Vermische in einer großen Rührschüssel das Mehl mit dem Backpulver, dem Zucker und dem Vanillezucker. Füge anschließend Eier und Buttermilch hinzu und verrühre alles zu einem gleichmäßigen Teig.
Gib die Masse auf das gefettete Backblech.
Vermische die Mandelblättchen mit dem Zucker und dem Meersalz und gib das Gemisch auf den Teig.
Den Kuchen circa 25 Minuten backen.
Während der Kuchen bäckt, vermische die Sahne mit der Butter und koche beides zusammen auf.
Hole den Kuchen aus dem Ofen und beträufle ihn (wenn er noch heiß ist) mit dem Butter-Sahne-Gemisch.
Anschließend abkühlen lassen und genießen!

Sophies Limokuchen

Für den Teig brauchst Du:

350 Gramm Mehl
235 Gramm Zucker
1 Päckchen Backpulver
1 Päckchen Vanillezucker
1 Prise Salz
4 Eier
130 Milliliter Speiseöl
200 Milliliter Orangenlimonade
Etwas Butter für das Backblech

Für den Guss brauchst Du:

7 Esslöffel Orangenlimonade
250 Gramm Puderzucker

Außerdem:

Eine Rührschüssel
Ein Handrührgerät oder Schneebesen
Ein Backblech

So geht's:

Heize den Backofen auf 180 Grad (Umluft 160 Grad) vor. Fette das Backblech mit etwas Butter (oder Margarine) ein.

Mische das Mehl mit dem Zucker, dem Backpulver, dem Vanillezucker und der Prise Salz.
Die Eier, die Limo und das Öl hinzufügen, und alles zu einem glatten Teig verrühren.
Gib die Masse auf das eingefettete Backblech, und schiebe sie für 20 Minuten in den Ofen.
Den Kuchen nach der Backzeit aus dem Ofen holen. Der Teig sollte jetzt goldgelb sein. Wichtig: Der Teig muss jetzt vollständig auskühlen.
Wenn der Kuchen ausgekühlt ist, wird der Zuckerguss zubereitet. Hierzu einfach den Puderzucker mit den 7 Löffeln Orangenlimonade verrühren und auf dem Kuchen verteilen.

Guten Appetit!

Tjarks Käsekuchen mit Himbeeren

Für eine 26er-Springform
Für den Mürbeteig:

300 Gramm Mehl
200 Gramm Butter, kalt
80 Gramm brauner Zucker

Für die Füllung:

500 Gramm Magerquark, zimmerwarm
400 Gramm Schmand, zimmerwarm
2 Päckchen Vanillepuddingpulver
1 Teelöffel Vanillepulver oder -extrakt
2 Eier, zimmerwarm
120 Gramm Puderzucker

Für das Topping:

300 Gramm Himbeeren, gefroren oder frisch
100 Gramm Puderzucker
Zitronensaft nach Geschmack

So geht's:

Den Ofen auf 160 Grad Umluft vorheizen.
Eine Springform buttern und mit etwas Mehl ausstreuen, den Rand nicht vergessen.

Die Zutaten für den Teig flott verkneten, damit er nicht zu warm wird.
Mit den Fingern in die Springform drücken, dabei auch etwa 5 cm den Rand hoch.
In die Gefriertruhe stellen, während die Füllung zubereitet wird.
Alle Zutaten sollten zimmerwarm sein. Quark, Schmand, Puderzucker, Vanille und Puddingpulver miteinander verrühren. Zum Schluss die Eier einrühren. Nicht zu lang und behutsam.
Die Quarkmasse auf den Mürbeteig geben.
60 Minuten backen.
Den Kuchen bei leicht geöffneter Ofentür (Kochlöffel einklemmen) mindestens 1 Stunde abkühlen lassen. Gib dem Kuchen Zeit, dann fällt er nicht zusammen!
Aus dem Ofen holen und komplett auskühlen lassen.
200 g Himbeeren mit dem Puderzucker pürieren und mit Zitronensaft abschmecken.
Die Himbeersoße über den Kuchen schütten und die restlichen Himbeeren darauf verteilen.
Der Kuchen schmeckt natürlich auch ohne Himbeeren sehr gut! Du kannst ihn also auch pur servieren oder die Himbeersoße separat dazu reichen.
Sehr gut schmecken auch Erdbeeren oder Heidelbeeren dazu!

Danksagung

Mein Dank gilt:

Meiner Lektorin Claudia Winkler vom Ullstein Verlag, die es immer schafft, durch Kleinigkeiten Großes zu bewirken. Danke für deine Geduld und die großartige Zusammenarbeit. Wenn ich nach Berlin komme, bringe ich Buttermilchkuchen mit, versprochen!

Meinem Literaturagenten Bastian Schlück, ohne den es dieses Buch nicht geben würde. Ich danke Ihnen herzlich für die vertrauensvolle Zusammenarbeit.

Meiner Familie, die immer hinter mir steht, egal wie verrückt meine Ideen sind. Danke für alles!

Meinem Lebensgefährten Daniel, der mich unterstützt und mich versteht. Es ist unglaublich schön, dich an meiner Seite zu wissen. Danke, dass es dich gibt!

Meiner Freundin Hannah, die seit vielen Jahren mit mir lacht und mit mir weint. Danke, dass du immer für mich da bist.

Meinen guten Feen Stina und Annemie, die mich tatkräftig mit Norderneyer Insiderwissen versorgt haben. Danke für eure Hilfe.

Freundschaft, Liebe, Rezepte und ein altes Familiengeheimnis – der neue Roman von Bestsellerautorin Anne Töpfer

Sarah kann den Schmerz kaum ertragen. Ihre Mutter ist bei einem Autounfall ums Leben gekommen. Halt findet Sarah bei Doreen, mit der sie schon seit der Kindheit eine tiefe Freundschaft verbindet. Sarah entscheidet sich dazu, in die Nähe ihrer Freundin zu ziehen, die in einem kleinen Ort in der Vorpommerschen Boddenlandschaft lebt. Hier möchte Sarah noch einmal ganz von vorne anfangen. Doch dann findet sie im Nachlass der Mutter ein altes Herbarium. Es gehörte Großtante Rosa, von deren Existenz Sarah bisher nichts wusste. Sarah begibt sich auf Spurensuche nach Nürnberg. Hier erfährt sie etwas über ihre Herkunft, das alles verändert.

Anne Töpfer
Wildblütenzauber
Roman

Taschenbuch
Auch als E-Book erhältlich
www.ullstein.de

ullstein